W0250149

BASTEI
LÜBBE
TASCHENBUCH

BASTEI LÜBBE TASCHENBUCH

JERRY COTTON IM TASCHENBUCH-PROGRAMM:

31 576 Ein Gangster macht sein Testament
31 577 Du stirbst nicht allein
31 578 Ein Callgirl kämpft ums Überleben
31 579 Das Geschäft mit der Angst
31 580 Nackt in der Unterwelt
31 581 Mordmotiv: Hass
31 582 Die Teufelin mit den Mandelaugen
31 583 Sturzflug in den Tod
31 584 Henker der Mafia
31 585 Ich – Der Händler des Todes
31 586 Komplizin des Todes
31 587 Ich feilschte mit dem Tod
31 588 Der Mann, der Polizisten hasste
31 589 Ich küsste meine Mörderin
31 590 Hafen-Hyänen
31 591 Rendezvous mit einer Toten
31 592 Blut auf weißer Weste
31 593 Der Tod regiert auf Rikers Island
31 594 Unter falscher Flagge
31 595 Brooklyn-Bastards
31 596 Kokain auf nackter Haut
31 597 Mein Job in Chicago
31 598 Das Gesetz der Rache
31 599 Wir jagten den Augentöter
31 600 Chaostage für den Capo
31 601 Lieutenant Gnadenlos
31 602 Der Albtraum-Mann
31 603 DiMarcos Geheimnis
31 604 Nordnacht, Mordnacht
31 605 Der Skalpjäger
31 606 Wir – die Marionetten der Mafia
31 607 Draußen wartet der Tod
31 608 Der Leichen-Macher
31 609 Den Dämon im Nacken
31 610 East River Baby
31 611 Der Tiger von Brooklyn
31 612 Auf der Todesliste des Snipers
31 613 Der Triaden-Killer
31 614 Die Superagentin

JERRY COTTON

Der Guerillero von New York

Kriminalroman

BASTEI LÜBBE
TASCHENBUCH

BASTEI LÜBBE TASCHENBUCH
Band 31 615

1. Auflage: September 2012

Vollständige Taschenbuchausgabe

Bastei Lübbe Taschenbücher
in der
Bastei Lübbe GmbH & Co. KG

Originalausgabe

Lektorat: Rainer Delfs
Titelbild: ddp-images
(Die abgebildeten Schauspieler stehen in keinem Zusammenhang mit dem Romantitel und dem Inhalt dieses Romans)
Umschlaggestaltung: Rainer Schäfer
Satz: two-up, Düsseldorf
Druck und Verarbeitung: CPI – Ebner & Spiegel, Ulm
Printed in Germany
ISBN 978-3-404-31615-1

Mein Kollege Phil Decker und ich, Special Agent Jerry Cotton, hatten die ganze Nacht in unserem Büro im FBI-Tower an der Federal Plaza zugebracht, am Computer Formulare ausgefüllt und Berichte vervollständigt. Eine Arbeit, die wir diesmal ausnahmsweise gerne verrichteten, markierte sie doch den Abschluss langwieriger Ermittlungen und Recherchen, die dazu geführt hatten, Lorenz Ingorf, den Kopf einer Schleuserbande, dingfest zu machen und der Strafvollzugsbehörde zu überstellen.

Ingorfs Organisation war darauf spezialisiert gewesen, Menschen aus kommunistischen Ländern oder solchen, die das Joch der Einparteienherrschaft abgeschüttelt hatten, in die Vereinigten Staaten von Amerika zu schleusen. Der aus Moldawien stammende Ingorf hatte im Laufe des jugoslawischen Bürgerkrieges in den USA Asyl gefunden und sich in New York niedergelassen, wo bereits einige entfernte Verwandte von ihm seit einigen Generationen lebten. In seiner Heimat war Ingorf für das Handelsministerium tätig gewesen. Die internationalen Beziehungen, die er während seiner Amtszeit geknüpft und gepflegt hatte, benutzte er in seiner neuen Wahlheimat, um einen lukrativen Menschenhandelsring aufzubauen.

Es ist überflüssig, zu erwähnen, dass Ingorf bevorzugt junge Frauen in die USA einschleuste. Die Versprechungen, mit denen seine Mittelsmänner die Frauen in ihren Heimatländern lockten, stellten sich, nachdem die Girls im Land der grenzenlosen Möglichkeiten eingetroffen waren, natürlich als Lüge heraus. Anstatt in einem Haushalt eine Anstellung als Kindermädchen oder Putzkraft zu finden, wurden die Mädchen auf den Strich geschickt. Ingorf lieferte in alle Bundesstaaten. Seine Mitarbeiter erledigten dabei nicht nur die Überstellung der von ihnen zuvor zurechtgestutzten Frauen. Sie kümmerten sich obendrein auch um die Beseitigung von Eingeschleusten, die sich partout nicht fügen wollten oder Schwierigkeiten machten.

Phil und mir gelang es, nachzuweisen, dass im Laufe von drei Jahren zwölf der von Ingorf eingeschleusten Frauen hingerichtet wurden. Und das in acht verschiedenen Bundesstaaten. 128 Frauen aus neun verschiedenen Ländern waren von seiner Organisation insgesamt in die Vereinigten Staaten eingeschleust worden. Es hatte uns zwei Monate harte Arbeit gekostet, die Beweise für diese Verbrechen zusammenzutragen. Wir hatten zwei Großeinsätze in die Wege geleitet und zahlreiche Außeneinsätze absolviert, bei denen es mitunter ziemlich heiß hergegangen war.

Doch die Mühe hatte sich schließlich ausgezahlt. Lorenz Ingorf weilte seit drei Tagen auf Rikers Island und wartete dort auf seinen Prozess vor der Geschworenenkammer. Der Federal Attorney würde sich während der Verhandlungen auf ein solides Fundament aus Beweisen und einen ganzen Berg aus Akten stützen können. Ingorf und seine Helfershelfer mussten sich wohl darauf einstellen, die kommenden Jahrzehnte in einem Staatsgefängnis der Vereinigten Staaten zu verbringen.

Phil und ich hatten vor, in der Nähe der Federal Plaza

fürstlich zu frühstücken und mit einem Glas frisch gepressten Orangensaft auf den erfolgreichen Abschluss dieses brisanten Falls anzustoßen. Doch kaum hatten wir unsere Rechner heruntergefahren und uns daran gemacht, die Schreibtischflächen aufzuräumen, als plötzlich das Telefon klingelte.

Da ich dem Apparat am nächsten stand, nahm ich das Gespräch entgegen.

John D. High, der Leiter des FBI District New York, war am Apparat. Der Assistant Director in Charge war nicht nur einfach unser Vorgesetzter. Mit ihm verband uns eine langjährige, fruchtbare Zusammenarbeit. Mitunter pflegte Mr High sogar einen fast väterlich anmutenden Umgang mit uns und den anderen Special Agents des FBI District New York.

Wie fast immer, so klang Mr Highs Stimme auch an diesem Morgen ruhig und besonnen, während er sich erkundigte, ob wir die Schreibarbeiten im Fall Ingorf wie geplant abgeschlossen hätten.

»Wir waren gerade im Begriff, auf unseren Schreibtischen Klarschiff zu machen«, erwiderte ich und rieb mir mit Daumen und Zeigefinger die Nasenwurzel. »Die Unterlagen für den Federal Attorney sind jetzt vollständig.«

»Hervorragend«, sagte Mr High in aufgeräumter Stimmung. Da er stets der Erste war, der morgens ins FBI Field Office kam, wenn er nicht wie wir an diesem Tag die ganze Nacht über im FBI Headquarters zu tun gehabt hatte, vermutete ich, dass er sich seit knapp einer Stunde in seinem Büro aufhielt und weitaus ausgeschlafener war als mein Freund und ich.

»Phil und Sie haben ausgezeichnete Arbeit geleistet, Jerry«, fuhr er in seiner unaufgeregten Art fort. »All den Frauen, die Ingorf in die USA einschleuste, wird nun Gerechtigkeit widerfahren.«

Ich ließ mich auf meinen Bürosessel nieder. »Die meisten von ihnen werden nun wohl in ihre Heimatländer zurückgebracht werden.«

Phil hatte unterdessen den Aktenvernichter eingeschaltet und begann unsere nicht mehr benötigten Notizzettel in dünne Papierstreifen zu verwandeln.

»Ich hoffe, es ist diesen Mädchen in ihrer Heimat möglich, die schlimmen Erlebnisse zu verarbeiten, die sie in den Vereinigten Staaten durchleiden mussten«, fuhr ich fort. »Für viele wäre es sicherlich besser, wenn sie in den USA bleiben dürften, um hier professionelle Hilfe zu erhalten.«

»Es ist Sache der Ausländerbehörde, zu prüfen, welche dieser Frauen eine Aufenthaltsgenehmigung erhalten und welche nicht«, erwiderte Mr High. »Das wird von Fall zu Fall entschieden. Wobei die Polizeiberichte eine wichtige Rolle spielen werden.«

»Ich bin froh, dass ich das nicht zu entscheiden habe«, sagte ich. »Einen Gangster zu fassen und aus dem Verkehr zu ziehen ist eine Sache. Über das künftige Schicksal eines jungen, leidgeprüften Menschen zu bestimmen eine ganz andere.«

»Das verlangt auch keiner von Ihnen, Jerry. Sie und Phil sind auf Ihrem Posten goldrichtig.« Mr High legte eine kurze Pause ein. »Da wir gerade davon sprechen. Ich möchte, dass Sie und Phil einen kurzen Abstecher auf die andere Seite des Harlem River machen, bevor Sie nach Hause fahren. In Mott Haven ist heute Morgen die Leiche eines Mannes entdeckt worden. Mord kann nicht ausgeschlossen werden. Sie sollen sich die Leiche und den Fundort nur kurz ansehen, um der Vorschrift genüge zu tun, die besagt, dass das FBI bei grenzüberschreitenden Straftaten hinzugezogen werden muss. Das Mordopfer stammt offenbar aus Baltimore.«

Ich unterdrückte mit Mühe einen entnervten Seufzer. Dass unser Chef Phil und mir diese Aufgabe zugedacht hatte, war natürlich keine Schikane und geschah auch nicht aus Gewissenlosigkeit. Vermutlich war momentan nur einfach kein anderer G-man für diese Angelegenheit verfügbar. Unsere Dienst habenden Kollegen waren momentan offenbar mit wichtigen Ermittlungen beschäftigt oder im Außeneinsatz, sodass Mr High auf uns zurückgreifen musste.

Ich warf Phil, der voller böser Vorahnungen zu mir herüber sah, einen vielsagenden Blick zu. »Sobald wir hier fertig sind, machen wir uns auf den Weg, Sir.«

»Ich denke, es handelt sich bloß um eine Routineangelegenheit«, versuchte Mr High die Sache zu beschönigen. »Es wird ausreichen, wenn Sie den dafür erforderlichen Bericht erst später anfertigen, wenn Sie und Phil sich gründlich ausgeschlafen haben. Ich denke, Sie haben sich eine Auszeit von ein, zwei Tagen verdient.«

»Von dieser Möglichkeit werden wir gerne Gebrauch machen, Sir«, erwiderte ich.

Mr High nannte mir den Fundort der Leiche, bedankte sich, wünschte uns einen geruhsamen Tag und unterbrach die Verbindung.

»Was liegt an?«, fragte Phil und schaltete den Aktenvernichter ab.

»Aus dem geplanten Frühstück wird nichts«, sagte ich und legte das Telefon auf die Ladestation zurück. »Wir machen stattdessen eine Spritztour nach Mott Haven.«

Kurz setzte ich Phil darüber ins Bild, was uns dort

erwartete. »Wenn uns der Anblick des Leichnams nicht die Lust auf ein Frühstück verdirbt, können wir uns ja immer noch am Ufer des Harlem River nach einem Café umsehen«, schlug ich vor.

Phil nickte zustimmend. »Diesen Orangensaft werde ich mir auf keinen Fall entgehen lassen, Jerry. Irgendwie muss man sich für die getane Arbeit schließlich belohnen. Andernfalls läuft man Gefahr, irgendwann die Lust an seinem Job zu verlieren.«

Ich grinste belustigt. »Wenn du das sagst, wird es wohl stimmen.«

Ich stand auf, sammelte die auf dem Schreibtisch herumliegenden Kugelschreiber ein und steckte sie in den ausgedienten Kaffeebecher. Dann klopfte ich mir imaginären Staub von den Händen.

»Los geht's«, sagte ich lakonisch. »Auf zu neuen Abenteuern.«

Was Phil und ich nicht bemerkt hatten, als wir an unseren Rechnern saßen, war, dass dieser Septembermorgen im Gegensatz zu den vorherigen Tagen, die regnerisch und wolkenverhangen gewesen waren, schön zu werden versprach. Als ich mit meinem Jaguar die Rampe der Tiefgarage emporfuhr und sich die Federal Plaza von Sonnenlicht überflutete vor uns ausbreitete, waren wir so überrascht, dass wir für einen kurzen Moment geblendet die Augen schlossen.

Phils Laune besserte sich schlagartig. »Passenderes Wetter für eine Spritztour in deinem Jaguar kann man sich gar nicht wünschen«, sagte er vergnügt und machte es sich in dem Schalensitz bequem. »Ich fange bereits an, mich zu entspannen, Jerry.«

Ich hätte mich auf diese Autofahrt sicherlich auch gefreut. Doch ich ahnte, dass der morgendliche Berufsverkehr im Big Apple mir das Fahrvergnügen mal wieder verleiden würde. Dabei war es gar nicht der Umstand, dass der Verkehr nur zäh vorankam, der mich ärgerte. Vielmehr waren es die vielen unentspannten Autofahrer mit ihrem aggressiven Fahrverhalten und ihrem Getue, als wären sie die Einzigen in New York, die dringend zu ihrem Arbeitsplatz gelangen mussten, die einem die morgendliche Autofahrt vergällten.

Ich tat das Einzige, was in einer solchen Lage angemessen war. Ich bewahrte Ruhe und passte meinen Fahrstil so gut es ging den Gegebenheiten an.

Phil schaltete das Radio ein. Momentan beherrschte nur ein einziges Thema die lokalen Nachrichten von New York City: Die Aktionen der Occupy-Wall-Street-Bewegung.

Die Aktivisten dieses gegen soziale Ungerechtigkeit gerichteten Zusammenschlusses hatten den Zuccotti Park in Lower Manhattan besetzt und damit begonnen, eine Zeltstadt zu errichten.

In den vergangenen Tagen hatten sich viele New Yorker Bürger an den Demonstrationen der Occupy-Bewegung beteiligt. Diese Aktionen liefen nach dem Vorbild ähnlicher Kundgebungen ab, die zurzeit in zahlreichen Großstädten auf der ganzen Welt abgehalten wurden. Die Öffentlichkeit widmete diesen Vorkommnissen große Aufmerksamkeit. Auch Phil und ich hatten das Für und Wider dieser Bürgerbewegung bereits ausführlich erörtert.

Schließlich überquerten wir auf der Madison Ave Bridge den Harlem River. Die Straße mündete in die East 138th Street und wurde nach einer Meile von der

Canal Place gekreuzt, die direkt auf den Major Deegan Expressway zuführte.

Als ich wenig später in die Canal Place einbog, fiel mein Blick auf die beiden Einsatzfahrzeuge der City Police, die nur wenige Yards von der Straßeneinmündung entfernt am rechten Straßenrand parkten. Ein schwarzer Kastenwagen der Spurensicherung stand neben den Polizeiwagen auf der Straße und blockierte eine Fahrbahn.

Ein Cop leitete den Verkehr an dem Hindernis vorbei, indem er mit den Armen rudernd den Fahrern ungehalten Zeichen gab. Der schlaksige Mann mit dem schmalen, abgehärmten Gesicht bekam fast einen Tobsuchtsanfall, weil ich seine Gebärden ignorierte und, anstatt zügig an dem Kastenwagen vorbeizufahren, den Jaguar hinter das Fahrzeug der Spurensicherung setzte und stoppte.

»Was war so missverständlich an meinen Gesten?«, brüllte er mit überschnappender Stimme, während er sich im Stechschritt meinem Jaguar näherte. Meine Raubkatze hatte eine vorzügliche Schallisolierung. Die Worte des Cops waren trotzdem gut zu verstehen. Sie steigerten sich zu enormer Lautstärke, als ich den Wagenschlag öffnete und ausstieg.

»Wollen Sie sich eine Anzeige wegen Behinderung von Polizeiarbeit einhandeln?« Unwirsch deutete er mit dem Daumen über seine Schulter. »Wenn Sie zu den Betreibern der Perlmutt-Wäscherei gehören, stellen Sie Ihr Fahrzeug gefälligst außerhalb des abgesperrten Bereichs ab!«

Ich langte in die Innentasche meiner Lederjacke und zeigte dem Mann meinen Dienstausweis. Während er die FBI-Marke begaffte und dabei schluckte, als müsse er einen staubtrockenen Donut hinunterwürgen, sah ich zu dem Grundstück rüber, vor dem die Einsatzfahrzeuge gehalten hatten.

Hinter einem drei Yards hohen Maschendrahtzaun, der von einer Spule messerscharfen NATO-Drahts gekrönt wurde, erstreckte sich eine breite Freifläche. Die eine Hälfte diente als Parkplatz, auf dem zurzeit aber nur eine schwarze Limousine und ein Sportwagen standen. Die andere Hälfte wurde von Rollwagen und Kunststofftonnen eingenommen. In den hohen, mit Rollen ausgestatteten Gitterbehältern stapelten sich Säcke voller Wäsche. Den Aufdrucken zufolge handelte es sich um Schmutzwäsche aus verschiedenen New Yorker Hotels.

Bei den Gebäuden, die den Platz u-förmig umstanden, handelte es sich – wie bei den meisten Häusern in dieser Straße – um eingeschossige Flachdachbauten. Im Gegensatz zu den angrenzenden Gebäudekomplexen, die gepflegt und ordentlich aussahen, wirkte die Wäscherei jedoch schäbig und heruntergekommen. Blaue Plastikplanen hingen vor den Fenstern und den Türen. In den Ecken häufte sich vermoderte Wäsche. Stofffetzen hatten sich in dem Maschendrahtzaun und dem NATO-Draht verheddert. Und die Wäschesäcke in einem direkt hinter dem Zaun stehenden Behälter waren mit Blut besudelt.

All dies stand in einem harten Kontrast zu den teuren Autos auf dem abgezäunten Grundstück.

Mehrere Cops hielten sich zwischen den Wäscherollwagen und den Tonnen voller Waschmittel und Lauge auf. Die Kollegen von der Spurensicherung in ihren weißen Überwürfen und den von einem Mundschutz halb verdeckten Gesichtern hoben sich deutlich unter den dunkelblau Uniformierten ab. Ein hoch gewachsener Mann in Zivil gab den Männern Anweisungen. Er hatte auffallend breite Schultern und weizenblondes, lichtes Haar.

All dies nahm ich in der kurzen Zeit wahr, in der der Cop versuchte, seine Fassung wiederzugewinnen und nach einer Entschuldigung für sein schroffes Verhalten zu suchen. Da ich nicht vorhatte, den überforderten Kollegen noch mehr zu stressen, verstaute ich meine Dienstmarke wortlos, wandte mich ab und schloss zu Phil auf, der sich bereits auf den Eingang der Wäscherei zu bewegte.

Das hohe Schiebetor stand offen und wurde von einem Cop bewacht, der mit hinter dem Rücken verschränkten Armen da stand und uns schmunzelnd und nickend entgegensah. Der Mann, dessen Gesicht stark gebräunt war, hatte offenbar mitgekriegt, dass sich sein Kollege soeben heftig blamiert hatte, denn er ließ uns kommentarlos passieren.

Der hoch gewachsene blonde Mann in Zivil hatte unser Erscheinen unterdessen ebenfalls bemerkt. Lässig schlenderte er an den Wäschekarren vorbei auf uns zu. Während wir uns einander vorstellten, drückte er uns nacheinander kräftig die Hand.

Der Mann war Lieutenant der Mordkommission der City Police und hieß Gotland. »Der Tote gibt uns Rätsel auf«, sagte er unumwunden. »Je länger wir uns hier umsehen, desto undurchsichtiger wird diese ganze Angelegenheit.«

Er führte uns einen schmalen Gang entlang, der zwischen den Wäschekarren hindurchführte. Einige Yards entfernt kniete ein Mann im weißen Kittel am Boden. Er beugte sich über eine reglos daliegende Gestalt. Die abgerissene Kleidung und das ungepflegte Äußere des am Boden Liegenden ließen vermuten, dass es sich um einen Obdachlosen oder Stadtstreicher handelte.

»Der Tote hieß Mercur Lones«, erklärte Gotland, nachdem er uns mit dem Gerichtsmediziner bekannt gemacht hatte. »Seinen letzten festen Wohnsitz hatte er in Baltimore. Sein Führerschein war allerdings seit einem Jahr abgelaufen. Man konnte dieses Dokument nur noch mit einer Kneifzange anfassen, so speckig und vergammelt war es. Weil Lones zuletzt in Baltimore gemeldet war, habe ich das FBI informiert. Wie lange er sich in New York aufhielt, bevor er starb, wissen wir nicht.«

»Wie ist er ums Leben gekommen?«, fragte ich und betrachtete das mit einem struppigen Vollbart überwucherte, abgehärmte Gesicht des Toten.

»Er ist verblutet«, erklärte Dr. Mornon, der noch immer neben der Leiche kniete.

Wie ich bemerkt hatte, hatte Lones mehrere tiefe Schnittwunden in den Handflächen und den Unterarmen. Das speckige Sweatshirt war an mehreren Stellen aufgeschlitzt. Darunter schimmerten weitere Wunden hervor.

»Anfangs nahmen wir an, der Mann hätte sich die tödliche Verletzung zugezogen, während er über den NATO-Draht hinwegkletterte«, erklärte Gotland.

Mit ausgestrecktem Arm wies er auf einen über dem Zaun hängenden Lumpen. »Es hatte den Anschein, als hätte Lones seinen gammeligen Parka über den Draht geworfen, um die scharfen Zacken unschädlich zu machen. Mit etwas Geschick hätte er den Zaun vielleicht sogar unverletzt überwinden können. Lones war anscheinend aber sturzbetrunken, sodass es um seine

Motorik nicht mehr so gut bestellt war und er sich an dem Draht schnitt. Hinzu kam, dass der Stoff des Parkas wohl zu dünn und mürbe war. Die rasiermesserscharfen Klingen des NATO-Drahtes müssen sich durch das Kleidungsstück gebohrt haben, als Lones darüber hinwegkletterte. Schwer verletzt stürzte er auf dieser Seite der Umzäunung in einen Wäschekarren.«

Ich nickte, weil ich an den Karren mit den blutbesudelten Wäschesäcken denken musste.

»So hat sich die Sache anscheinend aber nicht zugetragen«, hakte Phil nach.

»Im Prinzip schon«, erwiderte Gotland. »Doch Lones verblutete nicht, weil er sich an dem NATO-Draht verletzte.«

»Das hier ist der Grund für sein Ableben«, sagte Dr. Mornon und deutete auf die Brust des Toten.

Unter den zahlreichen Schnitten, die das Sweatshirt verunstalteten, fiel einer besonders ins Auge. Er unterschied sich von den vom NATO-Draht verursachten kurzen Rissen, weil er so lang wie ein Daumen war und der Stoff an dieser Stelle mit besonders viel Blut getränkt war. Der Riss und die darunter liegende Wunde befanden sich direkt über dem Herzen.

»Es handelt sich um einen Messerstich«, erklärte der Gerichtsmediziner. »Der Hieb muss mit großer Kraft ausgeführt worden sein. Die Klinge durchschlug glatt eine Rippe und verletzte eine der Herzkammern lebensgefährlich.«

»Ein Unfall oder Selbstmord können allerdings ausgeschlossen werden«, warf der Lieutenant ein. »Das Messer, mit dem Lones die tödliche Wunde beigebracht wurde, konnte von meinen Leuten bisher nämlich nicht gefunden werden. Wir müssen wohl davon ausgehen, dass der Mann ermordet wurde und der Täter die Tatwaffe mit sich nahm.«

»Lones hat sich also mit einer lebensgefährlichen Stichverletzung über diesen Maschendrahtzaun gequält?«, fasste ich wenig überzeugt zusammen. »Warum hätte er das tun sollen?«

»Vielleicht hat er einen Ort gesucht, an dem er in Ruhe sterben konnte«, sagte Gotland.

»Wenn Lones noch die Kraft gehabt hat, über diesen hohen und obendrein mit NATO-Draht gesicherten Zaun zu klettern, hätte er sich ebenso gut auch bis ins nahe gelegene Lincoln Medical and Mental Health Center schleppen können«, gab Phil zu bedenken, der von Gotlands Vermutung offenbar genauso wenig hielt wie ich.

Der Lieutenant zuckte mit den Schultern, eine Geste, die hilflos wirkte. »Weiß der Teufel, was im Kopf dieses Verwahrlosten vor sich gegangen ist. Ich sagte doch bereits, dass uns diese Leiche vor ein Rätsel stellt. Seltsam ist auch, dass vor dem Zaun nur ein paar wenige Blutspritzer gefunden wurden. Eigentlich hätte der Mann eine deutliche Blutspur hinterlassen müssen, während er sich schwer verletzt zur Wäscherei schleppte. Doch der Gehsteig und die Straße weisen keine derartigen Spuren auf. Dies spricht also eher dafür, dass Lones auf dem Wäschereigrundstück umgebracht wurde.«

Dr. Mornon nickte zustimmend. »Fest steht, dass Lones noch gelebt hatte, als er in den Wäschekarren stürzte.« Er klappte den Koffer mit den Analysegerätschaften zu und erhob sich. »Anhand der großen Blutmenge, die er in dem Wäschekarren verloren hatte, ist ersichtlich, dass er die Stichverletzung zu diesem Zeitpunkt schon gehabt haben muss oder sie ihn in dem Wäschekarren beigebracht wurde. Lones schaffte es noch, aus dem Karren zu klettern. Dann verließen ihn die Kräfte und er starb.«

»Wann genau ist der Tod eingetreten?«, fragte ich.

»Ich schätze, es war kurz nach Mitternacht. Zu diesem Zeitpunkt war Lones' Blut mit etwa zwei Promille Alkohol gesättigt.«

»Der Leichnam wurde heute Morgen um kurz vor sechs von einer Joggerin entdeckt«, schaltete sich Gotland wieder ein. »Mrs Nyton läuft diese Strecke jeden Morgen. Als ihr das Blut auf den Wäschesäcken auffiel, hielt sie besorgt inne. Und als sie dann den reglosen Obdachlosen zwischen den Karren bemerkte und dieser nicht auf ihre Rufe reagierte, informierte die Polizei.« Gotland wandte sich der Limousine zu. »Bevor ein Streifenwagen eintraf, erschien der Geschäftsführer der Wäscherei. Es hätte nicht viel gefehlt, und er hätte den Toten von einem seiner Mitarbeiter kurzerhand von dem Grundstück entfernen lassen. Mrs Nyton konnte die Männer nur mit Mühe und Not davon abhalten, den Obdachlosen auf die Straße zu schleifen.«

»Wo hält sich der Geschäftsführer zurzeit auf?«, hakte ich nach.

»Er ist im Kontor der Wäscherei.« Der Lieutenant machte ein verwundertes Gesicht. »Warum fragen Sie? Hat das FBI vor, sich in die Ermittlungen einzuschalten?«

Phil und ich tauschten einen flüchtigen Blick.

»Wir sondieren vorerst nur die Lage«, sagte mein Freund schließlich. »Was hatte Lones noch bei sich – von dem Führerschein einmal abgesehen?«

»Ein paar Münzen und einen leeren Flachmann«,

antwortete Gotland. »Den Parka haben wir allerdings noch nicht untersucht. Die Leute von der Spurensicherung mussten erst noch Fotografien von den besudelten Wäschesäcken machen. Außerdem haben wir Proben von dem Blut genommen, das am NATO-Draht klebt. Wenn der Mörder ebenfalls über diesen Zaun geklettert ist, wird er sich dabei wahrscheinlich verletzt und Blutspuren hinterlassen haben.«

Er winkte einen Kollegen herbei und trug ihm auf, Lones' Kleidungsstück vom Zaun herunterzuholen. Der Mann ließ sich daraufhin von dem Arzt ein paar Latexhandschuhe geben, streifte sie über und kletterte dann über das Gitter des Karrens hinweg auf die blutverkrusteten Wäschesäcke. Von dieser erhöhten Position aus konnte er den Parka bequem erreichen. Es bedurfte jedoch einiges an Fingerspitzengefühl, das in die messerscharfen Klingen verhakte Kleidungsstück von dem NATO-Draht loszulösen.

»Es tut mir leid, Sir«, sagte der Mann, als er mit dem zerfetzten Parka in der Hand von dem Karren wieder herabstieg. »Dieser Lumpen war mit dem Draht wie verwachsen.«

Eine Kollegin von der Spurensicherung nahm das dreckstarrende Kleidungsstück mit spitzen Fingern entgegen. Ihr langes rabenschwarzes Haar ergoss sich wie zähflüssiges Pech über ihren weißen Überwurf. Während sie das übel riechende Kleidungsstück mit ausgestrecktem Arm weit von sich abhielt, durchsuchte sie mit der anderen Hand die Taschen.

Außer mehreren benutzten Papiertaschentüchern und stark verknitterten Zeitungen, die Lones vermutlich zum Schutz gegen die nächtliche Kälte verwendet hatte, förderte sie nichts Interessantes zutage.

Der Parka war, als er noch neu gewesen war, mit einer abnehmbaren Kapuze ausgestattet gewesen. Jetzt kündete nur die eine Hälfte des Reißverschlusses noch von diesem Komfort. Eine Klinge des NATO-Drahtes hatte den Reißverschluss glatt durchtrennt und das Futter des dünnen Kragens freigelegt. Zwischen dem gräulichen Filzmaterial schimmerte ein Stück Klarsichtfolie hervor.

»Sehen Sie im Kragen nach«, forderte ich die junge Schwarzhaarige auf, die sich bereits anschickte, das Kleidungsstück in einen Plastikbeutel zu stecken.

Widerwillig zog sie den Parka wieder hervor, rümpfte ihre hübsche Stupsnase und nahm den speckigen Kragen in Augenschein. Schließlich zog sie eine kleine Klarsichttüte aus dem Kragen hervor. Darin befanden sich etwa ein Dutzend weißlicher Kristalle.

»Crystal Meth«, sagte die Frau überrascht. Sie hielt die Tüte gegen das Sonnenlicht, um den Inhalt besser betrachten zu können. »In ziemlich reiner Form, wie mir scheint.«

»Lassen Sie die Droge im Labor untersuchen«, sagte Phil. Und an Dr. Mornon gewandt sagte er: »Sie haben das Blut des Toten untersucht. Haben Sie darin keine Rückstände von Drogen gefunden?«

Der Gerichtsmediziner schüttelte den Kopf. »Lones war ein Säufer, aber kein Junkie. Ich werde den Leichnam im Labor aber noch einmal gründlicher nach Spuren untersuchen. Wenn Lones Amphetamine genommen hat, werden wir es bald wissen. Vordergründig gibt es aber keine Hinweise, die diese Vermutung nahelegen würden.«

Ich rieb mir den Nacken. Er schmerzte ein wenig, weil ich stundenlang nichts anderes getan hatte, als in meinem Bürosessel zu hocken und Eingaben in die Computertastatur zu machen. »Lones hatte kaum einen Cent in der Tasche, dafür aber Meth im Wert von vielleicht hundert Dollar in seinen Parka eingenäht. Und er war offenbar kein Drogenabhängiger. Ziemlich seltsam.«

Phil grinste schräg. »Dieser Mann ist tatsächlich ein Rätsel – genau wie Sie sagten, Gotland.«

Der Lieutenant lächelte unfroh. »Offenbar werde ich mich damit abfinden müssen, das Mysterium um diesen Obdachlosen zusammen mit Kollegen vom FBI auf den Grund zu gehen.«

»Wir haben uns die vergangene Nacht mit Schreibarbeit um die Ohren gehauen«, sagte Phil lax. »Ganz bestimmt sind wir nicht erpicht darauf, den nächstbesten Fall, der sich uns anbietet, an uns zu reißen, Gotland. Wir kommen Ihnen und Ihren Kollegen schon nicht in die Quere. Das Einzige, was wir verlangen, ist, dass Sie uns auf dem Laufenden halten.«

Der Lieutenant winkte begütigend ab. »Ich habe nichts gegen ein wenig Unterstützung vom FBI einzuwenden, G-men. Solange Sie nicht darauf verfallen, mir und meinen Leuten vorschreiben zu wollen, wie wir unsere Arbeit zu machen haben.«

»Sie werden schon alles richtig machen«, sagte ich und lächelte unterkühlt. »Sollte uns trotzdem etwas Sachdienliches auffallen, das Ihrem Augenmerk entgangen ist, werden wir es nicht versäumen, Sie vorsichtig darauf hinzuweisen.«

Ich deutete mit einem Kopfnicken zu dem Gebäude hinüber, das sich zur Straße hin dem Zaun anschloss. Die Fassade war mit Plastikplanen verhängt. Hinter einem Spalt, der zwischen zwei aneinanderstoßenden Planen klaffte, schimmerte kaum merklich das Objektiv einer Überwachungskamera aus dem Dunkeln hervor.

»Ich würde zum Beispiel gerne wissen, ob diese Kamera dort eingeschaltet ist und das nächtliche Geschehen auf dem Grundstück gefilmt wurde.«

Verärgert drehte sich Gotland um und spähte zu dem Gebäude rüber.

»Mister Singh, der Besitzer der Wäscherei, hat keine Überwachungsanlage erwähnt.« Gotland wandte sich uns wieder zu. »Hatten Sie vorhin nicht angedeutet, mit dem Betreiber der Wäscherei sprechen zu wollen, Agent Cotton? Bei dieser Gelegenheit könnten Sie den Mann doch gleich fragen, ob in der vergangenen Nacht Videoaufnahmen gemacht wurden.«

Ich atmete tief durch. »Also schön. Wir tun Ihnen den Gefallen. Als Gegenleistung erwarte ich jedoch, dass Sie meinem Kollegen und mir ein Café empfehlen, wo wir gemütlich frühstücken können. Denn das war unser ursprünglicher Plan für heute früh, bevor unser Chef uns auftrug, hierher zu kommen.«

»Ich kenne da ein schönes Lokal mit Blick auf den Harlem River«, sagte Gotland und lächelte übertrieben zuvorkommend. »Name und Adresse verrate ich Ihnen aber erst, nachdem Sie mir von der Befragung des Geschäftsführers berichtet haben.«

Ein in einen schlichten Anzug gekleideter Mann mit eng am Kopf anliegendem dunklen Haar, trat Phil und mir entschlossen entgegen, als wir Anstalten machten, den Betrieb zu betreten.

»Was kann ich für Sie tun, Gentlemen?«, erkundigte er sich unterkühlt.

Wir zeigten ihm unsere Dienstausweise und setzten ihm auseinander, was wir wollten.

»Ich muss darauf bestehen, Sie zu meinem Chef zu begleiten«, sagte er daraufhin. »Sie könnten sich verlaufen oder sich irgendwo verletzen. Eine Leiche auf dem Firmengrundstück ist mehr als genug für diesen Tag.«

»Wenn Sie uns Ihren Namen verraten, haben wir nichts dagegen einzuwenden, dass Sie uns zum Kontor führen«, sagte Phil gelassen.

»Alan Tooms«, stellte sich der Mann daraufhin vor. »Ich bin für die Sicherheit in Mister Singhs Betrieben zuständig.« Er deutete in die Halle, in der ein geschäftiges Treiben herrschte. »Das Kontor befindet sich im hinteren Teil des Gebäudetrakts. Um das Büro zu erreichen, müssen wir die Waschküche komplett durchqueren.«

»Nur zu«, forderte ich den Mann auf. »Wir folgen Ihnen.«

Die Mitarbeiter, die ihre Fahrzeuge heute außerhalb des Geländes hatten abstellen müssen und deren Personalien von dem Cop am Tor bereits aufgenommen worden waren, warfen Phil und mir neugierig-finstere Blicke zu, während wir die Halle durchquerten. Der Geruch nach Seifenlauge und Weichspüler hing in der Luft. Die Waschmaschinen mit den großen, langsam rotierenden Trommeln voller in Seifenlauge gebadeter Hotelhandtücher und Bettwäsche hinter den Bullaugen brummten und rumorten vernehmlich.

Die Absaugvorrichtung unter der hohen Decke schaffte es offenbar nicht, gegen die hohe Luftfeuchtigkeit und die Wärme anzukommen, sodass in der Halle klimatische Zustände wie im tropischen Regenwald herrschten.

Nachdem wir die Halle durchquert und einige der monströsen Maschinen passiert hatten, die von schwitzenden Vietnamesen und Italienern bedient wurden, näherten wir uns einer hinter Wäschekarren halb verborgenen Stahltür.

Unser Begleiter schlug mit der Faust hart gegen das Türblatt.

»Ja!«, tönte es daraufhin dumpf hinter der Tür hervor.

Tooms öffnete und steckte den Kopf durch den Türspalt. »Da sind ein paar Leute vom FBI, die Sie sprechen wollen, Sir.«

»FBI?«, drang es hinter der Tür hervor. »Ist das nicht ein bisschen viel Polizeiaufgebot für einen einfachen Obdachlosen? Von diesen Kerlen verrecken in New Yorks Straßen jeden Monat ein Dutzend. Kein Wunder, wenn die Bullen bei einer solchen Vorgehensweise bis zum Hals in Arbeit stecken.«

Tooms drückte die Tür vollends auf und bedeutete uns, einzutreten.

Vor uns öffnete sich ein rustikal ausgestattetes, geräumiges Büro. Die Wände waren bis zur Decke mit Edelholz vertäfelt und in großen Abständen mit Regalen versehen. Ein Mahagonischreibtisch stand mitten im Raum. Außer einem Laptop war die Arbeitsfläche leer. Jalousien mit geöffneten Lamellen hingen vor den Fenstern und sorgten für kühles Zwielicht.

Der Mann, der hinter dem Schreibtisch in einem hochlehnigen schwarzen Ledersessel saß, war indischer Abstammung und auf unaufdringliche Art vornehm gekleidet. Das schmale, dunkelhäutige Gesicht mit den hellen Augen wirkte asketisch. Der Mann stand auf, als wir uns dem Schreibtisch näherten, und reichte uns über die verwaiste Arbeitsplatte hinweg die Hand.

»Setzen Sie sich doch bitte, Gentlemen«, sagte er und deutete auf die beiden Besuchersessel, die ihm gegenüber vor dem Tisch standen. »Und bitte verzeihen Sie mir den Ausdruck Bullen. Es lag nicht in meiner Absicht, Ihren Berufsstand herabzusetzen.«

»Sie sind der Geschäftsführer dieser Wäscherei, Mister Singh?«, fragte Phil, nachdem wir Platz genommen hatten.

Der Mann nickte bestätigend. »Dieser Laden gehört mir«, erklärte er. »Außerdem besitze ich zwei weitere Kleinbetriebe in New York und drüben in New Jersey.« Er schob den aufgeklappten Laptop zur Seite. »Wenn meine Anwesenheit nicht unbedingt erforderlich ist, leite ich die Betriebe von hier aus. Ich habe diese Wäscherei von meinem Vater übernommen. Er ist leider bereits verstorben. Es hätte ihn sicherlich stolz gemacht, wenn er hätte mitverfolgen können, wie erfolgreich meine Expansionsbestrebungen verlaufen sind.« Er lächelte liebenswürdig. »Ich werde schon wieder geschwätzig und langweile Sie gewiss. Was führt Sie zu mir?«

»Kannten Sie Mercur Lones, Mister Singh?«, fragte ich unvermittelt.

Der Geschäftsführer hob eine Augenbraue in die Stirn. »Ich meine, ich höre diesen Namen heute zum ersten Mal.« Er lehnte sich in seinem Sessel zurück. »Sie sind doch wegen des toten Obdachlosen zu mir gekommen, oder? Mercur Lones – so lautete der Name dieses armen Burschen?«

»So ist es«, bestätigte Phil. »Haben Sie eine Vermutung, warum sich dieser Mann ausgerechnet auf das Grundstück Ihrer Wäscherei geschleppt hat?«

Singh deutete ein Lächeln an. »Ich sehe mich nicht

veranlasst, mich in die Denkweise von gestrauchelten Persönlichkeiten einzufühlen. Ich müsste spekulieren, um das Verhalten dieses Mannes zu erklären.« Er furchte die Stirn, als würde er nachdenken. »Ich würde darauf tippen, dass es Zufall war, dass dieser Bursche sich zum Sterben ausgerechnet den Hof meiner Wäscherei aussuchte. Vielleicht dachte er sich, ein Ort, an dem Säcke voller Dreckwäsche gelagert werden, wäre kein so schlechter Platz, um dort zu verenden.«

»Der Mann wurde ermordet«, erklärte ich. »Entweder war er bereits tödlich verwundet, als er den Zaun überwand, oder er wurde auf dem Wäschereihof ermordet.«

»Es handelt sich um Mord?« Singh seufzte entnervt. »Ich hoffe doch sehr, die Ermittlungen werden den Wäschereibetrieb nicht allzu lange behindern. Meine Auftragsbücher sind voll. Ich kann es mir nicht erlauben, die Hotels im Stich zu lassen und sie nicht mit sauberer Wäsche zu beliefern.«

»Hatten Sie aus diesen Überlegungen heraus in Erwägung gezogen, den Leichnam von dem Firmengrundstück zu entfernen?«, fragte Phil unterkühlt.

»Ich konnte ja nicht ahnen, dass ein Verbrechen vorlag«, erwiderte Singh unangenehm berührt. »Es sah für mich aus, als hätte sich dieser Kerl in seinem Suff nur einen Platz gesucht, wo er in Ruhe sein verpfuschtes Leben aushauchen konnte. Außerdem hatte er sich an dem Zaun verletzt. Am Ende hätte ich noch die Beerdigungskosten für dieses Wrack übernehmen müssen.«

»Sie könnten vielleicht helfen, die Ermittlungen zu beschleunigen«, sagte ich. »Uns ist aufgefallen, dass es eine Überwachungskamera auf dem Gelände gibt. War das System über Nacht eingeschaltet? Wenn ja, könnten die Aufnahmen uns vielleicht einen Hinweis geben, wie diese für Sie so unangenehme Angelegenheit genau abgelaufen ist.«

Singh sah über unsere Köpfe hinweg fragend zur Tür rüber. Tooms stand breitbeinig vor der geschlossenen Stahltür, die Hände vor dem Unterleib gefaltet, was jedoch nach allem anderen aussah, nur nicht danach, als ob er sich zu einem Gebet rüstete.

»Alan. War das Überwachungssystem in der Nacht eingeschaltet?«, fragte Singh.

»Selbstverständlich, Sir«, lautete die knappe Antwort.

Der Geschäftsführer nickte zufrieden. »Alan Tooms ist für die Sicherheit meiner Betriebe verantwortlich«, erklärte er. »Er wird Ihnen die betreffende Videosequenz vorspielen. Nennen Sie ihm den Zeitraum, der Sie interessiert. Er wird das Material dann für Sie raussuchen.«

»Mister Lones starb etwa um Mitternacht«, sagte Phil.

Singh gab Tooms ein Handzeichen. »Sie haben gehört, was die G-men wollen. Machen Sie sich an die Arbeit und geben Sie uns Bescheid, wenn Sie das betreffende Material bereitgestellt haben.«

Wortlos wandte sich Tooms ab und verließ den Raum.

»Muss ich irgendwelche Konsequenzen befürchten, weil ich den Leichnam fortschaffen lassen wollte?«, fragte Singh und furchte besorgt die Stirn.

»Sie waren ja vernünftig genug, sich von der Joggerin, die die Leiche entdeckte, von diesem Vorhaben abbringen zu lassen«, erwiderte ich.

»Diese Sache ist mir sehr unangenehm. Ich fürchte, diese Kurzschlusshandlung wirft kein gutes Licht auf meine Person.«

»Sie sind ein erfolgsorientierter Mensch, Mister Singh«, sagte Phil, wobei er sich anstrengte, einen neutralen Tonfall anzuschlagen. »Menschen wie Mercur Lones sind in Ihren Augen Versager. Es scheint Ihnen die Mühe nicht wert, auch nur fünf Minuten über das Schicksal dieses Mannes nachzudenken.« Phil lächelte entwaffnend. »Das ist nur mein privater Eindruck, Mister Singh. Es geht vielen Menschen so wie Ihnen. Doch das macht Ihre Sichtweise nicht besser.«

Singh starrte Phil über den Tisch hinweg mit finsterer Miene an. »In dem Land, aus dem mein Vater stammte, gilt ein Menschenleben nicht viel. In Indien sterben täglich Dutzende Menschen, weil sie nichts zu essen haben. Andere kommen aufgrund eines Unfalls ums Leben, weil die Sicherheitsbestimmungen in dem Land nur lax gehandhabt werden. Der Tod war ein beständiger Begleiter meines Vaters und rührt ihn zumeist nicht sehr. Diesen Wesenszug habe ich offenbar von ihm geerbt.« Er lehnte sich in seinem Sessel zurück. »Die meisten Inder sind aufgrund ihrer religiösen Ansichten überzeugt, dass die Verstorbenen wiedergeboren werden und in ihrem nächsten Leben eine neue Chance erhalten, der Erleuchtung wieder einen Schritt näher zu kommen. Der Tod markiert lediglich das Ende eines der unzähligen Abschnitte, die eine Seele durchleben muss, um zur Erleuchtung zu gelangen. So ähnlich sehe ich die Sache auch. Dessen ungeachtet gilt Mord trotzdem als eine der größten Sünden, mit der sich eine Seele belasten kann.«

Singhs Handy klingelte. Er drehte sich mit dem Sessel halb von uns weg, als er das Gespräch entgegennahm.

»Alan hat die von Ihnen gewünschte Videosequenz gefunden«, informierte er uns, nachdem er die Verbindung unterbrochen hatte. Wie um zu signalisieren, dass er die Unterredung als beendet betrachtete, erhob er sich und reichte uns die Hand. »Sie finden Alans Büro gleich neben dem Haupteingang der Wäscherei. Sie können es nicht verfehlen.«

Ich bedankte mich für seine Kooperationsbereitschaft, woraufhin Singh uns noch viel Erfolg bei der Aufklärung des Mordes wünschte.

Als mein Partner und ich das Büro verließen, saß Singh bereits wieder vor seinem Laptop und stierte angestrengt auf den Bildschirm.

Tooms' Büro war nicht viel größer als eine Abstellkammer. Der Schreibtisch vor dem Fenster, das in die Wäscherei wies, war aus Aluminiumblech gefertigt und vollgestellt mit Computertastaturen, Fotoapparaten, Kameras und anderen technischen Geräten, die zum Teil auseinandergenommen worden waren. Werkzeug und Schreibutensilien lagen durcheinandergewürfelt in einer Plastikschale, die neben einem alten Schnurtelefon stand.

In den Regalen ringsum stapelten sich Rechner, Aufzeichnungs- und Abspielgeräte und einige klobige Bildschirme. Ein gesicherter Waffenschrank, hinter dessen Panzerglas zwei Gewehre und Munition zu sehen waren, nahm den Platz direkt neben dem Eingang ein – als wäre Tooms darauf angewiesen, die Waffen jederzeit griffbreit zu haben, wenn er sein Büro verließ.

»Sehen Sie auf diesen Bildschirm.« Tooms stand über den Schreibtisch gebeugt da und deutete auf einen der Monitore in den Stahlregalen. Mit der anderen Hand bediente er eine Tastatur. »Es war einfach, die Sequenz zu finden. Sie ist die Einzige, auf der Aktivitäten verzeichnet wurden. Was Sie gleich zu sehen bekommen werden, wird Sie sicherlich überraschen, G-men.«

Auf dem Bildschirm war der nächtliche Hof der Wäscherei zu sehen. Der Erfassungsbereich des Objektivs deckte den gesamten Platz ab. Von dem hohen Maschendrahtzaun war jedoch nur ein Teil zu sehen. Der dahinter liegende Fußweg und die Straße befanden sich außerhalb des Aufnahmewinkels.

Das Licht einer Straßenlaterne beleuchtete die vor dem Zaun abgestellten Karren. Das Maschendrahtgeflecht warf karoartige Rasterschatten auf die weißen, prall gefüllten Wäschesäcke. Eine Lampe über dem Haupteingang der Wäscherei warf zusätzlich eine trübe Lichtinsel auf den leeren Parkplatz.

Außerhalb des Scheins dieser beiden Lichtquellen herrschte Dunkelheit, in der sich die schemenhaften Umrisse des Hofes abzeichneten.

Da fiel von der Straße her plötzlich ein Schatten auf die Wäschesäcke. Was auf dem Gehweg vor sich ging, blieb uns jedoch verborgen. Offenbar hielten sich aber mehrere Person vor dem Zaun auf.

Plötzlich wurde ein Kleidungsstück über den NATO-Draht geworfen und verhedderte sich darin. Es war der Parka von Mercur Lones.

Die sich bewegenden Schatten kündeten jetzt von hektischer Aktivität. Es war deutlich zu erkennen, dass die huschenden Schattenbewegungen von mehr als nur einer Person hervorgerufen wurden. Wenig später schnellte ein Körper in den Bildbereich und landete bäuchlings auf dem über dem Stacheldraht liegenden Parka.

Phil und ich stießen einen überraschten Laut aus. Es

hatte ausgesehen, als hätte sich der Mann von einem auf dem Fußweg stehenden Trampolin hochgeschnellt. Weil er die Sprungkraft aber falsch eingeschätzt hatte, war er bei dem Versuch, mit dem Kopf voran über den hohen Zaun zu hechten, direkt auf dem NATO-Draht gelandet. Dabei riss er sich an den scharfen Klingen Hände und Arme auf.

Bei dem Mann handelte es sich unzweifelhaft um Lones. Er schien jedoch kaum fähig sich zu rühren, bewegte kraftlos die Arme, als versuchte er, an seiner unbequemen Lage etwas zu ändern. Doch die Arme streckten sich jedes Mal wieder und baumelten schlackernd über den Kopf hinweg vom Körper herab.

Die auf der Gehwegseite des Zauns herabhängenden Beine des Obdachlosen waren nicht zu sehen. Offenbar erhielt Lones aus dieser Richtung aber einen Stoß, denn ein Ruck ging plötzlich durch seinen Körper und er rutschte mit dem Kopf voran ein Stück weiter über den Zaun hinweg. Die Schmerzen, die der in sein Fleisch schneidende Draht verursachte, brachten den Benommenen wieder zu sich. Lones schrie, wie seinem verzerrten Gesicht und dem weit aufgerissenen Mund deutlich anzusehen war. Er ruderte mit den Armen und warf sich hin und her.

Da erhielt er von hinten erneut einen Stoß. Diesmal gerieten für einen kurzen Moment zwei Paar Hände in den Bildausschnitt. Sie packten Lones an den Oberschenkeln und stießen den Obdachlosen über den Zaun, ungeachtet der Tatsache, dass der sich dabei die Beine verletzte.

Kopfüber stürzte Lones in den vor dem Zaun stehenden Wäschekarren.

Die mit Schmutzwäsche prall gefüllten Säcke fingen

den Sturz ab. Lones sah benommen zu den Männern hinter dem Zaun zurück und kroch dabei panikartig über die nachgiebigen Säcke. Als er das Ende des käfigartigen Aufbaus des Karrens erreicht hatte, zog er sich mühsam an dem Gitter hoch, lehnte sich mit dem Oberkörper über das Gestell, verlor den Halt und stürzte abermals kopfüber in die Tiefe.

Da der Hofbereich, auf den Lones hinabgestürzt war, von anderen Wäschekarren verdeckt wurde, konnten wir nicht mehr verfolgen, was mit dem Mann geschah. Da der Karren jedoch nicht weit von der Stelle entfernt war, wo der tote Obdachlose schließlich gefunden wurde, war zu vermuten, dass Lones zu entkräftet gewesen war, um sich zu erheben.

Die Zeitanzeige am unteren Rand bestätigte diese Vermutung, denn der Zähler stand auf wenige Minuten nach 00 a.m.

Lones musste dort, wo er gefallen war, schließlich gestorben sein.

Die Gestalten, deren Schatten durch den Maschendrahtzaun fielen, entfernten sich ohne Eile. Bis auf den über dem NATO-Draht hängenden Parka und die dunklen Blutflecken auf den Wäschesäcken unterschied sich die Darstellung auf dem Bildschirm nun nicht mehr sonderlich von der Anfangsszene.

»Schalten Sie den schnellen Bildvorlauf ein«, sagte Phil, offenbar in der Hoffnung, dass Lones sich doch noch einmal im Bildbereich zeigte.

Tooms tat ihm den Gefallen. Doch bis auf die dünnen weißen Streifen, die jetzt durch das Bild liefen und die rasch vorwärts zählende Zeitanzeige ereignete sich nichts in dem Bildausschnitt.

»Lones hat den Zaun also nicht mit eigener Kraft

überwunden«, sagte ich, während es auf dem Bildschirm nun langsam heller wurde und die Konturen in den dunklen Zonen immer deutlich hervortraten, weil der Morgen zu grauen begann.

Phil gab Tooms mit einem Nicken zu verstehen, dass er den Vorgang beenden konnte. »Die beiden Männer, die Lones über den Zaun hievten, waren ganz bestimmt keine Obdachlosen«, sagte er. »Einer der Männer trug eine ziemlich teuer aussehende Armbanduhr. Und die Jackenärmel, die in den Bildbereich gerieten, sahen aus, als gehörten sie zu Geschäftsanzügen.«

Ich rieb mir das Kinn, wobei ein kratzendes Geräusch entstand, weil ich dringend eine Rasur benötigte. »Es wird Gotland nicht gefallen, wenn wir ihm berichten, dass sich in diesem Mordfall ein weiteres Rätsel aufgetan hat.«

»Und was für eins«, sagte Phil. »Trotzdem sollten wir unseren Kollegen von der City Police vorerst die Arbeit überlassen. Wenn Gotland wünscht, können wir ihn gerne unterstützen. Aber nicht mehr an diesem Tag. In meinem übermüdeten Zustand bin ich vielleicht noch zwei Stunden lang zu gebrauchen und dann unseren Kollegen bestimmt keine große Hilfe mehr.«

Ich nickte zustimmend. »Das Einzige, was wir heute noch zu erledigen haben, ist gemeinsam zu frühstücken, Phil. Den Rest sollen unsere Kollegen erledigen. Wir haben für heute genug geschuftet.«

Ich bat Tooms, eine Kopie der Videoaufzeichnung anzufertigen und Lieutenant Gotland zu übergeben. Dann verabschiedeten wir uns und kehrten auf den Wäschereihof zurück.

Kurz berichteten wir Gotland, was wir erfahren hatten. Er schüttelte schicksalsergeben den Kopf und meinte, dass wir uns heute wohl nicht zum letzten Mal gesehen hätten. Dass wir uns vorerst zurückzuziehen gedachten, fand jedoch seine uneingeschränkte Zustimmung.

»Wir kommen hier auch ohne Sie zurecht«, sagte er selbstironisch. Und weil er ein umgänglicher Mensch war, beschrieb er uns anschließend den Weg zu dem Café am Ufer des Harlem River.

Und so kamen Phil und ich an diesem Morgen doch noch in den Genuss eines frisch gepressten Orangensafts.

Es sollte tatsächlich nicht viel Zeit vergehen, bis es zu einem erneuten Treffen mit Lieutenant Gotland vom Homicide Squad des Bronx Polizeireviers kam. Es blieb Phil und mir zuvor allerdings noch genug Zeit, gründlich auszuschlafen.

Die Zeiten, da der Nachtdienst es mir schwer machte, anschließend zu einem normalen Tagesrhythmus zurückzufinden, lagen längst hinter mir. Im Laufe meiner langjährigen Tätigkeit als G-man war mein Metabolismus so flexibel geworden, dass ich meinen Schlaf den Gegebenheiten locker anpassen konnte. Wenn die Gelegenheit es mir wie in diesem Fall erlaubte, schlief ich mitunter vierundzwanzig Stunden durch, bis das Morgengrauen mich wieder weckte. Manchmal musste ich mich allerdings auch mit nur wenigen Stunden Schlaf zufriedengeben.

Diesmal war es mir zusätzlich vergönnt, einen ganzen Tag freizumachen, nachdem ich den versäumten Schlaf nachgeholt hatte. Da an meinem freien Tag schönes Wetter herrschte, nutzte ich die Gelegenheit, um mit meinem Jaguar über den Garden State Parkway die Westküste Richtung Süden entlangzufahren. Anschließend unternahm ich noch einen kurzen Abstecher nach Philadelphia, wo ich in einem Steakhouse, in dem eine lokal bekannte Countryband spielte, eine deftige Mahlzeit zu mir nahm.

Im Radio wurde permanent über die Demonstration berichtet, die an diesem Tag im Finanzdistrikt in Manhattan unter der Federführung der Occupy-Wall-Street-Bewegung abgehalten wurde. Zu der Kundgebung waren offenbar viel mehr Menschen erschienen, als von den Veranstaltern erwartet worden war.

Als ich Phil am darauf folgenden Morgen mit meiner roten Raubkatze an der üblichen Ecke abholte, um mit ihm zusammen zur Federal Plaza zu fahren, war ich voller Tatendrang und freute mich auf den bevorstehenden Dienst. Ich war eben ein Special Agent, der sich mit Leib und Seele der Arbeit verschrieben hatte.

In unserem Büro angekommen, checkten wir zuerst unser elektronisches Postfach.

Der Federal Attorney dankte uns in einem förmlichen Schreiben noch einmal für das fundierte Material, das er von uns erhalten hatte. Er versprach, uns über den Verlauf des Prozesses gegen Lorenz Ingorf auf dem Laufenden zu halten, erwähnte allerdings, dass es schwierig werden würde, Ingorf nachzuweisen, dass er die von seinen Leuten begangenen Morde tatsächlich in Auftrag gegeben hatte. Die von der Organisation eingeschleusten Frauen waren offenbar stark eingeschüchtert, sodass sie kaum zu einer Aussage zu bewegen waren.

Auch von Lieutenant Gotland hatten wir Nachricht erhalten. Er hatte uns über das polizeiinterne Netzwerk ein kleines Datenpaket zukommen lassen, damit wir uns über den neuesten Stand der Ermittlungen im Mordfall Mercur Lones informieren konnten.

Dies war, wie er in einem kurzen Anschreiben mitteilte, auch dringend erforderlich, da er im Mordfall Lones die Unterstützung des FBI benötigte.

Mein Freund und ich sichteten daraufhin das von Gotland mitgeschickte Material am Bildschirm. Wie es aussah, rissen die Überraschungen, die dieser Obdachlosenmord mit sich brachte, nicht ab. Es waren in den vergangenen Tagen einige interessante Aspekte hinzugekommen, die für das FBI durchaus von Relevanz waren. Es hatte den Anschein, als sollte uns dieser Mordfall noch länger beschäftigen. Denn laut Gotland wurde bereits ein zweiter Todesfall mit dem Mord auf dem Grundstück der Perlmutt-Wäscherei in Zusammenhang gebracht.

Die Obduktion von Lones' Leiche hatte hingegen keine neuen Erkenntnisse gebracht. Eine Haaranalyse hatte ergeben, dass er keine Drogen konsumiert hatte.

Die Angestellten der Perlmutt-Wäscherei und auch ihr Eigner, Columbus Singh, waren inzwischen ebenfalls aus dem Fadenkreuz der Ermittlungen herausgekommen, denn es hatte sich kein Anhaltspunkt ergeben, dass sie in den Mord an Mercur Lones verwickelt waren.

Nachdem Phil und ich sämtliche Daten gesichtet hatten, machten wir uns am späten Vormittag mit einem Dienstwagen auf den Weg in die Bronx, um Gotlands Ersuchen um Unterstützung nachzukommen.

Weil der Harlem River Drive wegen einer Tagesbaustelle gesperrt war, mussten wir allerdings eine Umleitung nehmen. Die mit weniger Fahrspuren ausgestatteten Ausweichstraßen konnten den Verkehrsstrom des Harlem River Drive nicht fassen, sodass sich ein ausgewachsener Stau gebildet hatte. Im Gegensatz zu manch anderem Verkehrsteilnehmer behielt ich jedoch die Nerven und nutzte die Gelegenheit, Phil die Country-CD vorzuspielen, die ich in Philadelphia erstanden hatte. Das Radio einzuschalten hatten wir keine Lust, da die Sendungen regelmäßig unterbrochen wurden, um den New Yorkern über die Protestaktionen der Occupy-Wall-Street-Bewegung zu berichten.

Wir hatten die CD bereits zweimal durchgehört, als wir das Präsidium der City Police endlich erreichten. Ich stellte den Wagen auf dem Besucherparkplatz ab und schüttelte meine etwas steif gewordenen Gelenke, als ich aus dem Fahrzeug stieg. Mit Phil an meiner Seite strebte ich dann auf das rote Backsteinhaus zu, das sich wie ein kubistischer Würfel in den fahlblauen Himmel erhob.

Gotlands Büro befand sich im ersten Stockwerk des Polizeigebäudes. Über das Gesicht des breitschultrigen Mannes huschte ein freudiger Ausdruck, als wir sein Refugium betraten. Gotland saß in der Pose eines progressiven Lehrers lässig auf der Kante seines Schreibtisches und hatte sich zwei uniformierten Detectives zugewandt, die auf Besucherstühlen vor ihm saßen.

Die beiden Detectives, eine junge Frau und ein nur unwesentlich älterer Mann, erhoben sich und schüttelten Phil und mir die Hände, während Gotland uns einander vorstellte.

Die Frau hieß Maja Janowik, hatte kurzes schwarzes Haar und dunkelbraune Augen, deren Blick so intensiv war, dass man meinen konnte, ihn auch dann auf sich ruhen zu spüren, wenn sie einen heimlich taxierte.

Ihrem gebräunten Gesicht wohnte eine gewisse Strenge inne, die durch ihren sinnlichen Lippen jedoch abgemildert wurde.

Ihr Partner Nic Horn war nur wenige Inches größer als sie. Er wirkte extrem durchtrainiert und kräftig, hatte braunes, streichholzkopfkurzes Haar und eine energische, nach vorn gerichtete Ausstrahlung.

»Janowik und Horn wurden mir für den Lones-Fall zugeteilt«, erklärte Gotland. »Sie sind erst vor Kurzem in die Mordabteilung versetzt worden. Ich denke, wir werden alle gut miteinander auskommen.«

Die beiden Cops wollten uns ihre Stühle überlassen. Doch Phil und ich lehnten dankend ab.

Ich sah mich flüchtig in dem Büro um, das von Gotlands überfülltem Schreibtisch beherrscht wurde. Der Tisch stand wie ein Lehrerpult vor einer an der Wand hängenden amerikanischen Flagge. Die Stirnseite des Tisches war den Besucherstühlen zugekehrt.

Den Fenstern gegenüber hing eine breite Vielzwecktafel. Fotos des ermordeten Lones waren mit roten Magnetplättchen darauf befestigt worden.

Eine Armlänge von der Fotogruppe des Obdachlosen abgerückt hafteten die Aufnahmen eines jungen, gut gekleideten Mannes auf der Tafel. Seinem von blondem Haar gekröntem Gesicht haftete etwas Knabenhaftes an. Eines der Fotos zeigte den Mann auf dem Boden liegend. Seine von dunklen Schatten umrandeten Augen waren gebrochen, und eingetrockneter Schaum klebte an den Winkeln des offen stehenden Mundes. Darüber hinaus zeigte er die typischen Merkmale eines Crystal-Meth-Konsumenten. Die Stirn war mit Pickeln und Kratzspuren übersät. Die Zähne zeigten Anzeichen beginnender Fäule.

Ein blauer Filzstiftstrich, der mit einem Fragezeichen übermalt war, verband die Fotos der beiden Toten miteinander.

»Bei dem Blondschopf handelt es sich um den Broker, den Sie mit dem Lones-Mordfall in Verbindung bringen?«, fragte ich und deutete mit einem Kopfnicken zur Tafel rüber.

Gotland, der wieder an der Schreibtischkante lehnte und abwartend die Arme vor der Brust verschränkt hatte, nickte gewichtig. »Das ist Anton Ternell. Er arbeitete für eine Privatbank an der New Yorker Börse. Der arme Kerl war gerade mal dreiunddreißig Jahre alt. Als seine Leiche in dem Hotelzimmer entdeckt wurde, glaubte der Arzt, der den Leichnam untersuchte, Ternell wäre an seinem eigenen Erbrochenen erstickt, nachdem er sich eine Überdosis Amphetamin einverleibt hatte. Die Obduktion der Leiche und eine labortechnische Untersuchung der Meth-Rückstände, die in dem Hotelzimmer sichergestellt wurden, legten dann aber zutage, dass sich der Arzt geirrt hat. Ternell starb an Vergiftung. Das Crystal enthielt eine hohe Dosis Arsen. Dieses Gift war es, das Ternell umbrachte. Er hatte es sich zusammen mit dem zermahlenen Crystal in die Nase gezogen.«

»Arsen wurde auch in den Amphetaminkristallen gefunden, die in Lones' Parka entdeckt wurde«, ergänzte Phil, der Gotlands Datenpaket ebenso aufmerksam gelesen hatte wie ich.

»Wir wollen untersuchen, ob Ternell das vergiftete Crystal absichtlich zugespielt wurde, um ihn gezielt zu ermorden«, sagte Horn, der sich halb auf seinem Stuhl zu uns umgedreht hatte, den rechten Arm lässig auf die obere Kante der Rückenlehne abgestützt.

Phil schüttelte nachdenklich den Kopf. »Crystal Meth macht auf Dauer jeden Menschen fertig, der es längere Zeit nimmt. Wozu diesen Stoff auch noch vergiften?«

»Ternell hatte noch nicht viel Erfahrung mit dieser Droge«, erklärte Gotland. »Die Untersuchung des Leichnams hat ergeben, dass er Ice, wie der Stoff in der Szene auch genannt wird, vor seinem Tod nur ein paar Mal konsumiert haben dürfte.«

Horn nickte. »Wer immer ihm diesen vergifteten Stoff untergejubelt hatte, wollte auf Nummer sicher gehen und nicht erst warten, bis der Drogenkonsum Ternell fertiggemacht hatte.«

»Es ist daher in erster Linie erforderlich, herauszufinden, woher Ternell seinen Stoff bezog«, ergänzte Janowik, deren Stimme ein angenehm warmes Timbre hatte. »Wir haben bereits Kontakt mit der Narcotics Division hergestellt«, fuhr sie fort. »Wir hoffen, unsere Kollegen von der Drogenfahndung können uns etwas über die Herkunft des vergifteten Meth sagen.«

Ich nickte beifällig. »Wir wären genauso verfahren. Gute Arbeit. Das vergiftete Crystal ist der einzige Anhaltspunkt, der uns in diesem Fall weiterbringen könnte. Die Frage, wie ausgerechnet ein Obdachloser, der obendrein offenbar kein Drogenkonsument war, in den Besitz dieses Meth gekommen ist, und was er damit vorhatte, scheint mir auch nicht unerheblich.«

»Damit wäre die Arbeitsaufteilung dann ja wohl geklärt«, sagte Gotland und gab sich vergnügt. »Meine Leute versuchen herauszufinden, welche Kontakte Ternell zur Drogenszene hatte. Und das FBI versucht zu klären, wie Lones zu dem vergifteten Crystal gekommen ist. Wenn wir uns dieser Angelegenheit von zwei

Seiten nähern, stehen die Chancen nicht schlecht, dass wir schneller ans Ziel kommen.«

Phil und ich tauschten einen flüchtigen Blick. Es gab nichts, was wir gegen diese Vorgehensweise einzuwenden gehabt hätten.

»So machen wir es«, sagte ich. »Einen Teil der Unterlagen, die im Mordfall Lones von Ihnen zusammengetragen wurden, liegen uns ja bereits in elektronischer Form vor. Alle darüber hinausgehenden Unterlagen würden wir natürlich auch gerne einsehen.«

»Selbstverständlich.« Gotland drehte sich halb zu seinem Schreibtisch um, griff mit beiden Händen nach einem Stapel prall gefüllter Aktenordner und streckte sie uns mit einem aufgesetzt wirkenden Lächeln entgegen.

»Diese Akten wurden uns aus Baltimore geschickt, nachdem wir bei der dortigen Polizeizentrale nach Unterlagen über Mercur Lones nachgefragt hatten.«

Viele Obdachlose behaupteten die haarsträubendsten Dinge, wenn man sie aufforderte, über ihr Leben zu erzählen. Glaubte man ihnen, waren die meisten dieser Männer und Frauen wohlhabende, berühmte Leute gewesen, bevor das Los der Armut sie getroffen hatte. Dass sie arm wurden, war selbstverständlich kein Eigenverschulden, sondern das Resultat einer unglaublichen Kette von Verschwörungen, die das Schicksal oder böse Mächte gegen sie angezettelt hatten.

Mercur Lones hätte Phil und mir Ähnliches zu erzählen gehabt. Der Unterschied zu den meisten seiner Leidensgenossen war allerdings, dass er tatsächlich ein reicher Mann gewesen war, bevor er obdachlos wurde.

Den Beweis dafür hatten wir in Form der Akten aus Baltimore schwarz auf weiß vor uns auf dem Schreibtisch unseres Büros liegen.

Mercur Lones entstammte einer in Baltimore alteingesessenen Unternehmerfamilie. Die Lones hatten über Generationen hinweg einen mittelständischen Betrieb unterhalten, der Transistoren und Halbleiter herstellte. Das Werk hatte seinen Sitz in einem Gebäudekomplex im Hafen von Baltimore gehabt.

Als der Fortschritt auf dem Gebiet der Elektronik die Transistoren teilweise überflüssig machte, sattelte die Firma auf die Herstellung von Computerchips um. Diese Entwicklung war von Mercur Lones mit großem Eifer vorangetrieben worden, nachdem er die Geschäfte von seinem Vater übernommen hatte, der zwei Jahre später bei einem Segelunfall ums Leben kam.

Die billiger produzierende Konkurrenz aus dem asiatischen Raum zwang Lones jedoch wirtschaftlich in die Knie. Er musste Mitarbeiter entlassen, bekam Schwierigkeiten mit der Gewerkschaft und musste am Ende eines langwierigen Insolvenzverfahrens schließlich Konkurs anmelden.

Doch damit nicht genug, reichte seine Frau Camilla ein halbes Jahr nach Schließung des Werks die Scheidung ein, weil ihr Mann angeblich eine Affäre mit einer anderen Frau hatte. Camilla hatte einen Privatdetektiv auf ihren Mann angesetzt. Der Privatschnüffler lieferte ihr schließlich die kompromittierenden Fotos. Mr und Mrs Lones wurden nach einem Gerichtsprozess rechtskräftig geschieden. Laut Ehevertrag fiel Camilla die Hälfte des verbliebenen Vermögens ihres Mannes zu. Da seine Eltern beide verstorben waren und er weder Onkel noch Tanten, geschweige denn eigene Kinder hatte, stand Mercur Lones plötzlich ohne Familie da, vor sich ein einziger Scherbenhaufen, der einst sein Leben gewesen war.

Phil und mir lag es fern, Lones' Ehefrau wegen ihres Vorgehens zu verurteilen. Sie wird ihre Gründe gehabt haben, warum sie das Zusammenleben mit ihrem Mann nicht mehr ertrug und ihm den Seitensprung nicht verzeihen konnte, wenn ein solcher denn tatsächlich stattgefunden hatte. Die Referenzen des Privatdetektivs, den sie mit der Beschattung ihres Mannes beauftragt hatte, waren, glaubte man Mercur Lones' Anwalt, nicht die besten. Den Detektiv vor Gericht als Schwindler zu entlarven gelang dem Anwalt jedoch nicht.

Die Scheidung lag inzwischen zwei Jahre zurück. Dass Lones es in dieser Zeit geschafft hatte, den Rest des ihm verbliebenen Vermögens durchzubringen, sodass er schließlich auf der Straße landete, sprach für sich. Irgendwie hatte er es wohl nicht geschafft, finanziell und privat wieder auf die Füße zu kommen. Die letzte Aktennotiz über ihn stammte von einem Obdachlosenheim in Baltimore. Lones bekam dort Hausverbot, weil er sich mit einem Mann angelegt hatte, der in dem Heim angeblich Drogen verkaufen wollte.

»Lones hätte auf Dienstleistungen umsatteln sollen«, sagte Phil, nachdem wir uns durch die Akten gekämpft hatten. »Das produzierende Gewerbe hat in Amerika keine Zukunft mehr. Es sei denn, in den Billiglohnländern werden irgendwann Gewerkschaften gegründet, die dafür sorgen, dass die Arbeiter angemessen bezahlt werden. Das würde die Produktionskosten in die Höhe treiben, sodass die Manager in den Konzernspitzen sich überlegen müssen, ob sie nicht lieber wieder in ihren Ursprungsländern produzieren lassen.«

Ich sah meinen Freund über den Schreibtisch hinweg an. »Lones' Schicksal scheint dir ja mächtig nahezugehen.«

Phil zuckte nachdenklich mit den Schultern. »Im Land der ungeahnten Möglichkeiten ist es eben auch drin, dass ein Mann empfindlich auf die Nase fällt. Mich erschüttert nur, dass Lones, der vielen Menschen über Jahrzehnte hinweg Arbeit gegeben hat und Verantwortung für seine Mitarbeiter trug, niemanden hatte, der ihn stützte, als er es brauchte.«

»Vielleicht wurde ihm diese Hilfe ja angeboten, und er hat sie nicht haben wollen«, gab ich zu bedenken.

Phil winkte ab. »Wie auch immer.« Er drehte den Bildschirm herum, sodass ich den Screen sehen konnte. Phil hatte eine der Dateien geöffnet, die Gotland uns am Morgen geschickt hatte. Es handelte sich um einen Vernehmungsbericht, den Maja Janowik und ihr Kollege Nic Horn angefertigt hatten. Die Frau, die von ihnen zum Tod von Mercur Lones vernommen worden war, hieß Camilla Jefferson. Sie war Lones' Ex-Frau.

»Mrs Jefferson lebt seit zwei Jahren in New York«, erklärte Phil. »Sie wurde bereits befragt. Wir sollten ihr trotzdem einen Besuch abstatten. Ihre Aussagen, ihren Ex-Mann betreffend, erscheinen mir doch ziemlich dürftig. Immerhin hat sie ihren Mann einst besser gekannt als jeder andere.«

Ich nickte zustimmend. »Wir sollten ihr einmal auf den Zahn fühlen. Vielleicht gelingt es uns, ihr ein paar Informationen zu entlocken, die sie bisher nicht preisgegeben hat.«

Phil griff zum Telefon. »Ich kläre ab, ob Mrs Jefferson zu Hause und verfügbar ist.«

Nach einem nur zweiminütigen Gespräch hatte Phil

mit der Frau einen Befragungstermin anberaumt. Sie hatte sich erst weigern wollen, mit uns zu sprechen. Doch Phil hatte ihr klargemacht, dass er sie in den FBI-Tower vorladen lassen würde, wenn sie nicht freiwillig mit uns sprach. Daraufhin hatte sie zerknirscht zugestimmt, dass wir ihr am frühen Nachmittag in ihrem Haus einen Besuch abstatteten.

Camilla Jefferson wohnte in einem aufwendig sanierten Brownstone-Reihenhaus in der Columbia Heights in Brooklyn. Die Eingänge des in mehrere Hauseinheiten aufgeteilten Wohnblocks wurden von verputzten Säulen flankiert. Die Treppen säumten gemauerte Balustraden und schmiedeeiserne Handläufe, und die Fenster des Erdgeschosses waren mit verschnörkelten Gittern versehen.

Die Straße war extrem schmal, und es nahm einige Zeit in Anspruch, bis ich endlich eine freie Parklücke gefunden hatte. Als wir auf dem Weg zu Mrs Jeffersons Haus dann an einer Lücke zwischen zwei Häuserblocks vorbeikamen, blieben wir einen Moment lang überwältigt stehen, um die großartige Aussicht auf die Südspitze Manhattans auf der gegenüberliegenden Uferseite des East River auf uns wirken zu lassen.

Die dicht beieinanderstehenden Hochhäuser des Finanzdistrikts ragten wie eherne Monumente in den blauen Himmel und vermittelten den trügerischen Anschein von Stabilität und Dauerhaftigkeit. Wie turbulent es in den Etagen dieser Gebäude mitunter zuging, wenn die Finanzwelt mal wieder von einer Krise heimgesucht wurde, war diesen in sich ruhenden, stolzen Wolkenkratzern aus der Ferne nicht anzusehen.

Fast gleichzeitig rissen mein Partner und ich uns von dem Anblick Süd-Manhattans los und setzten den Weg zu Mrs Jeffersons Haus wortlos fort. Das Gebäude wirkte ungemein gepflegt. Auf dem Gehweg waren weder eine fortgeworfene Zeitung noch Hundekot zu finden. Die schlichten Verzierungen der Fassaden wiesen nicht die kleinste Ablagerung von Smog oder Staub auf.

Wir erklommen die Stufen, und als ich vor der Haustür angelangt den Klingelknopf drückte, wurde uns sogleich geöffnet.

Vor uns stand eine attraktive Mittvierzigerin, deren Anblick nicht nur einem reiferen Mann die Sprache verschlagen hätte.

Steve Dillaggio stoppte seinen Dienstwagen mehrere Yards hinter dem feuerroten Löschzug. »Sieh dir nur diesen Schlamassel an, Zeery«, sagte er fassungslos. »Da hat jemand ganze Arbeit geleistet.«

Der Mann, dem diese Worte galten, war indianischer Abstammung und saß neben dem flachsblonden Special Agent in Charge auf dem Beifahrersitz. Mit ernster Miene spähte er zu dem zerstörten Gebäude hinüber, auf dessen Höhe Steve gehalten hatte. Der Widerschein der im Ersticken begriffenen Flammen, die noch hier und da aus dem zerstörten Dach des flachen Gebäudes hervorzüngelten, ließ sein dunkles Haar rötlich aufschimmern. Rauchwolken wallten zwischen den Wasserfontänen empor, die die Feuerwehrmänner über die Trümmer ergossen.

Es war erst zwanzig Minuten her, als die Meldung über den Sprengstoffanschlag in der Maspeth Avenue im FBI Headquarters eingegangen war. Der Anschlag war ersten Augenzeugenberichten zufolge von einem Selbstmordattentäter verübt worden. Wie die City Police schnell herausgefunden hatte, hatte der Attentäter, um zu dem Ort des Anschlags in der Nähe der English Kills zu gelangen, ein Fahrzeug verwendet, das vor zwei Tagen in New Jersey als gestohlen gemeldet worden war.

»Die Kollegen von Homeland Security sind wie angekündigt auch bereits vor Ort«, sagte Zeerookah, als er den schwarzen Lincoln zwischen den Einsatzfahrzeugen der City Police bemerkte.

Er stieß den Wagenschlag auf und stieg aus. Der beißende Geruch nach Feuer, verbranntem Gummi und anderer undefinierbarer Gestank schlug ihm entgegen.

Die Maspeth Avenue verlief, bevor sie am Ufer der English Kills endete, eine Meile schnurgerade durch ein altes, tristes Industriegebiet. Auf den weitläufigen Gewerbeflächen ringsum lagerten Bauunternehmen, Außenhandelsfirmen und Altmetallhändler ihre Güter und Arbeitsmaschinen. Unkraut wucherte am bröseligen Straßenrand, und den Gebäuden war deutlich anzusehen, dass seit Jahrzehnten nicht gerade zimperlich mit ihnen umgegangen wurde.

Die Halle, die dem Sprengstoffanschlag zum Opfer gefallen war, hatte die Werkstatt einer Autoverwertung beherbergt. Davon kündeten sowohl die zahlreichen ausgeschlachteten Karosserien, die rund um das qualmende Gebäude herumlagen, als auch die Reihen zu Türmen aufgestapelter Wracks, die sich im Hintergrund bis weit ins Innere des Geländes erstreckten.

Die Explosion hatte die in der Nähe der Werkstatt gelagerten Schrottautos umgeworfen oder durch die Luft geschleudert. Die Mauern des Gebäudes waren teilweise eingestürzt. Die Trümmer des Dachs lagen weit verstreut.

Dort, wo die Feuerwehrleute den Brand bereits gelöscht hatten, staksten Cops und Beamte in Zivil durch die rauchenden Überreste. Und natürlich fehlten auch die weiß gekleideten Mitarbeiter des kriminaltechnischen Labors nicht, die vor irgendwelchen Beweismitteln hockten, Proben entnahmen oder Spuren sicherten.

Zeerookah rümpfte die Nase und rückte seine Anzugjacke aus Samt auf den Schultern zurecht.

Steve, der inzwischen neben seinem indianischen Kollegen aufgetaucht war, konnte sich ein Grinsen nicht verkneifen.

»Deinen schönen Anzug wirst du in die Reinigung geben müssen, wenn wir hier fertig sind. Es sei denn, du hast demnächst ein Date mit einem Girl, das auf Feuerwehrmänner steht. Die wird den Brandgeruch, der deinen Klamotten entströmt, sicherlich lieben.«

Zeerookah verzog säuerlich die Mundwinkel. »Wenn Homeland Security hier das Sagen hat, werden wir diese Ruine wahrscheinlich Stein für Stein auseinandernehmen müssen, um zu überprüfen, ob vielleicht eine terroristische Bedrohung für Amerika vorliegt.«

Die beiden G-men bewegten sich an dem Löschzug vorbei auf das Gebäude zu. Sie stiegen über die am Boden liegenden armdicken Wasserschläuche und Trümmer hinweg und blieben schließlich stehen, als sie die eingestürzte Frontmauer des Gebäudes vor sich hatten.

In diesem Moment kamen zwei in dunkle Anzüge gekleidete Männer aus den Trümmern hervor. Sie hielten weiße Taschentücher vor ihre Gesichter und bewegten sich mit der Geschmeidigkeit von Raubkatzen über die Mauerbrocken hinweg.

»Wenn das nicht unsere Kollegen von Homeland Security sind«, raunte Steve.

Als die Männer die Special Agents bemerkten, kamen sie schnurstracks auf sie zu.

»Sie sind vom FBI?«, fragte der Stämmigere der beiden, während sich sein Partner aufmerksam zu den Seiten umblickte.

Statt zu antworten, holten Steve und Zeery ihre Ausweise hervor und ließen sie simultan vor den Gesichtern der beiden Agents aufklappen. Diese stellten sich daraufhin als Mitarbeiter von Homeland Security vor. Agent Nestor, der kräftigere der beiden dunkelhaarigen Männer, deutete mit dem Daumen über die Schulter zur Ruine.

»Unserer ersten Einschätzung nach erwachsen der amerikanischen Bevölkerung aus diesem Anschlag keinen weiteren Bedrohungen. Es verhält sich vielleicht sogar eher umgekehrt.« Er grinste wie über einen gelungenen Witz.

»Was wollen Sie damit andeuten?«, fragte Steve leicht verwundert.

»Die Kollegen von der City Police konnten einige der Leichen in diesem Gebäude bereits identifizieren. Offenbar handelt es sich um bei der Polizei einschlägig bekannte Drogendealer.«

»Außerdem wurden in einer der Montagegruben in der Werkhalle größere Mengen Crystal Meth, Heroin und Koks sichergestellt«, ergänzte Agent Heel, ohne die Umgebung dabei aus den Augen zu lassen. »Dieser Anschlag geht vermutlich auf das Konto rivalisierender Drogenbanden.«

»Selbstverständlich werden wir diese Angelegenheit weiterhin aufmerksam verfolgen«, sagte Nestor. »Bis wir sicher sind, dass dieser Anschlag tatsächlich keinen terroristischen Hintergrund hat, werden Sie unsere Behörde auf dem Laufenden halten, Gentlemen.«

»Selbstverständlich.« Zeerookah hatte ein zuvorkommendes Lächeln aufgesetzt.

Nestor nickte zufrieden. Die beiden Männer verabschiedeten sich und staksten über die Trümmer hinweg auf die schwarze Limousine zu. Steve und Zeery beobachteten die beiden Agents, während sie in ihren Dienstwagen stiegen. Als das Fahrzeug kurz darauf auf der Straße wendete und Richtung Brooklyn davonfuhr, wandten sie sich wieder dem zerstörten Gebäude zu.

Ein hoch gewachsener Sergeant, dessen kugelrunder Schädel von kurz geschorenem, stark gelichtetem Haar gekrönt wurde, winkte sie zu sich.

Sergeant Hillar war ein extrem entspannt wirkender Mann. Die Art und Weise, wie er sich in der Ruine bewegte, unter deren Trümmern und Schuttbergen halb verschüttete Leichen hervorschauten, erinnerte an einen Mann, der am Strand spazieren ging und im Sand mit wenig Ehrgeiz nach angespülten Muscheln suchte.

»Dieser Attentäter hat uns eine Menge Arbeit abgenommen«, sagte Hillar trocken, nachdem er die Special Agents begrüßt hatte. »Ein Großteil der Männer, die in diesem Gebäude ums Leben gekommen sind, standen unter unserer Beobachtung. Es handelte sich um Dealer, deren Geschäftsfeld in Süd-Manhattan lag.«

»Also im Finanzdistrikt«, bemerkte Steve.

Hillar nickte und trat beiseite, um zwei Kollegen Platz zu machen, die eine leere Trage zu einer zuvor freigelegten Leiche trugen. »Diese Männer agierten äußerst geschickt und im Verborgenen«, erklärte er. »Unsere V-Männer hatten kaum eine Chance, an sie heranzukommen, da sie nur an Leute verkauften, die ihnen astrein erschienen.«

»Wer war der Boss dieser Bande?«, fragte Zeery.

Hillar lachte gekünstelt. »Wir waren noch weit davon entfernt, dies herauszufinden. Wir wussten nicht, wer ihnen den Stoff lieferte, den sie auf der Wall Street vertickten.« Der Sergeant sah sich lässig um. »Immerhin wissen wir jetzt, wo sich das Depot dieser Bande befand. Wie es aussieht, sollten die Dealer gerade mit neuen Drogen versorgt werden, als der Attentäter auftauchte. Vielleicht finden wir den Boss der Bande sogar unter den Toten. Wer weiß. Bisher wurden zwölf Leichen entdeckt. Es sind aber noch nicht alle Teile des zerstörten Gebäudes begehbar. Es ist daher nicht auszuschließen, dass noch mehr Opfer gefunden werden.«

Steve sah sich unbehaglich um. Offenbar standen sie mitten in der ehemaligen Werkhalle. Die stark deformierten Überreste eine Hebebühne ragten neben ihnen auf. In der dazugehörigen Montagegrube waren zwei Cops damit beschäftigt, Trümmer fortzuräumen. In der Werkzeugkammer der Grube hielten sich Kollegen von der Spurensicherung auf und verstauten die dort entdeckten Drogen in Sammelbehälter.

»Was wissen Sie über den Attentäter?«, fragte Steve.

»Nichts«, musste Hillar einräumen. »Was von diesem Mann übrig ist, nachdem der Sprengstoff explodierte, den er am Körper trug, reicht für eine Identifizierung nicht aus. Es muss eine Genanalyse vorgenommen werden. Vielleicht gibt die Aufschluss darüber, wer dieser Mann war.«

Zeery schüttelte mit finsterer Miene den Kopf. »Dass rivalisierende Drogenbanden Selbstmordattentäter einsetzen, um die Konkurrenz auszuschalten, erscheint mir eher ungewöhnlich.«

Der Sergeant zuckte ungerührt mit den Schultern. »Wer weiß, was der Attentäter für ein Bursche war. Vielleicht wurde er von seinem Boss zu dieser Tat gezwungen. Vielleicht hatte er Schulden, oder wollte seine Familie schützen. Erpressung, Nötigung. Bevor wir nichts Genaueres wissen, können wir nur spekulieren.«

»Was hat denn der Augenzeuge über den Attentäter ausgesagt?«, fragte Steve, dem die laxe Art seines Kollegen von der Drogenfahndung langsam auf die Nerven ging.

»Der Mann wurde wegen Schock inzwischen in ein Krankenhaus eingeliefert«, antwortete der Sergeant. »Sein Name lautet Alan Cooper. Er arbeitet als Spezialfahrzeugführer für die Baufirma auf der anderen Straßenseite. Er wollte grade in seinen Wagen steigen, um zu einer Baustelle am East River zu fahren, als er den gut gekleideten Mann bemerkte, der soeben aus seinem Auto gestiegen war und sich der Werkstatt des Schrotthändlers näherte. Cooper wunderte sich, weil seiner Aussage nach auf dem Autoverwertungshof hauptsächlich Männer verkehrten, denen er bei Nacht nicht im Dunkeln begegnen wollte. Der Mann im Anzug wirkte auf ihn jedoch eher wie ein solider Geschäftsmann. Allerdings hat er ihn nur von Weiten und auch nur von hinten gesehen.«

Hillar unterbrach seine Erzählung, um den Rapport des Feuerwehrhauptmanns entgegenzunehmen. Der dickleibige Puerto Ricaner, dessen rußgeschwärztes Gesicht ihn fast wie einen Schwarzafrikaner wirken ließ, meldete, dass sämtliche Brandherde nun gelöscht worden seien.

Der Sergeant bedankte sich, lobte den Mann und wandte sich dann wieder Steve und Zeery zu.

»Wo war ich stehen geblieben?«, fragte er und furchte die Stirn.

»Sie meinten, Cooper wäre der Selbstmordattentäter aufgefallen, weil dieser, entgegen der Leute, die für gewöhnlich auf dem Schrottplatz verkehrten, übermäßig teuer gekleidet war«, sagte Zeery, sichtlich um Geduld bemüht.

»Richtig!« Hillar zwang sich ein Lächeln ab. »Also: Cooper beobachtete den Mann, während sich dieser dem Gebäude näherte. Vor dem Eingang der Werkhalle stand ein Kerl Wache, den Cooper als Schlägertyp betitelte. Der wurde übrigens inzwischen in die Leichenhalle abtransportiert. Er stellte sich dem Geschäftsmann in den Weg, brach jedoch plötzlich zusammen. Der Attentäter hatte ihn kurzerhand über den Haufen geknallt.«

Der Sergeant rief zwei Männern zu, sich den Gebäudeteil vorzunehmen, den die Feuerwehr soeben freigegeben hatte. Dabei handelte es sich um einen kleinen Trakt, der weitgehend erhalten geblieben war.

»Der Geschäftsmann stieg über die Leiche der Wache hinweg und verschwand kurz darauf in der Werkhalle«, setzte er seine Erzählung dann nahtlos fort. »Die Tür, durch die er gegangen war, stand sperrangelweit offen, und so konnte Cooper in seinem Wagen sitzend genau mitverfolgen, was sich anschließend zutrug. Von einem Moment auf den anderen ging ein Feuerball von dem Geschäftsmann aus und riss ihn in Stücke. Die Druckwelle war so gewaltig, dass sie Coopers auf der gegenüberliegenden Straßenseite parkendes Fahrzeug kurzerhand umstieß. Cooper verlor das Bewusstsein, und als er wieder zu sich kam und benommen aus seinem Wagen kroch, war die Werkhalle komplett zerstört und stand lichterloh in Flammen.« Hillar zuckte mit den Schultern. »Wie groß die Sprengkraft der Bombe war, die der Mann bei sich hatte, sehen Sie ja selbst.«

»Wem gehört dieser Laden eigentlich?«, erkundigte sich Steve.

»Einem gewissen Columbus Singh«, antwortete Hillar. »Zwei meiner Leute sind bereits auf dem Weg zu ihm. Singh gehören mehrere Kleinunternehmen in der Stadt. Zurzeit hält er sich in seiner Wäscherei im Süden der Bronx auf. Ich bin gespannt, was er zu den Drogen zu sagen hat, die auf dem Grundstück seines Schrottplatzes gefunden wurden.«

»Sergeant Hillar!«, schallte da von dem intakt gebliebenen Gebäudetrakt der Ruf eines Cops herüber. »Ich glaube, wir haben Glück. Ein Teil der Überwachungsanlage scheint den Brand einigermaßen unbeschadet überstanden zu haben!«

Als sich der Sergeant daraufhin in Richtung des Trakts in Bewegung setzte, schlossen sich ihm Steve und Zeery an. Steve musterte die Betondecke skeptisch, als sie den rußgeschwärzten Raum betraten, wobei sie kurzerhand durch ein in die Wand gerissenes großes Loch schlüpften. Der Feuerwehrhauptmann hatte diesen Teil zwar zum Begehen freigegeben, doch Risse in der Decke und die daraus hervorschauenden Eisenverstrebungen wirkten auf den Special Agent nicht gerade Vertrauen erweckend.

Von den Möbeln, die in dem Raum gestanden hatten, waren nur verkohlte, tropfnasse Überreste geblieben, die kaum noch erahnen ließen, was sie dargestellt hatten, ehe das Feuer sie zerstörte.

Ein mit elektronischen Geräten vollgestelltes Metallregal, das sich unter der Hitzeeinwirkung stark verzogen hatte, war der einzige Einrichtungsgegenstand, der halbwegs unversehrt geblieben war. Die Regler und Anzeigen der elektronischen Gerätschaften waren zerschmolzen, die Gehäuse deformiert.

Hillar stieß ein freudloses Lachen aus. »Sie haben sich zu früh gefreut, Croach. Die Technik dieser Geräte ist hinüber.«

»Das ist nicht unbedingt gesagt«, erwiderte der Cop, ein Mann, dessen Haut die Farbe von honigfarbenem Mahagoniholz hatte. »Auf diesem Schrottplatz wurde das Neueste verwendet, was auf dem Sektor der Sicherheitstechnik momentan zu haben ist.«

»Ein ziemlich hoher Aufwand, den Mister Singh da für die Überwachung seiner Schrottautos betrieben hat«, bemerkte Zeery.

Croach nickte beipflichtend. »Singh wollte sich mit dieser Anlage nicht bloß vor Dieben schützen, die es auf Ersatzteile oder Altmetalle abgesehen hatten. Da hätten ein paar abgerichtete Wachhunde ihm sicherlich einen besseren Dienst erwiesen.«

Steve nickte beipflichtend. »Es ging diesem sauberen Geschäftsmann darum, genau im Auge zu behalten, was sich auf dem Schrottplatz abspielte.«

Zeery betrachtete die ramponierten Geräte genauer. »Dieser Apparat hier hat eine Internetverbindung«, stellte er fest. »Die Aufnahmen der Überwachungskamera konnten also auch von einem anderen Ort aus abgerufen werden.«

»Außerdem wurden die Aufnahmen auf einer Festplatte abgespeichert«, ergänzte Croach und deutete auf einen unscheinbaren Metallkasten, der mit einer

Schicht aus Ruß und Löschwasser behaftet war. »Die Gehäuse dieser Speicher sind ähnlich robust wie eine Blackbox in einem modernen Jumbojet. Mich würde nicht wundern, wenn die darauf abgespeicherten Daten noch intakt und abrufbar sind.«

»Wir nehmen die Festplatte mit in unser Büro, um die Daten auszuwerten«, entschied Steve.

Hillar zuckte gelassen mit den Schultern. »Ich habe nichts dagegen einzuwenden. Werden Sie denn auch die Kommunikation mit Homeland Security übernehmen?«

Steve nickte. »Dafür ist es erforderlich, dass Sie uns regelmäßig mit den neuesten Ermittlungsergebnissen versorgen.«

»Das wäre sowieso geschehen«, erwiderte der Sergeant. »Hauptsache, Sie halten uns den Rücken frei, damit wir uns auf unsere Arbeit konzentrieren können und unsere Zeit nicht damit verplempern müssen, uns mit den Mitarbeitern der Behörde für innere Sicherheit abzuplagen.«

Mit beiläufiger Geste deutete er auf das Aufzeichnungsgerät. »Packen Sie den Datenrekorder ein, Croach. Die Feds haben Dringenderes zu tun, als im Weg herumzustehen und uns unsere Arbeit zu erschweren.«

Mit diesen Worten wandte er sich ab und stapfte über die klatschnassen Trümmer davon.

Camilla Jefferson hatte die Fünfundvierzig knapp überschritten. Eine lockige blonde Mähne umrahmte ihr schmales, fein geschnittenes Gesicht. Während sie abwartend in der offenen Haustür stand, musterte sie uns mit kühlem Ausdruck in den Augen.

Phil, der seinen Ausweis hervorgeholt hatte, zeigte ihn der Frau mit beiläufigem Gestus.

Ohne ein Wort zu sagen, wandte sich Camilla daraufhin ab und schlenderte Hüften schwingend den Korridor entlang. Das hellblaue Minikleid, das sie trug, betonte dezent ihre Taille und ihre schlanke Statur.

Phil und ich sahen uns an.

»Das Leben im Big Apple scheint der Frau gut getan zu haben«, bemerkte mein Freund mit gedämpfter Stimme.

Er spielte damit auf das Foto an, das den Akten beigelegt worden war und Camilla zeigte, wie sie vor zwei Jahren ausgesehen hatte. Ihr Gesicht hatte aufgedunsen gewirkt. Das Haar war spröde und farblos, und die unter einem weiten Hosenanzug verborgene Figur war aus dem Leim gegangen.

Wir folgten der Frau. Die Tür stieß ich mit dem Hacken hinter mir ins Schloss.

Camilla war unterdessen in einem Zimmer am Ende des Flures verschwunden. Phil und ich gingen an einer Treppe vorbei, die zu den oberen Stockwerken führte, und betraten kurz darauf einen geräumigen Salon. Die Fenster wiesen Richtung East River. Die Vorhänge waren zurückgezogen und gaben den Blick auf Süd-Manhattan frei.

Da der Brooklyn Queens Expressway, die einzige Straße, die zwischen dieser Häuserzeile und dem Flussufer lag, hinter einer steilen Böschung verborgen war, entstand der Eindruck, eine begrünte Böschung würde sich bis ans Ufer erstrecken.

»Wunderschön – nicht wahr?«, sagte Camilla, die mit untergeschlagenen Beinen auf einem Sofa Platz genommen hatte, das den Fenstern zugekehrt war.

Mir fiel ein auf der Fensterbank liegendes Fernrohr auf. Es schien sich um ein ziemlich altes Modell zu handeln.

Camilla, der mein Interesse an dem Fernrohr aufgefallen war, erklärte: »Bei gutem Wetter kann man von meinem Haus aus mit diesem Fernrohr bis in die Wall Street hinein sehen.«

»So können Sie die Demonstrationen dort also quasi aus nächster Nähe miterleben«, sagte Phil.

Mit einer lasziven Geste deutete Camilla auf die beiden mit hellem Stoff bezogenen Sessel auf der anderen Seite des Couchtisches.

»Ich sitze hier manchmal Stunden, höre klassische Musik und sehe nach Manhattan rüber«, sagte sie. »Für mich gibt es auf dieser Welt keinen schöneren Ort als diesen hier.«

»Sie leben allein in diesem Haus?«, fragte Phil, während wir uns setzten.

Camilla hob spöttisch eine Augenbraue. »Stört Sie das etwa?«

»Es ist zumindest ungewöhnlich«, erwiderte Phil. »Eine so begehrenswerte Frau wie Sie hat doch gewiss viele Verehrer.«

»Danke für das Kompliment.« Ein frostiger Unterton hatte sich in Camillas Stimme gemischt. »Was mich angeht, hat die Ehe, die ich zwanzig Jahre lang mit Mercur Lones geführt habe, gereicht, um mich für den Rest meines Lebens davon zu kurieren, unbedingt mit einem Mann zusammenleben zu müssen.«

Sie deutete auf eine mit Wasser gefüllte Karaffe und die Trinkgläser auf dem Couchtisch. »Bedienen Sie sich«, sagte sie. »Da Sie dienstlich hier sind, erspare ich es Ihnen, Sie zu fragen, ob Sie einen Drink möchten.«

Mit diesen Worten nahm sie ein mit einer Zitronenscheibe gekröntes Longdrinkglas an sich und nippte an der hellgrünen Flüssigkeit.

»Wussten Sie, dass sich Ihr Exmann in New York aufhielt?«, fragte ich und schenkte Phil und mir Wasser ein.

Camilla zuckte affektiert mit den Schultern. »Ich habe aufgehört, mich für meinen Mann zu interessieren, seit ich erfahren habe, dass er mich betrogen hat. Das habe ich Ihren Kollegen doch bereits gesagt.«

»Sie haben meine Frage nicht beantwortet.«

Hart stellte sie das Longdrinkglas auf dem Tisch ab. »Wollen Sie mich etwa auch verdächtigen, meinen Mann ermordet zu haben, wie Ihre Kollegen von der City Police es getan haben?«

»Detective Janowik und Detective Horn haben nur ihren Job gemacht«, stellte Phil richtig. »Es gilt, einen Mord aufzuklären. Und dazu gehört nun einmal, dass alle Menschen, die in einer Beziehung zu dem Opfer standen, befragt werden, um auszuloten, ob sie ein Tatmotiv hatten, und wenn ja, wo sie sich zur Tatzeit aufgehalten haben.«

Camilla lächelte unterkühlt. »Offenbar scheinen diese beiden Cops zu dem Schluss gekommen zu sein, dass ich zu dem engeren Täterkreis gezählt werden muss. Warum sonst sollten sie mir jetzt das FBI auf den Hals gehetzt haben?«

»Erwarten Sie bitte nicht von uns, dass wir Ihre Vermutungen zerstreuen oder bestätigen«, erwiderte ich barsch. »Der Tod Ihres Ex-Mannes hat viele Fragen aufgeworfen, die es dringend zu klären galt. Also beantworten Sie jetzt bitte meine Frage. Wussten Sie, dass sich Ihr Mann in New York aufhielt?«

Camilla presste die Lippen aufeinander. Dann atmete sie tief durch. »Ja«, sagte sie schließlich mit rauer Stimme. »Vor zwei Monaten tauchte Mercur plötzlich eines Nachts vor meiner Haustür auf. Er klingelte Sturm, rief meinen Namen und schlug mit den Fäusten gegen die Tür. Aber ich rührte mich nicht. Ich hatte durch den Türspion gesehen und mir fest vorgenommen, mich nicht zu rühren, bis Mercur wieder verschwunden war.«

In Camillas Mundwinkeln zuckte es. »Er hat eine halbe Stunde herumgefuhrwerkt und mich beschimpft. Dann tauchte ein Streifenwagen auf. Eine Nachbarin hatte die Polizei verständigt. Immerhin war es mitten in der Nacht. Mercur machte sich davon. Danach habe ich nie wieder etwas von ihm gesehen oder gehört.«

»Hatte es vor dieser Begebenheit schon ähnliche Vorkommnisse gegeben?«, fragte ich.

Camilla schüttelte den Kopf. »Nachdem die Scheidung rechtskräftig wurde, habe ich Baltimore verlassen und bin nach New York gezogen. Mercur hatte danach nie auch nur den Versuch unternommen, mit mir in Kontakt zu treten.« Ein harter Ausdruck trat in ihr hübsches Gesicht. »Er wusste, wie sehr er mich verletzt hatte, und zog es vor, mir aus dem Weg zu gehen. Dieses Verhalten war symptomatisch für ihn, wenn es um mich ging. Für andere Menschen hatte er sich stets mit großem Engagement eingesetzt. Nur für mich, da …«

Sie winkte ab und presste verbittert die Faust gegen die bebenden Lippen.

»Was genau wollte Ihr Ex-Mann von Ihnen?«, lenkte Phil das Gespräch auf meine Eingangsfrage zurück. »Für sein plötzliches Auftauchen musste es doch einen Grund gegeben haben.«

Camilla ließ die Hand in ihren Schoß sinken. »Er

wollte Geld«, sagte sie mit schwankender Stimme. »Er behauptete, in New York eine wichtige Aufgabe erledigen zu müssen. Ich sollte ihn dabei unterstützen, indem ich ihm ein paar Hundert Dollar gab, damit er sich in New York einleben konnte.«

»Hatte er sich näher über diese Aufgabe ausgelassen?«

Camilla schüttelte abgehakt den Kopf.

»Sie hatten ausgesagt, Ihr Mann hätte nie irgendwelche Drogen genommen. Es wurden bei seiner Leiche aber welche gefunden. Was macht Sie so sicher, dass Mercur nach der Scheidung nicht doch drogensüchtig geworden ist?«

Camilla sah mich mit ernster Miene an. »Mit Ausnahme des Alkohols hat Mercur alle Drogen verabscheut. Er hatte mit angesehen, wie einige seiner treuesten Mitarbeiter, die er hatte entlassen müssen und die in Baltimore keine Arbeit mehr fanden, ins Drogenmilieu abrutschten. Es hat ihn halb wahnsinnig gemacht, nichts gegen den sozialen und menschlichen Abstieg seiner ehemaligen Arbeiter unternehmen zu können. Er hasste es, sich so hilf- und machtlos zu fühlen.« Sie lachte verbittert auf. »Ich sagte doch bereits, dass er ein engagierter Mann war, wenn es nicht gerade seine Ehefrau war, die dieses Engagement beanspruchte. Das ging sogar so weit, dass er ein Verhältnis mit seiner ehemaligen Chefsekretärin einging, nachdem er sie entlassen musste. Sie schlief mit ihm. Und er gab ihr Geld, damit sie über die Runden kam und es ihr nicht genauso erging wie den arbeitslosen, drogenabhängig gewordenen Arbeitern aus seinem Betrieb.«

Camilla hatte die Fäuste geballt. Sie zitterte am ganzen Körper. Obwohl dieses Ereignis nun schon zwei

Jahre zurücklag, wühlte es sie innerlich offenbar noch immer stark auf.

»Als der Privatdetektiv mir damals die kompromittierenden Fotos lieferte und mein Verdacht, dass mein Mann mich betrog, sich bestätigte, entschloss ich mich, dafür zu sorgen, dass ich endlich zu meinem Recht kam. Mercur war nicht bereit, sich seiner Frau zuzuwenden und ihr dieselbe Aufmerksamkeit und Anteilnahme zuteil werden zu lassen, mit der er seine Mitmenschen bedachte. Also musste ich selbst dafür sorgen, dass ich meinen Anteil bekam. Und das ist mir dann ja auch gelungen.«

Sie seufzte und ließ ermattet die Schultern hängen. »Es war mir zwar egal, was aus meinem Mann wurde. Aber ermordet zu werden, hätte ich nicht einmal ihm gewünscht.«

Phil und ich tauschten einen raschen Blick.

»Nachdem Ihr Exmann vor Ihrer Haustür erschien, hat er nie wieder versucht, Kontakt mit Ihnen aufzunehmen?«, fragte ich noch einmal und sah Camilla dabei streng an.

Sie schüttelte müde den Kopf. »Ich würde es Ihnen sagen, wenn es anders gewesen wäre.«

»Was glauben Sie, wohin hat Mercur sich gewandt, nachdem er einsehen musste, dass er von Ihnen keine Unterstützung bekommen würde?«, schob Phil eine Frage nach.

»Mercur war ein pragmatisch denkender Mensch«, antwortete Camilla. »Er wird dasselbe getan haben, was er auch in Baltimore tat, nachdem er all sein Geld versoffen hatte. Er wird sich an eine Institution gewendet haben, die sich um Obdachlose kümmert. Vornehmlich um eine mit religiöser Orientierung. Mercur war ein überzeugter Anhänger der Episkopalkirche.«

Phil krauste die Stirn. »Woher wissen Sie über den Werdegang Ihres Ex eigentlich so gut Bescheid, Mrs Jefferson?«

Sie lächelte säuerlich. »Ich unterhalte noch immer Kontakt zu meinen Freundinnen, die ich in Baltimore hatte. Eine von ihnen wurde nicht müde, mir von Mercur zu berichten, wenn sie etwas Neues über ihn erfahren hatte. Es ist jedoch schon ein halbes Jahr her, als sie mir zuletzt etwas über ihn zutrug. Sie erzählte, Mercur wäre dazu übergegangen, auf öffentlichen Plätzen und in Parks zu predigen. Er redete so lange auf die Leute ein, bis die Polizei auftauchte. Dann suchte er das Weite, weil er keine polizeiliche Erlaubnis hatte, die ihm das Predigen in der Öffentlichkeit gestattete. Er war ja nicht einmal Priester. Am liebsten schilderte er offenbar die schlimmen Folgen, die der Drogenkonsum mit sich brachte. Alkohol zählte für ihn selbstverständlich nicht zu den verdammenswerten Rauschmitteln. Schließlich soff er ja selbst. Wie ich hörte, wetterte er in seinen Straßenpredigten auch gegen die hohen Steuern, die technologische Entwicklung, die Kaltherzigkeit der Menschen und die Macht der Weltkonzerne.« Camilla lachte rau. »Mercur war ein Narr. Nach unserer Scheidung war ihm noch genug Geld geblieben, um eine neue Existenz aufzubauen. Doch er zog es vor, in Selbstmitleid zu versinken und allen möglichen Ärgernissen, denen der moderne Mensch ausgesetzt ist, die Schuld an seiner Misere zu geben.«

Sie seufzte entnervt. Tränen schimmerten in ihren Augen. »Ich hasse es, mich mit diesem Mann jetzt auf diese Weise wieder auseinandersetzen zu müssen!«

»Sie haben uns trotzdem sehr geholfen, Mrs Jefferson.« Phil schlug mit den flachen Händen auf seine Oberschenkel und stand auf.

Auch ich erhob mich.

Camilla sah verwundert zu uns auf. »Sie wollen schon gehen? Sie haben mein Alibi doch noch gar nicht angesprochen. Ihre Kollegen meinten, meine Aussage, ich wäre zum Zeitpunkt von Mercurs Tod allein in meinem Haus gewesen, sei ziemlich dürftig.«

»Was wir von Ihnen wissen wollten, ist von Ihnen hinlänglich beantwortet worden«, sagte ich. »Diese Offenheit hätten Sie von Anfang an an den Tag legen sollen. Dann wäre Ihnen unser Besuch vielleicht erspart geblieben.«

»Ihre Kollegen von der City Police haben mich wie eine potenzielle Mörderin behandelt«, sagte Camilla erzürnt und stand abrupt auf. »Ich wäre nur noch näher in ihr Fadenkreuz geraten, wenn ich zugegeben hätte, dass Mercur den Versuch unternommen hatte, mit mir in Kontakt zu treten.«

»Sie sollten solche Beurteilungen in Zukunft lieber den Leuten überlassen, die dafür ausgebildet wurden.« Phil lächelte dünn. »Es ist nicht auszuschließen, dass wir in den kommenden Tagen noch einmal bei Ihnen vorbeischauen. Sie sollten New York in nächster Zeit also nicht verlassen.«

»Das wird auch nicht geschehen«, erwiderte Camilla. »Mercur wird es niemals schaffen, mir die Freude an dieser Stadt zu verleiden. Auch durch seinen Tod nicht!«

Abrupt wandte sie sich ab, um uns zur Haustür zu geleiten.

»Wenn wir herausfinden wollen, was Lones in New York getrieben hat, wird es uns vielleicht ein Pfarrer der Episkopalkirche verraten können«, sagte Phil, während wir die Columbia Heights hinunterschlenderten, um zu unseren Dienstwagen zu gelangen. »Sicherlich unterhält die Kirche in New York eine Obdachlosenmission. Lones wird dort vielleicht Zuflucht gesucht haben, nachdem Camilla ihn hat abblitzen lassen.«

Ich nickte und holte den Wagenschlüssel hervor. »The Episcopal Church hat ihren Verwaltungssitz in New York«, sagte ich und drückte im Gehen die Schlüsseltaste, die die Türen des Dienstchevys per Funk entriegelte. »Dort wird man uns sagen können, wohin wir uns wenden müssen, wenn wir Informationen über einen Obdachlosen einholen wollen, der ein Anhänger der TEC war.«

Zehn Minuten später hatten wir die gewünschte Information. Phil, der das Telefonat mit dem Sekretär des vorsitzenden Bischofs von unserem parkenden Dienstwagen aus geführt hatte, hatte eine Adresse in der Nähe des Sheridan Expressway auf seinem Notizblock notiert.

»In der Longfellow Avenue, Ecke Lowell Street, unterhält die Episkopalkirche tatsächlich eine Obdachlosenmission«, berichtete er. »Der Sekretär meinte, der dortige Pfarrer, ein Mann namens Reverend James Hall, wird unseren Mann sicherlich kennen, wenn der dort verkehrte. Hall soll ein ausgezeichnetes Gedächtnis haben. Er vergisst nie eines seiner Schafe, weil er ein geduldiger Zuhörer ist und sich die Geschichten der Leute merkt. So hat es der Sekretär jedenfalls ausgedrückt. Hall hält in der Mission zurzeit eine Seelsorgestunde ab. Wir werden ihn also dort antreffen, wenn wir uns jetzt auf den Weg machen.«

»Eine Seelsorgestunde. Na – wenn das nicht vielversprechend klingt.« Ich startete den Wagen und scherte aus der Parklücke aus.

Unser nächstes Ziel war die Obdachlosenmission der Episkopalkirche in der Bronx.

Die Obdachlosenmission war in einem zweigeschossigen Eckhaus gegenüber des Longfellow Gardens untergebracht. Das Gebäude hatte ehemals als Schlachterei gedient. Die weiße, stark abgeblätterte Schrift auf dem roten Backstein auf der Stirnseite des Hauses legte davon noch deutlich Zeugnis ab. Ein großes weißes Kreuz aus Metall war auf der Fassade über dem Eingang befestigt worden und verdeckte die alte Aufschrift teilweise. Nachts wurde das Kreuz beleuchtet, wie die in das Metall eingelassenen Neonröhren verrieten. Doch jetzt schimmerte das christliche Symbol nur matt in der Nachmittagssonne.

Als Phil und ich die Mission betraten, richteten sich die Blicke der zerlumpt aussehenden Männer und Frauen, die sich in dem Raum aufhielten, ohne Ausnahme auf uns.

Der ehemalige Verkaufsraum der Schlachterei war zu einer Art Speisesaal umgebaut worden. Klapptische und Bänke, wie sie für Gartenpartys verwendet wurden, standen zu langen Reihen gruppiert in dem überfüllten Zimmer. Die Mittagsspeisung war vorbei und die Obdachlosen, die diesen Service in Anspruch genommen hatten, saßen noch an den schmalen Tischen, um sich zu unterhalten.

Die Blicke, die uns aus den verlebten, von Alkoholkonsum und Entbehrungen gezeichneten Gesichtern trafen, waren düster und von Misstrauen geprägt. Die Gespräche verstummten. Doch aus den Ecken drang ein argwöhnisches Zischeln und Fluchen zu uns herüber.

Eine junge Frau kam aus dem rückwärtigen Teil des Raumes auf uns zu. Sie hatte ein offenherziges Gesicht. Die schlichte Kleidung und die hochgesteckte Frisur vermittelten jedoch einen zugeknöpften, unnahbaren Eindruck. Um ihren Hals hing an einer zierlichen Kette ein silbernes Kreuz.

»Willkommen in der Obdachlosenmission der Episkopalkirche«, sagte sie freundlich und faltete die Hände vor ihrem Schoß. »Ich bin Schwester Ingrid. Was kann ich für Sie tun, Gentlemen?«

Ich zeigte der Frau meinen Dienstausweis, was ringsum mit einem Raunen und Flüstern quittiert wurde. »Wir wollen Reverend Hall sprechen, Ma'am.«

Die Frau lächelte unverbindlich. »Der befindet sich gerade in einer Besprechung. Wenn Sie so lange warten wollen, bis der Reverend mit dem Mann fertig ist, dürfen Sie mir gerne folgen.«

»Das wollen wir«, sagte Phil und lächelte liebenswürdig.

Schwester Ingrid drehte sich um und schob sich an den Reihen der Obdachlosen vorbei auf eine Tür im hinteren Bereich zu. Mein Partner und ich folgten ihr. Wir ignorierten die Zurufe kurzerhand, die uns begleiteten. Die meisten davon waren nicht gerade schmeichelhaft.

»Nehmen Sie es diesen Leuten nicht übel«, sagte Schwester Ingrid, nachdem wir den Speisesaal hinter uns gelassen hatten und einem Korridor folgten. Sie schaute kurz über die Schulter zu uns rüber. »Das ablehnende Verhalten dieser Männer und Frauen rührt weniger daher, weil sie etwa schlechte Erfahrungen mit den Cops gemacht hätten. Es ist nur so, dass die Polizei die sichtbarsten Vertreter der Gesellschaft darstellen, die sie ihrer Meinung nach ausgestoßen hat. Darum hegen sie einen heimlichen Groll gegen jeden Beamten.«

Wir näherten uns einer Tür, der gegenüber mehrere Stühle an der Wand standen. Drei Männer hatten dort Platz genommen und stierten ausdruckslos vor sich auf den Boden. Dass hinter der Tür des Zimmers, vor dem sie warteten, lautes Schimpfen drang, schienen sie nicht wahrzunehmen.

»Wie es sich anhört, hegen einige Ihrer Schäfchen auch gegen Gott großen Groll«, sagte ich in Anspielung auf das hinter der Tür hervorschallende Geschrei.

Schwester Ingrid schien etwas besorgt. »Der Reverend geht mit den Leuten manchmal streng zu Gericht«, sagte sie und deutete auf zwei leere Stühle. »Wenn er sich um das Heil einer Seele sorgt, teilt er es den Betreffenden oft auf unmissverständliche Weise mit.«

Phil verspürte offenbar genauso wenig Verlangen, sich zu setzen, wie ich. Das Gebrüll in dem Seelsorgezimmer klang für mein Empfinden etwas zu aggressiv. Außerdem war es nicht nur eine Stimme, die hinter der Tür hervordrang. In dem Zimmer wurde ein heftiger Disput ausgetragen, das war unverkennbar.

»Diese Sache gefällt mir nicht«, sagte Phil.

Schwester Ingrid knetete nervös die Hände. »Der Reverend wird wissen, was er tut. Wenn er es für nötig befindet, mit seinem Schützling einen Streit vom Zaun zu brechen, wird Gott ihm dies eingegeben haben.«

Ein Schmerzensschrei, der abrupt abbrach, ließ Phil und mich alarmiert aufhorchen.

»Verdammt. Da stimmt doch etwas nicht«, sagte mein Freund besorgt.

Ich nickte, schob die verstört dreinblickende Schwester aus dem Weg und stieß die Tür auf.

Das Seelsorgezimmer war spartanisch eingerichtet. Das Mobiliar bestand aus einem einfachen Holztisch und drei Stühlen. Ein niedriges Regal mit einigen abgenutzten Bibelexemplaren und mehreren Stapeln Traktaten darin stand neben dem Tisch an der Wand. Darüber hing ein schlichtes Kruzifix.

Ein drahtiger Bursche, in einen abgewetzten, fleckigen Zweireiher gekleidet, drückte einen älteren Mann mit dem Ellbogen gegen die Wand und hielt ihm den Mund zu. In der anderen Hand hielt er ein Messer, dessen Spitze auf das linke Auge seines Gegenübers zielte.

Gehetzt sah der Kerl im Zweireiher zu uns herüber. Sein fleckiges Gesicht wurde von einem ungepflegten Bart verunstaltet. Das Haar hing ihm in Strähnen bis weit in die Stirn.

»Verschwinden Sie!«, brüllte er. »Das hier geht nur den Reverend und mich etwas an!«

Reverend Hall hob beschwichtigend die Hand, ließ sie aber augenblicklich wieder sinken, als sein Kontrahent sich mit dem vollen Gewicht seines Körpers gegen ihn presste. Der schlichte schwarze Anzug des Geistlichen war verrutscht, das lichte, schulterlange Haar stand wirr von seinem hageren Kopf ab.

»Los, raus hier!«, schrie der Mann mit dem Messer und brachte die Spitze noch näher an das entsetzte aufgerissene Auge des Reverends.

Während Phil seinen Ausweis hervorholte, zog ich meine Dienstwaffe.

»Sie werden jetzt von Reverend Hall zurücktreten und das Messer auf den Tisch legen!«, befahl Phil, nachdem er uns bestimmungsgemäß vorgestellt hatte. »Los – machen Sie schon!«, rief er barsch, weil der Mann nicht reagierte.

Als ich den beunruhigenden Ausdruck im Gesicht des Fremden wahrnahm, hob ich die Waffe und zielte auf ihn. Ich kannte diese Mimik. So blickten zu allem entschlossene Männer, wenn sie nur noch einen Ausweg sahen.

»Zurücktreten!«, brüllte ich.

Im selben Moment holte der Mann mit dem Waffenarm aus, drückte den Kopf des Reverends zurück und stach nach dem bloßgelegten Hals.

Ich krümmte den Abzugsfinger. Die SIG Sauer gab ein trockenes Bellen von sich und bockte kurz in meiner Faust auf.

Der Schuss barg ein hohes Risiko, da sich der Attentäter dicht an sein Opfer presste. Doch mir blieb keine Wahl, wollte ich das Leben des Reverends retten.

Die Kugel schlug in den Körper des Bewaffneten. Das auf den Hals des Reverends herabzuckende Messer verfehlte sein Ziel und bohrte sich stattdessen in die Schulter des Geistlichen.

Der Priester verzog vor Schmerz das Gesicht. Doch anstatt nach dem aus der linken Schulter ragenden Messer zu greifen, fasste er nach dem Mann, der kraftlos an seiner Brust hinabsank.

Phil und ich umrundeten hastig den Tisch. Doch da hatte Hall den Mann bereits auf den Boden gebettet. Er sprach ein Gebet und schloss dem Mann die Augen.

Ich kniete mich neben den Angreifer und untersuchte ihn flüchtig. Die Kugel war seitlich in seinen Brustkorb eingedrungen und hatte vermutlich das Herz durchschlagen.

Ich biss die Zähne aufeinander. »Ich musste es tun«, sagte ich rau.

Der Reverend sah mich über den Toten hinweg an und nickte stumm. Erst jetzt schien er die Auswirkungen des Angriffs zu spüren. Er stöhnte auf, ließ sich rittlings auf den Boden nieder und lehnte sich mit dem Rücken an die Wand. Behutsam berührte er die verwundete Schulter und verzog schmerzgepeinigt das Gesicht.

Phil, der sein Handy hervorgeholt hatte, informierte zuerst den Emergency Service, bevor er die City Police anrief. Unterdessen war auch Schwester Ingrid an meiner Seite aufgetaucht. Sie kniete sich hin und legte dem Reverend begütigend eine Hand auf die schweißnasse Stirn.

»Sie Armer«, murmelte sie mit zittriger Stimme. Als sie daraufhin die verwundete Schulter abtastete, zog ich ihre Hand zurück.

»Das überlassen Sie besser dem Notarzt.«

»Ich bin ausgebildete Krankenschwester«, erklärte sie frostig.

Da war aus der Richtung der Zimmertür plötzlich ein Tumult zu hören. Mehrere Obdachlose hatten sich auf dem Flur eingefunden.

»Die Feds – sie haben Sammy erschossen!«, kreischte eine Frau, woraufhin der Lärm noch durchdringender wurde.

»Wie lautet der vollständige Name dieses Mannes?«, fragte ich den Priester, wobei ich meine Stimme heben musste, um mich gegen die aufgebrachten Rufe hinweg bemerkbar zu machen.

»Samuel Nikanov«, antwortete die Schwester anstelle des Reverends, der vor Schmerz die Lippen fest aufeinander presste.

Während Phil sich zum Fenster drehte, um das Telefonat ungestört fortsetzen zu können, schraubte ich mich hinter dem Tisch in die Höhe und wandte mich den aufgebrachten Leuten zu.

»Reverend Hall ist von Samuel Nikanov mit einem Messer tätlich angegriffen worden!«, erklärte ich mit lauter Stimme. »Sammy hätte den Priester erstochen, wenn ich ihn nicht niedergestreckt hätte! Unsere Kollegen von der City Police werden hier gleich eintreffen. Halten Sie sich also bitte zur Verfügung, falls die Cops Fragen bezüglich Sammy an Sie richten müssen.«

Hatte es eben noch so ausgesehen, als wäre der eine oder andere nicht abgeneigt gewesen, in das Seelsorgezimmer zu stürmen, um seiner Wut über unser Vorgehen Luft zu machen, setzte vor dem Zimmer plötzlich ein hektisches Gedränge und Geschiebe ein. Einige der Obdachlosen hatten es offenbar plötzlich eilig, die Mission so schnell wie möglich zu verlassen.

Es dauerte nicht lange, da hielten sich etwa nur noch ein halbes Dutzend Männer und Frauen auf dem Korridor auf. Das Geschrei und Schimpfen war verstummt. Stattdessen war nur noch ein trockenes Schluchzen und verhaltenes Gemurmel zu hören.

Phil reckte mir den erhobenen Daumen entgegen, während er mit seinem Gesprächspartner am anderen Ende der Verbindung redete.

Ich erwiderte die Geste mit einem frostigen Lächeln. Ich fühlte mich alles andere als wohl in meiner Haut.

Dass ich Nikanov erschießen und die lärmenden Obdachlosen mit diesem billigen Trick verscheuchen musste, widerstrebte mir ganz und gar.

Wieder kniete ich mich vor den Reverend hin.

»Sein Kreislauf ist stabil«, erklärte Schwester Ingrid. »Der Reverend ist ein zäher Bursche.«

»Gleich wird Hilfe eintreffen«, sagte ich und sah dem Priester unverwandt ins Gesicht. »Warum ist dieser Sammy auf Sie losgegangen?«

Hall leckte sich über die spröde gewordenen Lippen. »Er meinte, ich würde den Menschen mit meinem Gerede über Gott und Christus falsche Hoffnungen machen.«

»Und darum wollte er Sie gleich umbringen?«

Hall wischte sich mit der Hand über das Gesicht. »Es ist kompliziert«, sagte er erschöpft. »Sammy hatte andere Vorstellungen, wie den armen Seelen geholfen werden sollte. Für ihn waren diese Menschen Ausgestoßene – und sie sollten es seiner Meinung nach aus eigener Kraft schaffen, ihren Platz in der Gesellschaft zurückzuerobern. Ich würde mit meinen Predigten nur dazu beitragen, dass sie sich in ihr Schicksal fügten, anstatt aktiv etwas gegen ihre verfahrene Situation zu unternehmen.«

»Es ist jetzt ja wohl kaum der richtige Zeitpunkt, um über derartige Dinge zu palavern«, warf Schwester Ingrid mit resoluter Stimme ein. »Gönnen Sie den Reverend doch ein bisschen Ruhe, Agent.«

Hall furchte die Stirn. »Sind Sie wegen Sammy in die Mission gekommen?«, fragte er.

Ich schüttelte den Kopf. »Wir benötigen Informationen über einen gewissen Mercur Lones. Kannten Sie einen Mann mit diesem Namen?«

»Selbstverständlich kennen wir Mister Lones«, sagte Schwester Ingrid. »Er geht in dieser Mission ein und aus. Er unterstützt unseren Reverend mit allen Kräften, indem er zu den Obdachlosen geht und ihnen predigt, sie sollen von den Drogen ablassen.«

Hall fasste sich an die Brust, knapp unterhalb der Stichwunde. Seine Anzugjacke fing an, an dieser Stelle feucht zu schimmern. »Was ist mit Lones?«, wollte er wissen. »Ich habe seit Tagen nichts mehr von ihm gehört.«

Ich zögerte einen kurzen Moment. »Lones ist tot. Er wurde vor zwei Tagen im Süden der Bronx ermordet aufgefunden.«

Halls Miene verdüsterte sich. »Das ist eine schlimme Nachricht.«

»Glauben Sie, dieser Mord könnte mit dem Vorfall in der Mission zusammenhängen?«, fragte Schwester Ingrid erschrocken.

»Halten Sie das denn für möglich?«, stellte ich eine Gegenfrage.

In diesem Moment schallten aus der Richtung der Straße die durchdringenden Sirenen von mehreren Einsatzfahrzeugen herein.

Phil verließ das Zimmer, um die Kollegen in Empfang zu nehmen und anzuweisen.

Wenige Augenblicke später stürmten zwei Rettungssanitäter, dicht von einem Notarzt gefolgt, in das Seelsorgezimmer.

Während sich die Männer um den Verwundeten und den Toten kümmerten, fasste ich Schwester Ingrid am Oberarm und zog sie auf den Korridor hinaus.

»Können wir uns hier irgendwo ungestört unterhalten?«, fragte ich.

»Wird das etwa ein Verhör?«, fragte die Frau bestürzt. Sie konnte den Blick nicht von dem Toten abwenden, reckte den Hals, als ich sie von der Tür wegzog.

»Ich will Ihnen lediglich ein paar Fragen stellen.«

Zerstreut deutete sie auf eine der abzweigenden Türen. »Gehen wir ins Büro.«

Ein Blick in den Essraum am Ende des Flures verriet mir, dass die Cops bereits damit angefangen hatten, die Männer und Frauen zu befragen, die in der Mission geblieben waren. Als Phil zu mir rüberblickte, gab ich ihm mit Handzeichen zu verstehen, dass ich mich jetzt um die Schwester kümmern würde.

Wir betraten das Büro, ein enger, überfüllter Raum, in dem ein heilloses Durcheinander herrschte. Der mit Papieren übersäte Schreibtisch, die vollen Regale und Ablagen ließen kaum Platz, um sich in dem Zimmer zu bewegen.

Ingrid ließ sich auf den erstbesten Stuhl fallen und faltete die Hände in ihrem Schoß.

»Hat Reverend Hall schon öfter Ärger mit Leuten gehabt, die mit seinen Methoden nicht einverstanden waren?«, fragte ich.

Die Frau rieb sich fröstelnd die Oberarme. »Daran ist allein dieser verdammte Guerillero schuld«, sagte sie. »Seit er in New York auftauchte, setzt er diesen armen Seelen Flausen in den Kopf. Er behauptet, die Religion wäre nur dazu da, um die Ausgestoßenen ruhig zu halten, damit sie nicht gegen ihre schlimme Lage aufbegehrten. Und die Armenspeisung in dieser Mission sei eine Verhöhnung der Mittellosen. Ihnen stünde mehr zu, als nur den Abfall zu essen, der von den Tischen der Reichen fällt.« Sie seufzte und senkte den Blick. »Sammy war diesem Mann und seiner Argumentation auf dem Leim gegangen. Sie sehen ja, wozu das geführt hat!«

»Sie glauben, Sammy wurde von dem Guerillero dazu angestiftet, Reverend Hall zu bedrohen oder gar umzubringen?«

»Warum sollte er sonst hier auftauchen und Ärger machen?«, fragte die Schwester rau. »Bevor Sammy mit dem Guerillero zusammenkam, war er ein stiller Zeitgenosse gewesen. Er war zwar reizbar und neigte manchmal zu Gewaltausbrüchen, wenn er betrunken war. Doch darin unterschied er sich nicht sonderlich von anderen Männern in ähnlicher Situation. Doch als er dann in den Dunstkreis dieses angeblichen Revolutionärs geriet, war es mit seiner Beherrschung aus und vorbei. Er brüllte ständig herum und versuchte die Leute aufzuwiegeln. Das ging sogar so weit, dass der Reverend ihn vor die Tür setzte. So etwas macht er nur in großen Ausnahmefällen.«

Sie sah zu mir auf. Tränen schimmerten in ihren Augen. »Sammy ist nicht der Einzige, der dem Guerillero anheim fiel. Diese Obdachlosen kommen seitdem weder zu den Gottesdiensten, noch zur Armenspeisung.«

»Sie halten es offenbar für wahrscheinlich, dass der Mord an Mister Lones ebenfalls auf das Konto dieses Guerilleros geht?«

»Sie haben doch selbst erlebt, wie es dem Reverend ergangen ist. Mister Lones war ein noch viel leidenschaftlicherer Prediger als unser Reverend. Er hat die Obdachlosen in ihren provisorischen Unterkünften aufgesucht, um zu ihnen zu sprechen. Er ging zu den Plätzen und den Parks, um den Stadtstreichern das Wort Gottes zu verkünden und ihnen vor Augen zu halten, dass sie in der Hölle enden würden, wenn sie nicht von den Drogen abließen.«

»Soviel mir bekannt ist, hatte Lones selber Probleme mit Alkohol. Außerdem war er kein Priester.«

»In der Episkopalkirche ist es durchaus üblich, dass Laien solche Aufgaben übernehmen. Und was Lones' Alkoholkonsum angeht, so hatte er dem Reverend gelobt, in Zukunft die Finger von der Flasche zu lassen.«

»Lones war betrunken, als er ums Leben kam«, erwiderte ich.

»So? Dabei hatte er dem Reverend doch hoch und heilig versprochen, trocken zu bleiben.« Sie zuckte resigniert mit den Schultern.

Ich ließ Schwester Ingrid nicht aus den Augen. »Außerdem wurden Drogen bei ihm gefunden. Crystal Meth, um genau zu sein.«

Bestürzt schüttelte sie den Kopf. »Lones war ein entschiedener Gegner von solchen Drogen. Wenn er welche bei sich hatte, dann bestimmt nicht, um sie selbst zu konsumieren oder gar zu verkaufen.«

»Wissen Sie, wie der Guerillero mit richtigem Namen heißt und wo wir ihn finden können?«, wechselte ich das Thema.

Schwester Ingrid schüttelte bedauernd den Kopf. »Ich fürchte, ich kann Ihnen da nicht weiterhelfen. Ich kenne diesen Mann nur vom Hörensagen. Der Reverend hat ihn auch noch nie zu Gesicht bekommen. Fragen Sie unsere Sorgenkinder. Aber ich fürchte, die werden Ihnen auch keine Informationen geben können. Der Guerillero betreibt einen ziemlichen Kult um seine Person. Er lässt nur Leute an sich heran, von deren Loyalität er fest überzeugt ist.«

Tief atmete ich durch. »Wir werden dieser Sache auf den Grund gehen«, versprach ich.

Ich wandte mich ab und griff nach der Türklinke. »Soll ich dem Sanitäter Bescheid sagen, damit er nach Ihnen schaut? Sie sehen etwas blass und mitgenommen aus.«

Schwester Ingrid schüttelte den Kopf. »Ich bin Kummer und Aufregung gewohnt. Mir geht es gut.« Sie stand auf und strich ihren Rock glatt. »Ich muss wissen, wie es um den Reverend bestellt ist. Alles andere ist zweitrangig.«

Reverend Hall hatte eine tiefe Fleischwunde davongetragen. Der Notarzt meinte, der Priester hätte Glück gehabt. Es war keine Hauptschlagadern durchtrennt worden, als die Messerklinge unterhalb des Schlüsselbeines in die Schulter drang. Den Arm würde Hall einige Wochen allerdings nicht mehr richtig bewegen können.

Bevor der Reverend mit dem Rettungswagen ins Krankenhaus abtransportiert wurde, erteilt der Arzt mir die Erlaubnis, kurz mit dem Patienten zu sprechen. Ich stieg in den mit medizinischen Geräten vollgepackten Wagen und setzte mich neben Hall an die Trage, um mit ihm zu reden.

Im Großen und Ganzen bestätigte er, was ich zuvor von Schwester Ingrid erfahren hatte. Die Annahme, dass Samuel Nikanov ihn im Auftrag des Guerilleros hatte ermorden sollen, hielt er jedoch für übertrieben. Wer dieser geheimnisvolle Fremde war, konnte er mir auch nicht sagen. Aber er nannte mir die Namen einiger Männer und Frauen, von denen er annahm, dass sie zu den Anhängern des Guerillero zählten. Sie hatten sich seit Wochen nicht mehr in der Obdachlosenmission blicken lassen.

Ich notierte mir die Namen und bat den Reverend, mir vom Inhalt des Gesprächs zu erzählen, das er mit Sammy in dem Seelsorgezimmer geführt hatte.

»Nikanov hatte mich gewarnt, dem Guerillero in die Quere zu kommen«, sagte er und ließ sein Haupt erschöpft auf das Kissen der Trage sinken. »Ich hatte nicht verstanden, wie das gemeint war. Doch jetzt, da ich weiß, dass Lones, der arme Teufel, tot ist, ahne ich, dass diese Warnung auf ihn anspielte. Lones muss dem Guerillero und seinen Leuten zu nahe gekommen sein. Dass sie für seinen Mord verantwortlich sind, kann ich allerdings nicht glauben. In New York bringt doch niemand einen um, nur weil man nicht mit seiner Weltanschauung einverstanden ist.«

»Es mussten schon ganz andere Anlässe als Mordmotiv herhalten«, sagte ich. »Aber vielleicht haben Sie recht. Wir haben bei Lones' Leiche übrigens Drogen gefunden. Crystal Meth.«

»Lones hat derartige Drogen zutiefst verabscheut. Ich kann mir beim besten Willen nicht vorstellen, was er damit anfangen wollte.«

Der Arzt, der draußen vor den offenen Hecktüren des Rettungswagens stand, gab mir mit einer unmissverständlichen Geste zu verstehen, dass ich das Gespräch nun beenden sollte.

Ich verabschiedete mich von dem Reverend und wünschte ihm gute Besserung. Als ich aus den Wagen stieg, bedankte er sich mit schwacher Stimme dafür, dass ich ihm das Leben gerettet hatte.

»Ich würde mich besser fühlen, wenn ich keinen anderen Menschen hätte töten müssen, um Sie zu retten, Reverend.«

»Gott wird Ihnen vergeben, Agent Cotton«, sagte er, während die Sanitäter bereits die Türen schlossen.

Die Befragung der Obdachlosen in der Mission erbrachte keine weiterführenden Erkenntnisse. Die Männer und Frauen hatten zwar von dem Guerillero gehört. Aber niemand schien ihm persönlich begegnet zu sein oder wusste, wo er zu finden war.

Über den Guerillero kursierten unter den Obdachlosen allerdings etliche Gerüchte. Ein Mann wollte wissen, dass er aus Kuba stammte, wo er ein Parteifunktionär gewesen sein sollte. Ein anderer Mann bestätigte diese Version und setzte hinzu, der Guerillero sei bei der politischen Führung angeblich in Ungnade gefallen und hatte sich deshalb nach Amerika abgesetzt. Eine der anwesenden Frauen behauptete steif und fest, der Guerillero sei ein Voodoo-Zauberer, der jeden verhexe, der sich gegen ihn stellte. Die Frau, die mehrere abgewetzte Kleider am Leib trug und zahlreiche von Motten zerfressene Tücher um die Schulter geschlungen hatte, wirkte mit ihrem rötlichen wirren Haar und dem zerfurchten Gesicht fast selbst wie eine Hexe.

Schließlich überließen Phil und ich den Kollegen der City Police das Feld. Nachdem wir mit dem Detective einige organisatorische Dinge abgesprochen hatten, verließen wir die Mission und machten uns daran, mit dem Dienstchevy zur Federal Plaza zurückzukehren.

Wir erreichten den FBI-Tower eine knappe Stunde später. Als wir den Fahrstuhl im 23. Stockwerk verließen, schritten wir in Gedanken versunken an unseren über den Korridor eilenden Kollegen vorbei auf unser Büro zu.

Zeerookah stand vor dem Kaffeeautomaten und winkte uns lax zu. Da uns ebenfalls nach einem Kaffee gelüstete, gesellten wir uns zu ihm.

Phil rümpfte die Nase und musterte Zeery prüfend von oben bis unten. Dessen maßgeschneiderter Anzug saß makellos. Die senfgelbe Krawatte verlieh seinem Aussehen zusätzlich eine besondere Note.

»Probierst du gerade eine neue Parfümsorte aus?«, erkundigte sich Phil. »Du riechst wie ein Pyromane, der gerade seinen krankhaften Neigungen nachgegangen ist.«

Zeery grinste säuerlich. »Steve und ich wurden zu einem Gebäude gerufen, das von einem Selbstmordattentäter mit Sprengstoff in die Luft gejagt wurde. Der Brand war noch nicht ganz gelöscht, als wir eintrafen, um uns in den Trümmern umzusehen.«

»Du solltest dir diese abenteuerliche Duftnote patentieren lassen«, scherzte Phil. »Es soll Frauen geben, die sofort schwach werden, wenn sie einem Feuerwehrmann begegnen. Bei dem Geruch, den du verströmst, könnte man meinen, einen vor sich zu haben.«

»Ich werde es mir überlegen«, erwiderte Zeery und nahm den mit dampfendem Kaffee voll gelaufenen Pappbecher aus dem Ausgabeschacht des Automaten. Ein weiterer voller Becher stand bereits oben auf der Abdeckhaube des Apparates. »Immerhin hätte ich jetzt bereits schon zwei Abnehmer für mein Parfüm«, sagte er. »Steve äußerte sich nämlich ähnlich wie du, Phil.«

Tatsächlich drehte sich in diesem Moment eine junge, an uns vorbeigehende Frau, die vor einer Woche frisch aus der FBI Academy in Quantico nach New York gekommen war, nach Zeery um und taxierte ihn interessiert.

Unser indianischer Kollege nahm die beiden dampfenden Becher. »Entschuldigt mich jetzt bitte. Steve wartet auf mich. Es ist uns endlich gelungen, die Festplatte der Überwachungsanlage des Schrottplatzes wieder zum Laufen zu bringen. Wir hoffen, darauf eine Aufnahme des Attentäters zu finden. Momentan tappen wir nämlich noch im Dunkeln, wer der Bursche war, der die Montagehalle des Schrottplatzes in die Luft jagte.«

Ich warf eine Münze in den Schlitz des Automaten. »Was war an diesem Schrottplatz so besonders?«, fragte ich.

»Die Halle diente einer Drogenbande als Depot«, erklärte Zeery. »Die Dealer kamen bei der Explosion alle ums Leben. Der Inhaber des Schrottplatzes war allerdings nicht unter den Leichen, wie wir inzwischen wissen. Sein Name lautet Columbus Singh. Er musste von der Sache Wind bekommen haben, denn als unsere Kollegen von der City Police ihn aufsuchen wollten, war er nicht auffindbar. Offenbar hat der Mann sich verdrückt.«

Phil und ich tauschten einen überraschten Blick.

»Sagtest du Singh?«, fragte mein Freund perplex.

Zeery, der sich halb von uns weggedreht hatte, wandte sich uns – die beiden dampfenden Becher in den Händen – wieder zu.

»Ihr kennt diesen Burschen?«

»Und ob«, sagte ich und erzählte Zeery kurz, was sich auf dem Grundstück von Singhs Wäscherei vor zwei Tagen abgespielt hatte.

»Die Cops sind tatsächlich zu dieser Perlmutt-Wäscherei gefahren, um Mister Singh dort zu treffen«, erzählte Zeery gedehnt. »Doch als sie die Wäscherei erreichten, war Singh fort. Nicht einmal sein Sicherheitschef will gewusst haben, wohin sein Boss plötzlich verschwunden war. Seitdem wird nach dem Mann gefahndet. Die Perlmutt-Wäscherei und die anderen Betriebe von Columbus Singh werden zurzeit von den Kollegen der City Police und der Spurensicherung durchsucht.«

Phil schüttelte den Kopf. »Das kann unmöglich ein Zufall sein.«

Das sah ich genauso. »Wurden auf dem Schrottplatzgelände auch Amphetamine sichergestellt?«

Zeery nickte bestätigend.

»Das Crystal soll nach Spuren von Arsen untersucht werden«, sagte ich und erklärte Zeery, was es mit dem Meth auf sich hatte, das bei Mercur Lones' Leiche gefunden wurde. »Ein Broker, der diesen Stoff konsumierte, ist vergangene Nacht an dem Gift gestorben«, schloss ich.

»Ihr solltet euch die Aufnahmen der Überwachungskameras unbedingt mit uns zusammen ansehen«, schlug Zeery daraufhin vor. »Es wäre durchaus möglich, dass es zwischen unseren beiden Fällen noch mehr Übereinstimmungen gibt.«

»Wir ziehen uns nur noch schnell einen Kaffee«, sagte Phil. »Dann kommen wir in euer Büro.«

Steve hatte die Festplatte aus dem Datenrekorder an seinen Arbeitsplatzrechner angeschlossen, nachdem er das Modul mithilfe einer Spezialsoftware wieder zum Laufen gebracht hatte. Da Daten aus mehreren auf dem

Gelände und in dem Gebäude installierten Kameras vorlagen, hatten Steve und Zeery den Tathergang genauestens rekonstruieren können, indem sie ein Videobearbeitungsprogramm verwendeten und die entsprechenden Sequenzen hintereinander zu einem einzigen Film zusammenmontierten.

Das gefilmte Geschehen deckte sich mit den Aussagen des Augenzeugen, der den Attentäter von seinem Fahrzeug aus beobachtet hatte. Der Zeuge hatte den Attentäter als gut gekleideten Geschäftsmann beschrieben. Bei dem Anzug, den der Fremde trug, handelte es sich in der Tat um ein Markenprodukt, wie Zeery bestätigen konnte.

Doch der Mann, der in dieser erlesenen Kleidung steckte, sah nach allem anderen aus, nur nicht nach einem gut verdienenden Mitglied der Geschäftswelt.

Nachdem wir uns die Aufnahmen mehrmals angesehen und mitverfolgt hatten, wie der Attentäter zuerst die Wache vor dem Eingang erschoss und dann in die Montagehalle humpelte, um sich inmitten der dort versammelten Männer in die Luft zu sprengen, hatte Steve ein Standbild des Selbstmordattentäters auf den Computerbildschirm geschaltet.

Als der Attentäter sich dem Eingang genähert hatte, war sein Gesicht für einen Moment gestochen scharf zu sehen gewesen.

Dieses Gesicht betrachteten wir nun aufmerksam.

Es war das grobporige, aufgedunsene Antlitz eines Alkoholikers, das da aus dem Bildschirm mit wässrigen Augen hervorstarrte. Unter der Wangenhaut verlief ein dichtes Geflecht aus geplatzten Äderchen. Die Nase war angeschwollen, und eine schlecht verheilte Narbe hatte die Unterlippe verunstaltet. Der Mann verzog hasserfüllt den Mund, während er den Wachmann erschoss, und entblößte dabei zwei Reihen schadhafter gelblicher Zähne.

Allerdings war dieser Bursche frisch rasiert, und auch sein stark gelichtetes Haar wirkte gepflegt. Im Zusammenspiel mit dem maßgeschneiderten Anzug konnte man ihn auf dem ersten Blick tatsächlich für einen erfolgreichen Geschäftsmann halten. Doch dieser Eindruck verblasste rasch wieder, wenn man den Mann genauer betrachtete. Das verlebte, von übermäßigem Alkoholkonsum gezeichnete Gesicht ließ eher auf eine gescheiterte Persönlichkeit schließen, wie Phil und ich sie in der Obdachlosenmission zuhauf angetroffen hatten.

»Eine ziemlich zwiespältige Erscheinung, dieser Mann«, bemerkte Zeery. »Was mag diesen abgehalfterten Burschen veranlasst haben, sein Leben zu opfern, um diese Dealer zu töten und das Drogendepot zu zerstören?«

»Vielleicht wurde er von einem Konkurrenten der Dealer-Bande angeheuert«, sagte Phil, dem die Bilder anscheinend den Appetit auf seinen Kaffee verdorben hatten. Der Pappbecher stand halb geleert neben ihm auf Zeerys Schreibtisch.

»Gab es in der Unterwelt von New York denn irgendwelche Anzeichen für einen so erbitterten Verteilerkampf?«, fragte ich.

Steve schüttelte den Kopf. »Die Kollegen von der DEA stehen genauso vor einem Rätsel wie wir. Die Drogenbanden, die im Finanzdistrikt tätig sind, haben sich offenbar miteinander arrangiert. Es gibt kaum Reibereien unter den Dealern.«

Ich zerknüllte meinen leer getrunkenen Pappbecher und warf ihn wie einen Basketball in Steves vor dem

Heizkörper stehenden Papierkorb. »Singhs Flucht lässt vermuten, dass er von den Drogen wusste, die in der Montagehalle gebunkert wurden«, sagte ich. »War der Mann der Narcotics Division denn vorher schon einmal aufgefallen?«

»Nein«, war es wieder Steve, der antwortete. »Die in der Werkshalle getöteten Dealer agierten hauptsächlich im Süden Manhattans – so viel wussten unsere Kollegen immerhin. Wer der Kopf der Bande war, war ihnen jedoch genauso wenig bekannt wie ihr geheimer Treffpunkt. Die V-Männer der Drogenfahndung waren aber dicht an diesen Dealern dran. Dieser Drogenring stand kurz davor, aufzufliegen.«

»Vielleicht sollte dieser Anschlag verhindern, dass die wahren Drahtzieher entlarvt wurden«, stellte Phil eine weitere Vermutung an. »Es wäre interessant zu wissen, ob es diese Bande war, die das vergiftete Crystal an den Broker Anton Ternell verkaufte.«

»Diese Frage könnte rasch geklärt werden«, sagte Zeery und griff zum Telefon. »Die Kollegen vom kriminaltechnischen Labor der City Police werden die sichergestellten Drogen sicherlich bereits analysiert haben. Sollten sich Spuren von Arsen in dem Amphetamin befunden haben, wird es den Laboranten bestimmt aufgefallen sein.«

Während Zeery telefonierte, betrachtete ich das Antlitz des Attentäters aufs Neue. Steve hatte das Bild vorhin in ein Gesichtserkennungsprogramm eingespeist, das die Aufnahme mit sämtlichen Daten der Criminal Justice Information Service Division abgeglichen hatte. Doch die Suche hatte leider keinen Treffer ergeben. Wer dieser Selbstmordattentäter war, blieb weiterhin ein Rätsel.

»Fertige mir bitte ein paar Ausdrucke von diesem Standbild an, Steve«, bat ich meinen Kollegen. »Ich will das Bild Reverend Hall zeigen, wenn er wieder auf dem Damm ist.«

»Du glaubst, bei diesem Mann könnte es sich um einen Obdachlosen aus der Bronx handeln?«, fragte Phil.

»Ausschließen können wir es zumindest nicht. Von der Kleidung einmal abgesehen, wäre dieser Bursche unter den Besuchern der Obdachlosenmission jedenfalls nicht sonderlich aufgefallen. Außerdem haben wir mit Mercur Lones bereits einen Vertreter der Stadtstreicherzunft in diesem undurchsichtigen Fall vertreten. Nicht zu vergessen die unrühmliche Rolle, die Samuel Nikanov gespielt hat. Warum also sollten nicht noch weitere Obdachlose in diese Sache verwickelt sein?«

Phil nickte gewichtig. »Du denkst dabei an diesen Guerillero.«

In diesem Moment hatte Zeery das Telefonat beendet. »Das auf dem Schrottplatz sichergestellte Meth ist lupenrein«, sagte er, während Steves Drucker leise surrend das erste Bild des Selbstmordattentäters ausspuckte. »Die Kollegen werden aber noch weitere Stichproben des Crystal untersuchen. Sollte doch noch Arsen darin gefunden werden, wird man uns umgehend informieren.«

Phil verzog missmutig den Mund. »Wäre ja auch zu schön gewesen, wenn wir in dieser verworrenen Angelegenheit endlich mal einen eindeutigen Hinweis gefunden hätten. Seit die Leiche Mercur Lones' auf dem Grundstück der Perlmutt-Wäscherei entdeckt wurde, tun sich uns andauernd nur neue Fragen auf.«

»Wo Fragen sind, gibt es auch Antworten«, sagte Zeery. »Und das ist keine Indianerweisheit.«

Phil winkte ab und stand auf. »Ich bin nur froh, dass wir wenigstens auf die Übereinstimmungen zwischen dem Selbstmordattentat und unserem Fall gestoßen sind. Es lebe der Kaffeeautomat auf dem Flur des FBI District Office an der Federal Plaza!«

Auch ich erhob mich. In unserem Büro wartete noch eine Menge Schreibkram auf uns. Außerdem stand mir die unangenehme Aufgabe bevor, einen detaillierten Bericht über die leider notwenige Erschießung Samuel Nikanovs anzufertigen, ehe ich Feierabend machen konnte.

Columbus Singh starrte den dicklichen Mann mit dem schlohweißen Haar fassungslos an. Das basslastige Wummern aus den Boxentürmen nahe der Tanzfläche nahm er dabei genauso wenig wahr wie die laut geführten Unterhaltungen der Club-Gäste.

Obwohl der Club Roses and Thorns gut besucht war, war der hintere Bereich unmittelbar vor dem Separee verwaist. Dass keine ungebetenen Gäste bis hierher vordrangen, dafür sorgten die Rausschmeißer des Clubs ebenso wie Lando Whitmans Leibwächter Eugen Smith, der Singh misstrauisch beäugte, während dieser mit seinem Boss sprach.

»Du willst mich wirklich hängen lassen? Das ist nicht dein Ernst, Lando«, sagte Singh mit rauer Stimme.

Der Angesprochene lächelte unterkühlt. Er drückte die junge Schwarzafrikanerin, die neben ihm auf dem samtblauen Sofa saß, Besitz ergreifend an sich. Mit ihrer dunklen, fast schwarzen Haut und dem kohlschwarzen, krausen Haar bildete die Frau, deren knapp sitzendes Kleid dieselbe Farbe wie der Sofabezug hatte, einen harten Kontrast zu dem blässlichen, pummeligen Mann, in dessen Arm sie sich schmiegte.

»Ich bin dir nichts schuldig, Columbus«, sagte Lando gleichgültig. »Wir sind nicht einmal Geschäftspartner. Dass wir auf dem gleichen Sektor tätig sind und uns nicht in die Quere gekommen sind, bedeutet nicht zwangsläufig, dass ich dich zu meinen Freunden rechne.« Lando grinste unverschämt. »Einem in Bedrängnis geratenen Freund hätte ich selbstverständlich geholfen, unterzutauchen. Doch in deinem Fall ist es mir schnurzegal, ob die Bullen dich am Arsch kriegen oder nicht.«

»Es würde sich für dich auszahlen, wenn du mir Unterschlupf gewährst«, unternahm Singh einen letzten, verzweifelten Versuch, Lando Whitman doch noch umzustimmen. »Ich habe eine Menge Geld.«

Lando lächelte nachsichtig. »Wäre es tatsächlich so, hättest du es nicht nötig, bei deinem Kontrahenten aufzutauchen und ihn um Schutz anzubetteln. Du bis am Ende, Columbus. Der Stoff, den die Bullen auf deinem Schrottplatz sichergestellt haben, war einiges wert. Dieses Geld fehlt dir jetzt, sodass du keinen der einschlägigen Dienstleister, die unserer Zunft zur Verfügung stehen, wenn es mal eng wird, bezahlen kannst. Deine mickrigen Betriebe sind auch nur noch einen Dreck wert. Du kannst dich ja nicht mal mehr auf die Hilfe deines sogenannten Sicherheitschefs verlassen.«

Er streichelte der Schönheit an seiner Seite die Wange und sah sie verlangend an. »Vielleicht werde ich deinen Sicherheitschef stattdessen anheuern. Wenn ich Tooms genügend Gehalt zahle, verrät er mir sicherlich auch, woher du deinen Stoff bezogen hast und wer deine Stammkunden waren.«

»Wenn ich es nicht besser wüsste, würde ich annehmen, du hast mir diesen durchgeknallten Attentäter auf den Hals gehetzt.« Singh ballte wütend die Fäuste.

Lando winkte ungeduldig ab. »Schaff mir diesen Versager vom Hals, Eugen!«, rief er seinem Leibwächter ungehalten zu.

Eugen, ein drahtiger Mann in weißem Anzug, stieß sich von der mit Spiegelplättchen beklebten Säulen ab, von denen mehrere das Separee säumten. Er rückte den Hut auf seinem Kopf zurecht und packte den schmächtigen Singh mit hartem Griff am Oberarm. »Kommen Sie, Mister«, sagte er auf seine zischelnde Weise. »Und zwingen Sie mich nicht, Ihnen wehzutun.«

Der Inder bedachte Landos Leibwächter mit einem unbehaglichen Blick, denn ihm gingen plötzlich all die unappetitlichen Geschichten durch den Kopf, die man sich über diesen Schläger erzählte, der angeblich mehrere Kampfsportarten beherrschte. Wenn stimmte, was über Eugen Smith gesagt wurde, hatte er einen durchtrainierten Mann, der fast zwei Köpfe großer war als er, mit bloßen Händen getötet.

Seine Verzweiflung ließ Singh seine Vorsicht jedoch vergessen. »Wenn die Bullen mich schnappen, könnte das auch für dich ungemütlich werden!«, rief er Lando zu, während Smith ihn unsanft hinter sich her zog.

»Du weißt über meine Organisation genauso wenig wie ich über deine!«, rief Lando Singh spöttisch hinterher. »Du wirst den Bullen nicht mehr sagen können, als sie sowieso schon wissen!«

Dass Lando über seine Organisation tatsächlich so gut wie nichts wusste, bereitete Singh heftiges Kopfzerbrechen. Seit er von dem Desaster in dem Autoverwertungsbetrieb erfahren hatte, rätselte er, wem er diese Katastrophe zu verdanken hatte. Tooms, der von seinem Kabuff in der Wäscherei aus auf die Sicherheitssysteme aller Betriebe, die Singh gehörten, zugreifen konnte, hatte ihm aufgeregt von der schlimmen Explosion berichtet, die sich genau zu dem Zeitpunkt in der Werkshalle ereignet hatte, als sein Vertrauter die neue Ware an die Dealer verteilen wollte. Als Singh sich die ihm per Internetverbindung zugänglich gemachten Aufzeichnungen des Anschlags ansah, verschwendete er einige kostbare Minuten damit, den Fremden anzustarren, der das Attentat verübt hatte. Er war sich sicher, das verlebte, zerfurchte Gesicht dieses Mannes noch nie zuvor gesehen zu haben. Es war ihm völlig schleierhaft, warum dieser Irre sich ausgerechnet seinen Schrottplatz ausgesucht hatte, um sich dort in die Luft zu sprengen.

Dass dieser Mann von Lando geschickt wurde, war nahezu ausgeschlossen. Nur aus diesem Grund hatte er sich schließlich dazu durchgerungen, diesen selbst ernannten Drogenbaron aufzusuchen und um Hilfe zu bitten. Doch Lando besaß nicht den kleinsten Funken Zusammengehörigkeitsgefühl. Auch fühlte er sich von diesem rätselhaften Vorfall nicht bedroht. Dass es ihm ähnlich ergehen könnte wie seinem Kontrahenten, schien er nicht eine Sekunde lang in Erwägung zu ziehen.

Mit diesen Gedanken beschäftigt, ließ Singh es geschehen, dass Smith ihn an den Toiletten vorbei zur Hintertür des Clubs schleifte. Der Aufpasser, der sich in dem engen Flur herumdrückte, riss die Feuerschutztür, die sich nur von innen öffnen ließ, eilig auf und hielt sie fest, während Smith den in Ungnade gefallenen Gast hinausbugsierte.

Smith ließ es sich nicht nehmen, Singh einen kräftigen Tritt in den Hintern zu verpassen, sodass dieser heftig ins Stolpern geriet und unsanft gegen die Rückwand des gegenüberliegenden Hauses prallte.

»Lass dich hier nie wieder blicken«, zischelte Smith, drehte sich auf dem Absatz um und kehrte in den Club zurück.

Der Aufpasser drückte die Tür ins Schloss, und der Lärm und das bunte zuckende Licht, das eben noch aus dem Club in die Gasse gedrungen war, wurde von einem Moment auf den anderen abgeschnitten.

Schwer atmend und einem Nervenzusammenbruch nahe lehnte Singh an der rauen Mauer. Die Gasse zwischen den beiden Häuserblocks lag dunkel und verlassen da. Sie verlief parallel der East 120th Street, endete im Westen bei der First und im Osten bei der Pleasant Avenue. Von diesen beiden fernen Enden drang der Schein von Straßenlaternen in die enge Gasse. Das kalte Licht fiel auf Stapel aus Müllsäcken, Kisten und Haufen aus Unrat, die sich entlang der Rückmauern der Häuserblocks erstreckten. Auch aus den schmalen Schächten zwischen den einzelnen Blocks sickerte trübes Licht herein.

Singh fluchte verhalten. Eine Ratte war durch die schmale Lichtinsel eines nahen Häuserschachts gehuscht. Der Nager verschwand unter einem Haufen Müllbeutel, nur eine Armlänge von dem Inder entfernt.

Angewidert wich Singh vor dem Unrat zurück. Er hasste Ratten. Für ihn verkörperten sie alles Verabscheuungswürdige in dieser riesigen Metropole.

Er drehte sich um und stolperte auf das ferne Licht zu, das von der First Avenue her verheißungsvoll aufschien. Er musste New York so schnell wie möglich verlassen. Er würde sich schon irgendwie durchschlagen. Hauptsache, er geriet nicht in die Fänge der Polizei. In einem Gefängnis einzusitzen war für ihn das Schlimmste, was er sich vorstellen konnte. Bisher hatte er es immer irgendwie geschafft, sich der Justiz zu entziehen. Und das würde ihm auch diesmal wieder gelingen, hoffte er.

Während diese verbissenen Gedanken durch seinen Kopf jagten, stakste er durch die Dunkelheit auf das Licht am Ende der Gasse zu. Er sah Fahrzeuge und Passanten an dem schmalen Ausschnitt vorüberhuschen. Er würde sich einfach unter die Passanten mischen und die Stadt zu Fuß verlassen, wenn es sein musste. Seine Vorfahren hatten ganz andere Unannehmlichkeiten auf sich genommen, um nach Amerika in die Freiheit zu gelangen.

Da stieß Singh mit dem Knie plötzlich gegen einen Widerstand. Im selben Moment, da er das unwillige Brummen vernahm, wusste er, dass er nicht gegen einen Müllsack gestoßen war, sondern mit einem in der Dunkelheit kauernden Menschen zusammengestoßen war.

»Kannst du nicht aufpassen, Trottel?«, stieß der Unbekannte hervor und schraubte sich langsam in die Höhe.

Erst jetzt wurde Singh gewahr, dass der Mann, den er nur schemenhaft wahrnahm, neben einem mannshohen Stapel Kisten gehockt hatte. Er musste absichtlich ein Stück hinter dem Stapel hervorgekommen sein, damit Singh gegen ihn stieß.

»Verzeihung«, murmelte der Inder und schickte sich an, sich an dem Mann vorbeizudrücken.

»Verzeihung? Was soll das bedeuten?«, fragte der Mann mit gefährlichem Unterton in der Stimme und packte sein Gegenüber bei der Anzugjacke. »Sehe ich etwa wie jemand aus, der sich mit fadenscheinigen Worten abspeisen lässt?«

»Lassen Sie mich in Ruhe!« Singh schlug den Arm des Mannes beiseite. Wütend stapfte er davon – und prallte im nächsten Moment voll gegen einen zweiten Mann. Der war plötzlich aus einem Schacht hervorgekommen und stieß den Inder brutal vor die Brust, sodass dieser ein paar Schritte zurücktaumelte.

Gehetzt sah Singh zwischen den beiden Männern hin und her, zwischen denen er gefangen war. Dass diese Burschen nichts Gutes im Schilde führten, verriet ihre lauernde Körperhaltung.

Das aus einem nahen Schacht sickernde Licht fiel seitlich auf den zweiten Mann, sodass Singh ihn nun recht gut erkennen konnte. Er trug einen löchrigen, offen stehenden Mantel. Das T-Shirt darunter war fleckig und dreckbesudelt. Das lange, ungepflegte Haar hing dem Mann in dicken Strähnen ins Gesicht.

Singh, der begriff, dass er es mit zwei Obdachlosen zu tun hatte, hob beschwichtigend die Hände. »Hört mir zu«, sagte er eindringlich. »Ich bin genauso ein armes Würstchen wie ihr. Bis auf ein paar Dollar in meiner Tasche besitze ich nichts.«

»Rede keinen Blödsinn, Mann!« Der Kerl, der hinter Singh stand, verpasste ihm einen empfindlichen Hieb gegen den Arm.

Singh rieb sich die schmerzende Stelle. Er verfluchte Landos Leibwächter, weil dieser ihm seinen Smith & Wesson abgenommen hatte, bevor er ihn zu dem Drogenbaron vorgelassen hatte. Natürlich hatte er ihm die Waffe nicht wieder ausgehändigt, als er ihn dann an die frische Luft setzte. Der Anblick des Revolvers hätte die Obdachlosen wahrscheinlich wieder zur Vernunft gebracht. Wie es aussah, würde Singh sich jetzt auf andere Weise Respekt verschaffen müssen.

Er holte aus, um dem Mann im Dunkeln eine zu verpassen. Im selben Moment registrierte er hinter sich eine schattenhafte Bewegung und wirbelte herum. Nur mit Mühe und Not konnte er die auf ihn niedersausende Eisenstange mit dem Unterarm abblocken.

Singh schrie vor Schmerz gepeinigt auf. Er glaubte deutlich gehört zu haben, wie die Elle in seinem Unterarm brach, als die Stange ihn traf.

»Bis du irre?«, kreischte er mit überschnappender Stimme.

Erschreckt taumelte er zurück, als er sah, dass der Mann erneut zum Schlag ausholte. Er hatte sich ein schwarzes Pentagramm auf den Handrücken tätowieren lassen, wie im Schein des hereinsickerndes Lichtes zu erkennen war.

Da erhielt Singh plötzlich einen Stoß in den Rücken und stürzte genau in dem Moment auf den Mann mit der Eisenstange zu, als dieser die rostige Schlagwaffe auf ihn niedersausen ließ.

Der Hieb zertrümmerte Singh das linke Schlüsselbein. Ächzend ging der Inder in die Knie, und als die Stange ihn seitlich am Kopf traf, stürzte er in einen Berg aus prall gefüllten Müllbeuteln.

Wie durch einen Nebel hindurch starrte Singh zu dem breitbeinig vor ihm Stehenden auf. Er begriff nicht, wie er hatte in diese Lage geraten können. Warum hatten es diese abgerissenen Gestalten auf ihn abgesehen?

Singh sollte auf diese Fragen keine Antwort mehr finden. Sein Leben währte nur noch einige wenige Sekunden. Es erlosch abrupt, als der Fremde ihm mit einem kraftvollen Hieb mit der Eisenstange den Schädel einschlug.

Am nächsten Morgen blieb Phil und mir nur wenig Zeit, in unserem Büro unsere Angelegenheiten zu regeln. Wir erfuhren von Zeery, der mit einem frisch gebügelten, nachtblauen Zweireiher und schwarzweiß gepunkteter Krawatte in unserem Büro erschien, dass das kriminaltechnische Labor der City Police bei keiner der untersuchten Crystal-Proben Arsen nachweisen konnte.

»Der Stoff, den Lones bei sich hatte, und der, der den Broker tötete, muss aus einer anderen Quelle stammen«, fasste Zeery zusammen. »Bei dem Meth, das auf Mister Singhs Schrottplatz gefunden wurde, handelt es sich jedenfalls um lupenreinen Stoff. Bisher konnten die Kollegen von der Spurensicherung auch in keinem von Singhs Betrieben Arsen entdecken.«

»Wurde Singh denn inzwischen aufgespürt?«, fragte ich, während Phil an seinem Rechner sitzend unser E-Mail Konto aufrief.

»Wir müssen wohl davon ausgehen, dass er getürmt ist«, erwiderte Zeery und richtete seine Krawatte. »Er scheint wie vom Erdboden verschluckt. Die Fahndung nach ihm läuft allerdings auf Hochtouren. Bisher aber leider ergebnislos.«

»Wir haben eine Nachricht von der Mordkommission erhalten«, warf Phil ein. »Sie stammt von Lieutenant Gotland persönlich.«

Während Phil die Nachricht öffnete, fuhr Zeery fort: »Die Durchsuchung von Singhs anderen Betrieben verlief weitgehend ergebnislos. Allerdings hat die Überprüfung seiner Mitarbeiter ergeben, dass einige von ihnen illegal beschäftigt wurden. Die Kapitaldecke der Betriebe ist äußerst dünn. Die kleinste fiskalische Erschütterung könnte den Mann in den Ruin treiben.«

»Verdammt!«, entfuhr es Phil in diesem Moment. Er sah von seinem Schreibtisch zu mir rüber. »Vergangene Nacht ist wieder ein Mitarbeiter der New Yorker Börse ums Leben gekommen. Wie der Arzt des Krankenhauses feststellte, in das der Mann eingeliefert wurde, starb er an Vergiftung, nachdem er sich eine Line Crystal Meth in die Nase gezogen hatte.«

»Hat Gotland uns weiterführende Unterlagen zugeschickt?«, fragte ich.

Phil schüttelte den Kopf. »Er schreibt, seine beiden Detectives hätten sich auf die Suche nach der Freundin des Opfers gemacht. Sie hatte den Mann mit ihrem Wagen in die Notaufnahme des Bellevue Hospital Center gebracht, sich dann aber aus dem Staub gemacht, nachdem ihr Freund kurze Zeit später starb.«

»Ruf Gotland an und frag, ob er Neuigkeiten für uns hat«, bat ich. »Ich versuche unterdessen herauszufinden, ob Reverend Hall wieder auf den Beinen ist. Ich will ihm unbedingt das Bild des Selbstmordattentäters vorlegen, um zu erfahren, ob er den Mann vielleicht kannte.«

Zeery tippte sich mit der ausgestreckten Hand militärisch gegen die Stirn. »Ich empfehle mich dann mal«, sagte er. »Wenn ihr Zeit habt, kommt mal auf einen Automatenkaffee zu uns rüber. Vielleicht entdecken wir dann noch weitere Übereinstimmungen unserer beiden Fälle.«

Ich hatte die Telefonnummer der Obdachlosenmission bereits in dem Telefonbuch meines Handys aufgerufen und die Anwahltaste gedrückt und winkte Zeery zum Abschied lax zu.

Kurz darauf hatte ich Schwester Ingrid in der Leitung. Wie ich nicht anders erwartet hatte, hatte sie ihren Dienst in der Mission in aller Herrgottsfrühe angetreten. Und natürlich war sie über das Befinden des Priesters auch genauestens im Bilde.

»Der Arzt wollte den Reverend unbedingt noch ein paar Tage im Krankenhaus behalten«, berichtete sie. »Doch darauf wollte er sich partout nicht einlassen. Er meinte, viele Menschen, die sich einen Aufenthalt in einem Krankenhaus nicht leisten können und denen es noch wesentlich schlechter ging als ihm, müssten auch die Zähne zusammenbeißen. Also wollte er es auch tun.« Sie seufzte verzagt. »Ich fürchte, anstatt das Bett zu hüten, wird er wie angekündigt zur Mittagszeit wieder in seinem Seelsorgezimmer anzutreffen sein.«

»Halten Sie mir einen Termin offen«, bat ich. »Ich muss dringend mit dem Reverend sprechen.«

»Sie erinnern sich ja wohl hoffentlich noch, was geschah, als Sie und Ihr Kollege letztes Mal in der Mission auftauchten«, erwiderte die Schwester wenig begeistert. »Halten Sie es wirklich für klug, hierher zu kommen?«

»Warum sollte ich es nicht tun?«, erwiderte ich und sah zu Phil rüber, der den Dienstapparat zwischen Ohr und Schulter gepresst hatte und offenbar gerade eine hitzige Diskussion mit Lieutenant Gotland führte.

»Hätte ich es irgendwie verhindern können, Samuel Nikanov zu töten, wäre er jetzt noch am Leben«, sagte ich zu Schwester Ingrid. »Nikanov war es, der diese Situation herbeigeführt hatte. Das sollten sich ihre Schäfchen vor Augen halten, ehe sie mich für mein Handeln verurteilen. Wenn es sein muss, werde ich es ihnen persönlich ins Gesicht sagen.«

»In punkto Hartnäckigkeit können Sie es durchaus mit dem Reverend aufnehmen, Agent Cotton«, sagte Schwester Ingrid frostig. »In Ordnung. Ich werde Ihnen einen Termin freihalten. Aber tun Sie nichts, was den Reverend unnötig aufregen oder schwächen könnte!«

»Vielleicht können Sie mir im Vorfeld schon mal weiterhelfen«, sagte ich. »Gibt es in der Mission ein Faxgerät?«

»Selbstverständlich.«

»Ich schicke Ihnen das Foto eines Mannes, über den ich gerne mehr wissen möchte. Es handelt sich vermutlich um einen Obdachlosen. Es wäre nicht auszuschließen, dass der Reverend ihn kennt.«

Ich hatte das Foto auf das Faxgerät gelegt und gab nun die Nummer ein, die Schwester Ingrid mir nannte. Während ich wartete, dass das Bild übertragen wurde, sah ich fragend zu Phil rüber.

Der verdrehte demonstrativ die Augen. »Sagen Sie den Detectives, dass Sie auf das Eintreffen meines Partners und mir warten sollen, Gotland. Dieser Mann könnte …«

Phil stockte und hörte seinem Gesprächspartner entnervt zu. »Ich muss darauf bestehen, Sir. Auf diese paar Minuten kommt es nun auch nicht mehr an!«

In diesem Moment machte sich Schwester Ingrid wieder bemerkbar. »Ich kann Ihnen nicht sagen, ob dieser Mann schon einmal bei uns war«, sagte sie und betrachtete vermutlich gerade das Foto, welches das Faxgerät ausgespukt hatte. »Jedenfalls gehört er nicht zu unseren Stammgästen, sonst würde ich mich an ihn erinnern.«

»Zeigen Sie Hall das Foto«, bat ich. »Bis ich am Mittag eintreffe, wird er mir dann sicherlich sagen können, was er über diesen Mann weiß.«

»Er könnte Sie ja anrufen, falls er den Mann wirklich kennt.«

»Ich werde lieber persönlich erscheinen.«

»Wie Sie meinen.« Schwester Ingrid verabschiedete sich schnippisch und unterbrach die Verbindung.

Fast im selben Moment knallte Phil unseren Festnetzapparat auf die Ladestation.

»Wir müssen los«, sagte er, stand auf und griff nach seiner Jacke. Während er seine Dienstwaffe prüfte, sagte er: »Detective Janowik und Detective Horn haben die Freundin des ums Leben gekommenen Börsenmaklers ausfindig gemacht und verhört. Offenbar hat sie unseren Kollegen nach längerem Palavern verraten, bei wem ihr Freund für gewöhnlich seine Drogen kauft. Der Dealer heißt Serge Bolivar. Janowik und Horn haben den Burschen aufgestöbert und so lange in die Mangel genommen, bis er ihnen verraten hat, für wen er das Amphetamin verkauft.«

»Ganz schön riskant, was die beiden da getan haben«, bemerkte ich, während ich meine Waffe checkte.

Phil nickte bestätigend. »Jetzt sind die beiden auf dem Weg zu einem Club im Norden Manhattans. Der Laden heißt Roses and Thorns. Dort residiert der Kerl, für den Bolivar die Drogen verkauft. Der Mann hießt Lando Whitman. Lieutenant Gotland hat bereits mit der Drogenfahndung telefoniert. Dort ist Whitman hinlänglich bekannt. Er gehört zu den Leuten, die auf der Liste der Narcotics Division im Mittelfeld kursieren. Er ist kein wirklich großer Fisch. Mehr Piranha als Hai. Aber er ist schon länger im Fadenkreuz der Fahnder.

Um Whitman aber wirklich festzunageln, fehlten bisher hieb- und stichfeste Beweise.«

»Und diesem Mann wollten unsere beiden Detectives ganz allein auf den Zahn fühlen?«

»Ja, verdammt. Und Gotland hat ihnen auch noch grünes Licht für diese Aktion gegeben. Offenbar wittert er die große Chance, endlich etwas Licht in diesen undurchsichtigen Fall zu bringen. Dass Columbus Singh ihm durch die Lappen gegangen ist, muss ihn ziemlich gewurmt haben.«

Wir verließen unser Büro und eilten den Korridor Richtung Aufzüge entlang. Weder Phil noch ich zweifelten an dem Können unserer beiden Kollegen von der City Police. Doch wir befürchteten, dass sie mit ihrer überstürzten Aktion kaputt machten, was die Drogenfahndung in monatelanger Kleinarbeit mühsam aufgebaut hatte.

Maja Janowik und Nic Horn saßen in einem Dienstwagen und sahen ungeduldig zu uns rüber, während wir die East 120th Street überquerten. Ich hatte den Dienstchevy direkt vor dem Club Roses and Thorns geparkt, aber unsere beiden Kollegen von der Mordkommission hatten einen Parkplatz auf der anderen Straßenseite gewählt, wo sie den Eingang des Clubs genau im Auge behalten konnten, während sie auf unsere Ankunft warteten.

»Kann es jetzt endlich losgehen?«, fragte Janowik, während Phil und ich uns auf die Rückbank des Polizeifahrzeuges schoben. Sie deutete mit einem Kopfnicken zu dem Gebäude auf der anderen Straßenseite rüber. Es handelte sich um ein vierstöckiges Haus aus hellem Backstein. Das Gerüst der Feuerleiter endete knapp über einer knallroten Markise, auf der mit weißen Lettern der Name des Clubs geschrieben stand.

Der Eingang war allerdings geschlossen, und vor den Fenstern hingen Stahljalousien. Um diese Uhrzeit herrschte im Roses and Thorns noch kein Betrieb.

»Whitman ist da drin«, sagte Janowik. »Ihm gehört der Laden. Hier wickelt er all seine krummen Geschäfte ab. Serge Bolivar hat uns alles ausführlich geschildert.«

»Wenn wir da gleich reingehen, sollten wir uns besser aufteilen«, sagte Horn, der am Steuer saß. »Zwei nehmen die Hintertür, und zwei versuchen ihr Glück beim Haupteingang. So kann uns dieser Bursche nicht entwischen.«

»Whitman wird längst wissen, dass in Kürze Besuch von der Polizei ansteht«, sagte Phil. »Wenn er hätte türmen wollen, hätte er es längst getan.«

Horn krauste unwillig die Stirn. Er drehte sich auf dem Fahrersitz halb zu uns um und musterte uns über die Rückenlehne seines Sitzes hinweg mürrisch. »Woher sollte Whitman wissen, dass wir ihm auf die Pelle rücken wollen?«

»Was haben Sie mit Bolivar gemacht, nachdem Sie ihn verhört haben?«, stellte ich eine Gegenfrage.

»Na, was wohl«, sagte Janowik, die noch immer zum Club hinüberspähte. »Wir haben ihn ins Untersuchungsgefängnis gesperrt. Schließlich hat er zugegeben, Bill Nowark Crystal verkauft zu haben.«

»Haben Sie bei Bolivar oder in seiner Wohnung denn Drogen sichergestellt?«, fragte Phil.

Die beiden Detectives sahen sich kurz an und schüttelten dann den Kopf.

»In diesem Fall wird Bolivar nicht lange in Untersuchungshaft bleiben«, fuhr Phil mit strengem Unterton fort. »Er wird behaupten, er hätte die Aussage nur gemacht, weil er von Ihnen dazu gezwungen wurde.«

Ich sah die beiden Kollegen der Reihe nach an. »Bolivar hat Ihnen doch bestimmt nicht freiwillig von seinen angeblichen Geschäftsbeziehungen zu Whitman erzählt.«

»Wieso denn angeblich?«, brauste Horn auf.

»Haben Sie Bolivar Gewalt angedroht oder ihn vielleicht sogar etwas zu grob angefasst?«, fragte ich streng.

Janowik warf ihrem Partner einen hastigen Seitenblick zu.

»Wir haben keine Seidenhandschuhe angehabt, wenn Sie das meinen«, sagte Horn ausweichend.

»Bolivars Aussage wird keinen Bestand haben«, stellte Phil daraufhin nüchtern fest. »Sein Anwalt hat ihm bestimmt bereits Instruktionen gegeben, wie er den Kopf wieder aus der Schlinge ziehen kann.«

»Und derselbe Anwalt wird Whitman inzwischen über diesen Vorfall informiert haben. Whitman hatte also genug Zeit, seinen Club zu bereinigen. Die Kollegen von der Spurensicherung würden in den Räumlichkeiten nicht mal eine Pille Ecstasy finden.«

»Wenn es nach uns gegangen wäre, hätten wir Whitman längst festgenagelt«, sagte Janowik aufgebracht. »Warum haben Sie Gotland dazu gedrängt, uns zu befehlen, auf Ihr Eintreffen zu warten?«

»Weil wir verhindern wollten, dass Sie mit Ihren brachialen Methoden noch mehr Unheil anrichten«, sagte ich barsch.

Detective Horn schnaufte verärgert. »Wahrscheinlich ist Whitman inzwischen abgetaucht – genauso wie Singh!«

»So dumm wird Whitman kaum sein«, gab Phil gelassen zurück. »Wir haben nichts gegen ihn in der Hand. Alles, was wir jetzt tun können, ist zu hoffen, dass er uns freiwillig hilft, herauszufinden, was es mit diesem vergifteten Amphetamin auf sich hat.«

Janowik warf uns im Rückspiegel einen verwunderten Blick zu. »Sie glauben, der Stoff, an dem Nowark starb, stammte gar nicht von Whitman?«

»Der wird seinen Kundenstamm ja wohl kaum absichtlich dezimieren, indem er vergifteten Stoff unter die Leute bringt«, sagte Phil entnervt. »Wenn ein Konsument stirbt, weil er mit den Drogen nicht richtig umzugehen versteht, ist das eine andere Sache, als wenn er aufgrund von qualitativ schlechtem Stoff ums Leben kommt. So etwas spricht sich unter den Konsumenten rum, sodass kaum jemand mehr bei Whitmans Dealern kaufen würde.«

»Wie lange soll diese Lehrstunde in Polizeiarbeit denn noch andauern?«, fragte Janowik entnervt. »Anstatt hier rumzusitzen, sollten wir lieber etwas unternehmen. Sonst waren die Anstrengungen von Horn und mir tatsächlich nur für die Katz.«

Ich atmete tief durch. »Sie werden uns das Reden überlassen, wenn wir jetzt gleich in den Club gehen, verstanden?«

»Aye, Sir«, sagte Horn entnervt und umfasste das Lenkrad mit hartem Griff.

Während ich den Klingelknopf drückte, schlug Phil mit der Faust gegen die solide Eingangstür des Clubs. »FBI – aufmachen, aber dalli!«, rief er so laut, dass sich einige Passanten beunruhigt zu uns umblickten.

Janowik und Horn, die hinter uns standen, tauschten einen fassungslosen Blick, als wollten sie sich über unsere Vorgehensweise mokieren.

Es verging jedoch keine halbe Minute, da machte sich jemand auf der anderen Seite der Tür zu schaffen. Das schwere Türblatt schwang auf, und vor uns stand ein drahtiger Kerl, unter dessen sandfarbenem Anzug sich ein durchtrainierter Körper abzeichnete.

»Was soll dieser Lärm?«, fragte er barsch. »Wollen Sie, dass die ganze Nachbarschaft von Ihrem Besuch erfährt?«

Phil setzte ein liebenswürdiges Lächeln auf. »Wir hatten keine Lust, uns vor dem Club die Beine in den Bauch zu stehen, weil sich niemand bemüßigt fühlt, auf das Klingeln an der Tür zu reagieren.«

»Was wollen Sie?«

»Wir wollen mit Mister Whitman sprechen«, erklärte ich. »Ersparen Sie uns das Geplänkel. Ihr Boss sollte an diesem Gespräch genauso interessiert sein wie wir.«

Der Mann beachtete die Ausweise kaum, die wir ihm entgegenhielten. Stattdessen trat er einen Schritt zurück und bedeutete uns verärgert, einzutreten. Er musterte uns aufmerksam von oben bis unten, während wir an ihm vorbei in die Eingangshalle schritten. Auf Maja Janowiks kurvenreichem Körper ruhte sein Blick besonders lang und ausgiebig.

Beiläufig sah ich mich um. Auf dem Tresen vor der leeren Garderobe standen ein Flachbildschirm und eine alte Registrierkasse. An den Wänden hingen Plakate von bekannten europäischen Vergnügungsetablissements wie etwa dem Moulin Rouge. Eine doppelflügelige Tür, mit Rosenmotiven beklebt, führte in den Clubsaal. Als unser Begleiter die beiden Türen aufstieß, tat sich vor uns ein schummrig beleuchteter Saal auf.

Zwischen den hohen runden Tischen und den sie umstehenden Barhockern hantierten ein halbes Dutzend junger Frauen mit Besen und Wischmopp. Die Frauen hatten Kittel und Schürzen übergestreift und sahen alle auffällig knackig und jung aus. Auch die Tanzfläche, die Bar und die Empore mit dem Equipment des DJ wurden von den attraktiven Putzfrauen gereinigt.

Als der Mann in dem sandfarbenen Anzug bemerkte, dass die Reinigungskräfte unser Interesse geweckt hatten, sagte er mit Nachdruck: »Folgen Sie mir bitte.«

Er überquerte die Tanzfläche, deren Boden aus Spiegeln bestand. Die Schuhe der Tänzer hatten ein verwirrendes Muster aus Kratzspuren auf dem Glas hinterlassen und die Spiegel fast blind gemacht.

Wir näherten uns einem Separee im rückwärtigen Teil des Saals. Dies war der einzige Bereich, der hell erleuchtet war. Ein beleibter weißhaariger Mann in beigem Anzug saß auf der Kante eines samtblauen Sofas und arbeitete an einem Laptop, der vor ihm auf einem niedrigen Tisch stand. Neben dem Computer stand ein mit einer roten Flüssigkeit halb gefülltes Longdrinkglas. Der Mann blickte nur kurz auf, als wir in den Schein der tief hängenden Lampe traten, die das Separee wie eine Theaterbühne erhellte.

»Wer sind diese Herrschaften, Eugen?«, fragte er, wobei er konzentriert auf den Bildschirm sah und eine Eingabe auf der Tastatur machte.

Der Mann im sandfarbenen Anzug stellte uns vor. Janowik und Horn hielten sich derweil im Hintergrund. Die Art und Weise, wie sie sich in dem Club umsahen, verriet jedoch, wie nervös sie waren.

Whitman hob erneut den Blick und taxierte uns amüsiert. »Will das FBI eine Party in meinem Club schmeißen?«, fragte er. »Die kommenden drei Monate ist das Haus leider komplett ausgebucht. Das Roses and Thorns ist momentan ziemlich angesagt.«

»Sie wissen genau, warum wir hier sind, Whitman«, sagte mein Partner mit unterkühltem Unterton in der Stimme. »Ihr Anwalt hat Sie doch längst informiert.«

»So – hat er das? Worüber, meinen Sie, sollte er mich denn in Kenntnis gesetzt haben?«

»Darüber, dass Sie vergiftete Drogen an den Mann bringen!«, rief Horn dazwischen.

Whitman lächelte nachsichtig. »Ich bitte Sie. Sie werden doch wohl kaum hierher gekommen sein, um mir haltlose Anschuldigungen an den Kopf zu werfen. Mein Laden ist sauber. Wenn hier jemand von meinen Aufpassern erwischt wird, wie er Drogen an meine Gäste verkauft, wird er hochkant hinausgeworfen.«

»Weil hier nur Drogen von Ihren Leuten verkauft werden dürfen!«, warf Horn erneut ein.

Whitman klappte den Laptop zu. »Ich werde Sie bitten müssen, zu gehen, wenn ich mir von Ihnen weitere Beleidigungen anhören muss.«

»Serge Bolivar hat ausgesagt, Drogen an einen gewissen Bill Nowark verkauft zu haben«, sagte ich und ließ den Mann auf dem Sofa dabei nicht aus den Augen. »Nowark arbeitete an der New Yorker Börse. Er kam vergangene Nacht ums Leben, weil er sich mit Arsen versetztes Crystal in die Nase gezogen hatte.«

Whitman verzog keine Miene. »Bolivar verkauft Drogen? Und ich dachte, er wäre ein ehrenwerter Mann.« Er schüttelte theatralisch den Kopf. »Wie man sich täuschen kann. Bolivar erledigt die Großeinkäufe für die

Clubbar. Andere Tätigkeiten führt er für mich nicht aus. Er ist gut darin, mit den Brauereien und Schnapsbrennereien günstige Konditionen auszuhandeln. Ich werde ihn wohl leider feuern müssen. Solche Leute bringen einen nur in Verruf, wie man sieht.«

Aus den Augenwinkeln sah ich, dass Horn sich anschickte, schon wieder mit einer Bemerkung dazwischenzuplatzen. Doch diesmal gebot ich ihm mit einer heftigen Geste, zu schweigen.

»Bill Nowark ist nicht das erste Opfer, das an dem verseuchten Meth starb«, sagte Phil. »In der Nacht zuvor kam ein Broker namens Anton Ternell um Leben. Wenn sich auf der Szene herumspricht, dass Ihr Club mit diesen Todesfällen in Zusammenhang gebracht wird, wird Ihnen die Kundschaft ausbleiben, Mister Whitman.«

Whitman furchte wütend die Stirn. »Bolivar, dieser Trottel, verkaufte verpanschte Drogen? Das ist ja doppelt schlimm. Anstatt mich in diese Sache hineinzuziehen, sollte er Ihnen lieber den Mann ans Messer liefern, von dem er dieses Giftzeug her hatte.«

»Er meinte, Sie würden ihn mit Crystal Meth beliefern«, sagte ich gelassen.

Whitman winkte entnervt ab. »Wir drehen uns im Kreis, Gentlemen. An Ihrer Stelle würde ich diesem Schlitzohr kein Wort glauben. Er verleumdet mich, um den wahren Lieferanten zu schützen. Wahrscheinlich hat er eine Heidenangst vor diesen Leuten. Die würden ihn einen Kopf kürzer machen, wenn er sie verpfeift.«

Er setzte ein liebenswürdiges Lächeln auf. »Ich bin ein solider Geschäftsmann. Vergiftetes Zeug an meine Gäste zu verkaufen käme für mich nicht infrage. Oder glauben Sie, ich wäre so dumm, an meine

Gäste zum Beispiel vergiftete Getränke auszuschenken?«

Phil und ich tauschten einen flüchtigen Seitenblick. Langsam wurde Whitman gesprächiger.

»Sollte sich eine Flasche mit unreinem Alkohol in Ihrem Barsortiment befinden, würden Sie es doch vermutlich erst merken, wenn sich die Gäste über den üblen Geschmack beschweren«, sagte ich.

Whitman schüttelte den Kopf. »Ich arbeite nur mit Brauereien zusammen, auf die ich mich hundert Prozent verlassen kann, was die Qualität der gelieferten Waren anbelangt. In meinem Club wird sich niemand eine Magenverstimmung einfangen – es sei denn, jemand hat zuvor in einem anderen Club etwas Verdorbenes zu sich genommen.«

»Ich hoffe, diese Behauptung ist nicht bloß ein Lippenbekenntnis«, sagte Phil.

»Sie können sich auf mein Wort verlassen«, erwiderte Whitman. »Und nun lassen Sie mich bitte weiterarbeiten. Fühlen Sie Bolivar lieber noch einmal auf den Zahn. Vielleicht verrät er Ihnen dann ja endlich, wer ihm den vergifteten Stoff gegeben hat.«

»Das werden wir«, sagte ich und schickte mich an, dem Mann den Rücken zu kehren. Dabei streifte mein Blick eine der bildhübschen Putzfrauen. Einen prall gefüllten Müllbeutel hinter sich her ziehend, verschwand sie in einem Gang, der zu den Toiletten führte, wie das beleuchtete Schild an der Wand verriet.

Detective Horn trat mir in den Weg. Wütend starrte er mich an. »Das soll es gewesen sein?«, fragte er fassungslos. »Wollen Sie sich mit den fadenscheinigen Äußerungen dieses Gangsters tatsächlich zufriedengeben?«

Ich hatte nicht vor, mich von Horn aus dem Konzept bringen zu lassen. »Mister Whitman hat mit dem vergifteten Amphetamin nichts zu schaffen«, sagte ich. »Ich wüsste nicht, was wir hier noch zu suchen hätten.«

»Eins würde ich von Mister Whitman tatsächlich noch gerne wissen«, sagte Phil und setzte somit das kleine Spielchen fort, das wir mit diesem Schlitzohr spielten. Er sah den Mann auf dem Sofa unverwandt an. »Kennen Sie einen Mann namens Columbus Singh? Er ist ein Geschäftsmann von Ihrem Format. Sie müssten schon einmal von ihm gehört haben.«

Whitman machte ein nachdenkliches Gesicht. Doch bevor er antworten konnte, schallte aus dem Gang, der zu den Toiletten führte, plötzlich ein gellender Schrei in den Saal.

Alarmiert wandte sich Detective Janowik dem Gang zu, aus dem nun hastige Schritte hallten. Ihre Hand fuhr dabei in einer ihr in Fleisch und Blut übergegangenen Bewegung zum Holster.

Im selben Moment, da sie ihre Dienstwaffe zog, stürmten zwei zerlumpt aussehende Männer aus dem Gang hervor.

Ich wusste sofort, dass das Auftauchen dieser Burschen nichts Gutes bedeutete. Sie mussten die Putzfrau überwältigt haben, als diese den Müll hinausbringen wollte, und waren dann durch die Hintertür in den Club eingedrungen.

Einer der beiden Männer riss plötzlich ein altes Sturmgewehr unter dem Mantel hervor, zielte auf Janowik und drückte ab.

Maja, die beim Anblick der Obdachlosen gezögert hatte, auf die Männer anzulegen, erhielt von Horn einen Stoß in den Rücken. Die Gewehrkugel streifte Janowiks Oberarm. Sie verlor die Pistole, stürzte schwer zu Boden und schrie vor Schmerz und Überraschung schrill auf.

Phil und ich hielten unsere SIG Sauer bereits einsatzbereit in den Händen.

»FBI!«, schrie mein Partner, die Waffe mit ausgestreckten Armen auf die Eindringlinge gerichtet. »Waffe fallen lassen!«

Phil drückte ab, als der Mann das museumsreife, nichtsdestotrotz aber funktionstüchtige Gewehr in unsere Richtung schwenkte. Die Kugel traf den Mann in die linke Schulter. Es gelang dem Burschen jedoch noch, den Abzugsfinger zu krümmen und einen Schuss abzufeuern.

Das Projektil schlug vor uns in den Boden und jaulte dann als Querschläger in den Clubraum hinein.

Dies und die Tatsache, dass die Putzfrauen die Geistesgegenwart besessen hatten, sich beim Aufbellen des ersten Schusses auf den Boden zu werfen, registrierte ich, während ich den zweiten Mann mit meiner Waffe anvisierte.

Ein dreckiges Grinsen verunzierte das unrasierte Gesicht des Burschen. Er hielt eine Eierhandgranate in die Höhe und ließ den abgerissenen Ring mit dem Sicherungssplint daran spöttisch um den Zeigefinger der anderen Hand kreisen. Er wusste genau, dass ich nicht auf ihn schießen würde, denn dann würde ihm die Granate aus den Fingern gleiten und der Schalthebel die Zündverzögerung auslösen, woraufhin das Sprenggeschoss drei Sekunden später explodieren würde.

Der Mann, auf den Phil geschossen hatte, stemmte den Griff des Sturmgewehrs gegen die Hüfte und schoss aufs Geratewohl in unsere Richtung.

Da bellte neben uns plötzlich ein Revolver auf. Eugen Smith, der Mann im sandfarbenen Anzug, jagte dem mit dem Sturmgewehr bewaffneten Obdachlosen nacheinander drei Kugeln in die Brust, woraufhin dieser die Arme hochriss und zurücktaumelte.

Im selben Moment holte sein Begleiter aus und schleuderte uns die Granate entgegen. Dabei bemerkte ich ein Tattoo auf seinem linken Handrücken. Es hatte die Form eines Pentagramms.

Hastig tauchte der Mann in dem Gang ab, sodass ihn die Kugeln, die Smith ihm hinterherjagte, nicht mehr erreichen konnten.

»In Deckung!«, schrie ich.

Phil warf sich mit einem Hechtsprung hinter einen Boxenturm, der in unmittelbarer Nähe neben der Tanzfläche aufragte. Detective Horn warf sich auf seine angeschossene Kollegin, und Smith rannte auf die Gangeinmündung zu, um den Obdachlosen zu verfolgen. Sein Boss saß derweilen wie vom Donner gerührt auf seinem Sofa und stierte mit weit aufgerissenen Augen auf die Handgranate, die direkt vor dem Separee zum Stillstand gekommen war.

Ohne lange zu überlegen, sprang ich über den niedrigen Tisch hinweg auf Whitman zu. Mit der Schulter krachte ich hart gegen die Rückenlehne des Sofas und stemmte mich mit aller Macht dagegen. Das Möbelstück kippte nach hinten und riss Whitman und mich mit sich, sodass wir nun hinter der aufragenden Sitzfläche des soliden Möbelstücks lagen. Whitman lag allerdings auf dem Rücken, die Beine nach oben ausgestreckt.

Dann waren die drei Sekunden um, und eine ohrenbetäubende Explosion verwandelte den Clubsaal in eine Hölle aus Feuer und umherjagenden Splittern.

Verdammt – eine defensive Splittergranate!, war das Letzte, was ich dachte, ehe bei mir die Lichter ausgingen.

Als ich zu mir kam, begleiteten mich ein dumpfer Schmerz und ein leises unterschwelliges Rauschen, das seinen Ursprung tief in meinen Gehörgängen zu haben schien, in den Wachzustand.

Blinzelnd öffnete ich die Augen. Die weiße, sterile Helligkeit, die mich umgab, schien all meine Sinne gleichermaßen zu blenden, sodass ich zuerst nicht begriff, dass ich mich in einem Krankenhauszimmer befand.

Der Kopf eines Mannes schob sich in mein Blickfeld. Das schmale, markant geschnittene Gesicht, von silbergrauem Haar gekrönt, kam mir seltsam vertraut vor.

»Jerry«, sprach der Mann mich an. »Können Sie mich hören?«

»Mister High?«, fragte ich, da ich mir nicht sicher war, ob ich mich auf die wirren Gedanken, die wie Nebel durch mein Bewusstsein zogen und mir diesen Namen zugeflüstert hatten, tatsächlich verlassen konnte.

Der Mann lächelte und nickte. Er schob eine Hand auf mich zu. Sie wirkte schmal und feingliedrig. Begütigend tätschelte er meine Schulter. »Ich wusste, Sie sind ein zäher Brocken, Jerry. Trotzdem habe ich mir Sorgen gemacht. Als man Sie hinter dem zerfetzten Sofa entdeckte, sah es für die Cops zuerst so aus, als hätten Sie die Explosion nicht überlebt. Eine Fehleinschätzung, wie sich rasch zeigte.«

»Wo bin ich?«, fragte ich.

»Im Harlem Hospital Center. Es kümmert sich ein Chefarzt um die Opfer des Anschlags im Club Roses and Thorns. Der Mann heißt Dr. Hartek. Er hat alle Hände voll zu tun, seit die Verletzten vor zwei Stunden hier eingeliefert wurden.«

Mr High war ein äußerst beherrschter Mann. Dass er neben meinem Krankenbett ausgeharrt hatte und nun für seine Verhältnisse unzusammenhängende Sätze von sich gab, zeigte mir, dass er sich tatsächlich große Sorgen um mich gemacht haben musste.

Froh über diese Gedanken, die bewiesen, dass mein Denkapparat wieder auf Touren kam, drehte ich den Kopf und sah zu dem zweiten Bett rüber.

Ein heißer Schrecken durchfuhr mich, als ich meinen Freund Phil in dem Bett liegen sah. Er ruhte auf dem Rücken. Sein Schädel war vollständig verbunden. Nur das Gesicht mit den geschlossenen Augen schaute aus den Bandagen hervor.

Neben Phils Bett stand ein Gestänge mit einem Infusionsbeutel, der über einen Schlauch mit der linken Armbeuge meines Freundes verbunden war.

»Phil ist vor einer halben Stunde zu sich gekommen«, hörte ich Mr High sagen. »Nach einem kurzen Gespräch mit mir ist er wieder eingeschlafen. Der Boxenturm, hinter dem er Deckung gesucht hatte, war auf ihn herabgestürzt und hatte ihn unter sich begraben.«

Ich wandte mich wieder meinem Chef zu. »Wird er wieder auf die Beine kommen?«

Mr High nickte beruhigend. »Bis auf ein paar Prellungen und Kratzer hat er die Explosion gut überstanden. Aber er hat, wie Sie auch, eine schlimme Gehirnerschütterung davongetragen.«

In diesem Moment bemerkte ich den Infusionsständer neben mir. Und den Schlauch, der in einer in meiner Armbeuge steckenden Kanüle endete.

In einer bösen Vorahnung hob ich die Hand und tastete meinen Kopf ab. Es überraschte mich nicht, als ich unter meinen Fingerkuppen rauen Verbandsstoff spürte. Auch mein Schädel war offenbar bandagiert worden.

Mr High nickte und lächelte andeutungsweise. »Sie können unbesorgt sein, Jerry. Sie sehen um keinen Deut besser aus als Phil.«

»Na – dann geht es ja wenigstens gerecht zu«, scherzte ich lahm.

Im selben Moment fiel mir ein, dass Phil und ich nicht allein gewesen waren, als die Handgranate explodierte.

Unwillkürlich schloss ich die Augen. Die Erinnerung an das Geschehen im Club Roses and Thorns stieg mit aller Macht und in aller Deutlichkeit aus meinem Unterbewusstsein empor und überschwemmte mein Denken mit Bildern und Eindrücken.

»Was ist mit Detective Horn und seiner Kollegin Janowik geschehen?«, fragte ich rau.

Mr Highs Gesicht nahm einen ernsten Ausdruck an. »Horn ist tot. Und Janowik schwebt noch in Lebensgefahr. Die Ärzte sind seit zwei Stunden damit beschäftigt, ihr Leben zu retten. Ob sie es schaffen werden, steht noch in den Sternen.«

Verbittert biss ich die Zähne aufeinander. »Horn war ein Hitzkopf. Aber er hat keine Sekunde gezögert, für seine Partnerin sein Leben zu opfern.«

»Von den sechs Mädchen, die sich in dem Club aufhielten, haben vier schwer verletzt überlebt«, sagte der Assistant Director in Charge. »Eine erlag vor einer halben Stunde ihren Verletzungen. Der Frau, die in der Gasse hinter dem Club gefunden wurde, war von den Attentätern der Schädel eingeschlagen worden.«

»Was ist mit Whitman und seinem Leibwächter?«, fragte ich betroffen.

»Eugen Smith war wie Detective Horn auf der Stelle tot, meinte der Polizeiarzt. Whitman liegt im Nachbarzimmer. Er steht unter Polizeibewachung. Sein linkes Bein musste amputiert werden. Die Ärzte konnten es nicht mehr retten. Sobald er vernehmungsfähig ist – was wohl nicht mehr allzu lange dauern dürfte –, werden Steve und Zeery ihn in die Mangel nehmen. Er soll uns verraten, warum diese Obdachlosen es auf ihn und Columbus Singh abgesehen haben.«

»Columbus Singh?«, fragte ich und furchte die Stirn.

Mr High nickte gewichtig. »Die Kollegen von der Spurensicherung entdeckten seine Leiche in der Gasse hinter dem Club. Ihm wurde ebenfalls der Schädel eingeschlagen. Offenbar mit derselben Eisenstange, mit der auch das Girl erschlagen wurde. Die Tat hatte sich in der Nacht zuvor in der Gasse, nicht weit vom Club entfernt, abgespielt. Jedenfalls ist dies der momentane Erkenntnisstand, der sich auf den vorgefundenen Spuren gründet.« Mr High deutete mit einem Kopfnicken zu dem schlafenden Phil hinüber. »Phil hat einen kurzen, detaillierten Bericht der Ereignisse abgegeben. Er hat auch den Mann, der die Handgranate warf, genauestens beschrieben.«

»Es waren also tatsächlich Obdachlose, die den Club angriffen?«, fragte ich.

»Davon müssen wir wohl ausgehen«, sagte Mr High. »Die Leiche des Mannes mit dem Sturmgewehr wurde von seinem Komplizen zurückgelassen, von dem leider jede Spur fehlt. Der Tote konnte inzwischen identifiziert werden. Der Mann hieß Keith Orland. Er wurde vor drei Jahren straffällig, als er in Manhattan den Finanzberater einer Bank auf offener Straße angriff und würgte. Orland gab dem Finanzberater die Schuld für seine Armut. Er hatte sein gesamtes Vermögen bei Börsenspekulationen verloren, zu denen der Finanzberater ihn angeblich ermuntert hatte. Der stritt jedoch ab, Orland einen diesbezüglichen Rat gegeben zu haben.«

Mr High winkte ab. »Eine undurchsichtige Geschichte, die nie eindeutig geklärt werden konnte, da es keine Unterlagen über dieses angebliche Beratungsgespräch gab. Orland verlor damals sein ganzes Hab und Gut und landete auf der Straße. Warum er nun zum Attentäter wurde und ausgerechnet den Club Roses and Thorns als Anschlagziel wählte, wird Whitman uns hoffentlich verraten können.«

Ich atmete tief durch. »Das ist vermutlich der zweite Angriff auf einen mutmaßlichen Drogenhändler, der auf das Konto von Obdachlosen geht.«

Ich furchte die Stirn, woraufhin sich der Kopfverband leicht verschob. »Vielleicht geht diese ungewöhnliche Initiative ja auf Mercur Lones zurück. Der hatte auf der Straße gegen die Drogen gepredigt. Und jetzt, da er ermordet wurde, beginnen die Obdachlosen einen Feldzug gegen die Drogenhändler Manhattans …«

Ich führte die Überlegung nicht zu Ende, denn sie erschien mir wirr und aus der Luft gegriffen.

»Diese Vermutung müsste gründlich geprüft werden«, sagte Mr High. »Aber nicht von Ihnen, Jerry. Sie und Phil werden das Bett hüten, bis Sie wieder voll einsatzfähig sind. Ihre Kollegen Steve und Zeery werden die Nachforschungen in dieser Sache so lange weiter vorantreiben. Sie sind in die Materie ja auch bereits eingearbeitet.«

Plötzlich fiel mir ein, dass ich für den Mittag einen

Termin mit Reverend Hall vereinbart hatte. Ein Blick auf die Uhr über der Zimmertür zeigte, dass es bereits vier Uhr nachmittags war. Die Sprechzeit des Priesters war längst vorbei.

Ich versprach mir einiges von der Unterredung mit Hall. Die neuen Fakten hatten Fragen aufgeworfen, die der Reverend uns vielleicht beantworten konnte.

Es war jedoch nicht daran zu denken, in meinem Zustand zur Obdachlosenmission aufzubrechen. Ich fühlte mich extrem geschwächt und desorientiert und traute mir nicht einmal zu, ein einigermaßen zusammenhängendes Telefongespräch mit dem Priester zustande zu bringen. Diesen Job würde ich wohl oder übel meinen Kollegen überlassen müssen.

»Ich müsste Steve und Zeery noch einige Fakten mitteilen, Sir«, sagte ich ermattet.

»Das werden Sie«, erwiderte Mr High begütigend. »Doch jetzt ruhen Sie sich erst einmal aus. Machen Sie es wie Ihr Partner und schließen Sie die Augen. Steve und Zeery werden Sie so bald wie möglich besuchen. Und dann können Sie mit ihnen den erforderlichen Informationsaustausch betreiben.« Mr High erhob sich. »Seien Sie vernünftig, Jerry«, sagte er streng. »Ihre Gesundheit und Ihre Unversehrtheit sind mir wichtiger als schnelle Ermittlungserfolge.«

Er deutete auf die beiden Spinde, die neben der Tür zum Badezimmer standen. »Helen hat für Sie und Phil neue Kleidung besorgt. Die Sachen liegen in den Schränken.«

Bei der Erwähnung von Mr Highs Sekretärin musste ich unwillkürlich an den vorzüglichen Kaffee denken, den diese gut aussehende Frau zu brauen verstand. Mir lag die Bemerkung auf der Zunge, dass eine Tasse von

Helens Kaffee mich schneller wieder auf die Beine bringen würde als irgendwelche Medikamente oder zeitraubende Ruhephasen. Da ich aber spürte, wie ernst es Mr High war, verschluckte ich die laxe Bemerkung und schwieg.

»Ihre Dienstwaffen habe ich vorerst an mich genommen«, fuhr der Assistant Director in Charge fort. »Sie bekommen sie wieder, wenn Sie wieder einsatzfähig sind.«

Ich nickte einsichtig. »Danke für Ihre Fürsorge, Sir.«

Mr High, der bereits in der Tür stand, lächelte mir aufmunternd zu. »Sie wissen, die Special Agents des New Yorker FBI Field Office sind für mich wie eine Familie. Ihr Wohlbefinden liegt mir sehr am Herzen. Tun Sie mir also den Gefallen und werden Sie gesund, ehe Sie sich wieder in den Kampf gegen das Verbrechen werfen.«

»Was immer notwendig ist, ich werde es tun«, sagte ich und zog die Bettdecke bis ans Kinn. Dann schloss ich die Augen. Ich hörte schon nicht mehr, wie Mr High die Tür leise hinter sich ins Schloss zog, denn ich schlief sofort vor Erschöpfung ein.

Phil und ich wachten fast im selben Moment auf. Zu diesem Zeitpunkt war es kurz vor sieben Uhr abends. Eine Weile saßen wir, ein Kissen in den Rücken geschoben, in unseren Betten und unterhielten uns über die Vorkommnisse im Club Roses and Thorns.

Reden hilft ungemein, um schlimme Erlebnisse zu verarbeiten. Phil und ich hatten diesbezüglich eine gewisse Routine entwickelt. Die Erlebnisse schonungslos zu benennen und offen von den Gefühlen zu sprechen, die die Gewalt und das damit einhergehende Leid in uns hervorgerufen hatten, war sehr erleichternd und half, schneller über den Schock hinwegzukommen.

Als es schließlich an der Tür klopfte und Steve und Zeery durch den Türspalt spähten, nachdem Phil und ich »Herein!« gerufen hatten, hatten wir uns die psychische Anspannung, die der Anschlag in uns hervorgerufen hatte, bereits größtenteils von der Seele geredet.

Steve grinste und machte eine scherzhafte Bemerkung über Mumien im Krankenbett, als er sich uns näherte. Zeery, der seinem Partner nicht weniger breit grinsend folgte, schob einen leeren Rollstuhl vor sich her.

»Dr. Hartek hat gemeint, dass wir bei euch vorbeizuschauen könnten, ohne zu riskieren, dass ihr bei unserem Anblick gleich wieder ins Koma fallt«, sagte Steve und schüttelte Phil und mir nacheinander die Hand.

»Man behauptet ja immer, Unkraut vergeht nicht«, sagte Zeery und stellte den Rollstuhl zwischen unseren Betten ab. »Aber habt ihr schon einmal gesehen, wie Gewächse aussehen, nachdem in ihrer Nähe eine Handgranate explodierte? Dass dort jemals wieder etwas wachsen wird, kann man sich im Angesicht der Zerstörung gar nicht vorstellen.«

Unser indianischer Kollege machte ein ernstes Gesicht und drückte uns nacheinander eindringlich die Hand. »Ich bin froh, dass ihr diesen Anschlag einigermaßen unbeschadet überstanden habt, Leute. Detective Horn und seine Partnerin Janowik hatten weniger Glück.«

»Was ist mit Maja?«, fragte ich alarmiert. »Ist sie etwa nicht durchgekommen?«

Steve und Zeery schüttelten stumm den Kopf.

»Sie erlag vor Kurzem ihren inneren Verletzungen«, erklärte Zeery. »Die Ärzte waren machtlos.«

Wütend ballte ich die Hände. »Wir hätten diese beiden Detectives nicht mit in den Club nehmen dürfen.«

»Niemand hätte mit diesem Anschlag rechnen können«, sagte Steve. Er lehnte sich mit dem Rücken an die unseren Betten gegenüberliegende Wand. »Wie es den Anschein hat, kann sich nicht einmal Lando Whitman einen Reim darauf machen, warum diese Obdachlosen ihn und Columbus Singh auf der Abschussliste hatten.«

»Ihr habt mit Whitman gesprochen?«, fragte Phil und faltete die Hände über der Bettdecke.

Zeery nickte bejahend. »Er ist nicht sehr mitteilsam. Der Verlust seines linken Beines macht ihm schwer zu schaffen und unzugänglich. Er meinte, dass er nur mit dir reden will, Jerry – unter vier Augen.«

»So?«, sagte ich rau. »Und wie komme ich zu dieser Ehre?«

»Du hast ihm das Leben gerettet«, sagte Steve. »Vielleicht ist er dir gegenüber gesprächiger. Einen Versuch ist es zumindest wert. Whitman weiß etwas. Aber er tut sich schwer, mit der Sprache rauszurücken. Fühlst du dich fit genug, mit ihm zu sprechen?«

»Selbstverständlich«, sagte ich und schielte auf den Rollstuhl. »Den werde ich aber nicht brauchen.«

Steve zuckte mit den Schultern. »Wie du meinst.«

»Bevor ich mit Whitman spreche, will ich wissen, ob die Spurensicherung in seinem Club irgendetwas Erwähnenswertes entdeckt hat.«

»Drogen wurden in dem verwüsteten Club nicht gefunden, wenn du das meinst«, sagte Zeery.

»Und sonst?«, fragte Phil. Er fuchtelte ungeduldig mit den Armen. »Lasst euch nicht alles aus der Nase ziehen, Jungs. Mister High will zwar nicht, dass wir uns in die Ermittlungen einschalten, bevor Dr. Hartek uns nicht gesundgeschrieben hat. Aber deshalb müsst ihr uns ja nicht verhungern lassen.«

Steve grinste schräg. »Eigentlich gibt es nicht viel zu berichten. Das Sturmgewehr, das Keith Orland benutzte, war eine Waffe aus Beständen der Sowjetunion. Die Waffe wurde in den Sechzigerjahren des vorigen Jahrhunderts von den Sowjets nach Kuba geliefert, wie ein Prägestempel auf dem Holzgriff der Waffe verrät.«

»Der Sprengstoff, der während des Anschlags auf Singhs Schrottplatz verwendet wurde, scheint wiederum aus Lateinamerika zu stammen«, warf Zeery ein. »Die Kollegen aus dem kriminaltechnischen Labor haben an den Überresten der selbst gebastelten Bombe Rückstände von Chemikalien gefunden, die in dieser Beschaffenheit nur in Lateinamerika benutzt werden.«

Nachdenklich furchte ich die Stirn. Mir fielen die Berichte über den Guerillero wieder ein, der angeblich Obdachlose um sich scharte und ihnen erzählte, dass sie ihr Schicksal selbst in die Hand nehmen sollten. Offenbar fing mein Denkapparat langsam wieder an, zu alter Form aufzulaufen.

Unterdessen war Zeery auf die Zimmertür zugetreten und öffnete sie. Ich hörte, wie er die Krankenschwester, die auf dem Korridor wartete, bat, einzutreten.

Die dunkelbraune Haut der jungen Frau, die daraufhin den Raum betrat, hob sich satt von der weißen Schwesternkluft ab, die sie trug. Geschickt entfernte sie die Infusionsnadel aus meiner Armbeuge und schob das Gestell an die Wand.

Ich schlug die Bettdecke zurück und wehrte die Hände der Frau ab, als sie mir aufhelfen wollte.

Allerdings erfasste mich ein heftiger Schwindel, während ich mich vom Bett erhob, sodass ich mich in den Rollstuhl fallen ließ und entnervt ächzte. Ich würde vorläufig wohl doch nicht ohne diese Fortbewegungshilfe auskommen.

Die Krankenschwester lächelte verständnisvoll und breitete dann eine Wolldecke über meine Beine. Ehe die Frau sich dann aber anschicken konnte, mich in dem Rollstuhl aus dem Zimmer zu schieben, griff ich an die Räder und bugsierte das Gefährt zwischen den Betten hervor.

»Ich werde dich begleiten und draußen vor Whitmans Zimmertür warten«, sagte Zeery und eilte auf die Tür zu, um sie mir zu öffnen.

»Viel Erfolg!«, rief Phil mir hinterher, während ich auf den Korridor hinaus rollte.

Der Cop, der vor Whitmans Krankenzimmer Wache stand, schloss die Tür hinter mir, nachdem ich in das Zimmer gerollt war. Von den beiden Betten, die in dem Raum standen, war nur eines belegt.

Der Mann, der darin lag, war blass wie ein frisch gebleichtes Bettlaken. Ein Druckverband, unter dem das weiße Haar wirr hervorstand, verunzierte seinen Kopf. Der rechte Arm war eingegipst und hing in einer von der Decke herabhängenden Schlinge. Und die Konturen, die sich unter der Bettdecke abzeichneten, ließen keinen Zweifel aufkommen, dass dem Mann ein Bein fehlte.

Mit mürrischer Miene musterte Whitman mich, während ich mich in meinem Rollstuhl seinem Bett näherte.

»Sie sehen blendend aus, G-man«, sagte er mit ätzendem Unterton in der Stimme.

Ich zuckte mit den Schultern. »Sie können froh sein, nur ein Bein und nicht Ihr Leben verloren zu haben.«

Whitman schnaufte verächtlich. »Wenn ich aus diesem Krankenhaus entlassen werde, wird mein Leben nicht mehr dasselbe sein wie das, das ich vor dem Anschlag geführt habe.«

»Ich hoffe, Sie wollen mehr von mir, als mir nur die Ohren voll zu jammern.«

Whitman starrte mich ungehalten an. Doch dann stieß er ein resigniertes Seufzen aus. »Ihre Kollegen haben mir eine Menge Fragen gestellt. Würde ich die alle beantworten, würde ich wahrscheinlich in absehbarer Zeit als einbeiniger Knastbruder enden.«

»Ihr Schweigen wird das Unausweichliche nur etwas hinauszögern«, sagte ich mit hartem Unterton in der Stimme. »Wenn Sie kooperieren, wird sich das vielleicht günstig auf das Strafmaß auswirken.«

»Sparen Sie sich das Gewäsch«, sagte Whitman rau. »Die Cops werden mir nichts anhängen können.« Er grinste süffisant. »Ich habe eine reine Weste.«

Ich griff nach den Rädern meines Rollstuhls. »Sie fangen an, mich zu langweilen, Whitman. Warum wollten Sie mich sprechen?«

»Ich will, dass die Leute, die für den Anschlag verantwortlich sind, bluten!«, rief er zornig. »Diese verdammten Hurensöhne sollen dafür bezahlen, was sie mir angetan haben!«

Wutentbrannt schlug er die Bettdecke zurück, sodass ich den bandagierten Beinstumpf sehen konnte, der unter dem Patientenhemd hervorschaute. Das Bein war oberhalb des Kniegelenks abgetrennt worden.

»Wir tun unser Möglichstes, um die Täter dingfest zu machen«, sagte ich ungerührt. »Wenn wir aber – wie bei Ihnen – überall nur auf eine Mauer des Schweigens stoßen, könnte es selbst für uns schwierig werden, die Schuldigen ausfindig zu machen.«

Ich hatte meine Worte mit Bedacht gewählt. Und offenbar hatten sie ihre Wirkung auf Whitman nicht verfehlt.

»Sie sind wegen des verunreinigten Meth in meinen Club gekommen«, sagte er gedehnt und drapierte die Bettdecke über sein gesundes Bein. »Glauben Sie, der Anschlag könnte mit diesem vergifteten Stoff irgendwie in Zusammenhang stehen?«

»Auszuschließen ist es jedenfalls nicht«, erwiderte ich vage. »Gewisse Indizien lassen allerdings vermuten, dass wir von einem solchen Zusammenhang tatsächlich ausgehen müssen.«

Whitman presste die Lippen aufeinander und schien zu überlegen.

»Ich war vorhin nicht ganz ehrlich zu Ihnen«, sagte er. »Ich kannte Bill Nowark. Sie hatten mich nicht danach gefragt, darum hielt ich es nicht für nötig, es zu erwähnen. Nowark hat sich öfter im Roses and Thorns herumgetrieben. Dass er Drogen nahm, wusste ich allerdings nicht. Andernfalls hätte ich ihn rauswerfen lassen.«

Ich glaubte Whitman kein Wort, ließ mir das aber nicht anmerken.

Er schüttelte missbilligend den Kopf. »Nowark war bestimmt nicht der Einzige, der von Bolivar ohne mein Wissen mit Drogen versorgt wurde. Bolivar hat seine Stellung im Club schamlos ausgenutzt, um Kontakte zu knüpfen und seine privaten Geschäfte abzuwickeln.«

»Worauf wollen Sie hinaus?«, unterbrach ich den Mann. Seine andauernden Unschuldsbeteuerungen gingen mir gehörig auf die Nerven.

»Nowark kam oft in Begleitung eines Mannes in den Club. Die beiden waren offenbar eng befreundet. Es würde mich nicht wundern, wenn der dieselben Vorlieben in Bezug auf Drogen hat wie Nowark.«

»Rücken Sie schon mit dem Namen raus, Whitman. Wie heißt der Mann, von dem Sie glauben, er könnte Bolivar übergangen und sein Crystal stattdessen bei einem anderen Dealer gekauft haben?«

Whitman blinzelte indigniert. »Ich fürchte, ich kann Ihnen nicht recht folgen.«

»Beantworten Sie einfach meine Frage.«

Während der Befragung im Roses and Thorns hatte Whitman bereits durchblicken lassen, dass das vergiftete Crystal unmöglich von ihm stammen konnte. Nowark hatte den verunreinigten Stoff folglich nicht von Bolivar, sondern von einem anderen Dealer gekauft. Wenn wir diesen Dealer ausfindig machen konnten, würden wir vielleicht an die Quelle des tödlichen Crystals herankommen – und vielleicht sogar an den Drahtzieher, der hinter den Attentaten steckte.

Whitman zögerte einen kurzen Moment. »Hank Reed«, sagte er schließlich. »So, glaube ich, heißt der Mann.« Er nickte überzeugt. »Ja – ich bin mir sogar ziemlich sicher. Reed hat nie etwas anbrennen lassen, wenn Sie verstehen, was ich meine.«

»Alles klar«, sagte ich und drehte den Rollstuhl herum. »Erwarten Sie nicht, dass ich mich für diese Information bedanke.« Ich rollte auf den Ausgang zu. »Ich habe Sie durchschaut, Whitman. Es ist nur eine Frage der Zeit, bis das FBI oder die Kollegen von der Narcotis Division Sie zur Strecke bringen.«

»Warum haben Sie mir überhaupt das Leben gerettet, G-man?«, rief Whitman mir aufgebracht hinterher.

»Weil Sie mich in den Knast bringen wollen? Lieber sterbe ich, als als einbeiniger Krüppel in einem Gefängnis dahinzuvegetieren!«

Ich hatte die Tür geöffnet und rollte auf den Korridor hinaus. Ich hatte nicht vor, auf diese unsinnige Frage zu antworten, und bedeutete dem Cop mit einer ungeduldigen Geste, die Tür hinter mir wieder zu schließen.

»Und?«, fragte Zeery, während er neben meinem Rollstuhl her schritt.

»Ich habe den Namen eines Drogenkonsumenten«, sagte ich. »Offenbar wildert jemand in Whitmans Kundenkreis und verkauft den Leuten, die sonst von seinen Dealern beliefert wurden, Meth. Dieses Amphetamin hat nur einen Nachteil. Es ist mit Arsen versetzt.«

In mein Krankenzimmer zurückgekehrt, schilderte ich kurz, was ich von Whitman erfahren und welche Schlussfolgerungen ich daraus gezogen hatte.

»Wir werden herausfinden, wo Hank Reed wohnt«, sagte Steve. »Er wird noch heute Besuch von uns erhalten. Wenn wir ihm sagen, dass sein Freund vergiftetes Crystal gekauft hat und daran gestorben ist, wird er uns vielleicht verraten, wer ihm den Stoff verkauft hat und wo wir diesen Burschen finden.«

»Gute Arbeit, Jerry«, sagte Zeery und grinste freundschaftlich. »Sogar im desolaten Zustand bist du noch zu etwas zu gebrauchen.«

Ich hatte mich in mein Bett gelegt und lehnte mich ermattet in die Kissen zurück.

»Während du mit Whitman gesprochen hast, hat Phil mir von Reverend Hall erzählt«, fuhr Steve fort. »Wir werden der Obdachlosenmission morgen früh einen Besuch abstatten und den Priester fragen, ob er den Mann, der von der Überwachungskamera auf dem Schrottplatz aufgenommen wurde, kannte, und wenn ja, was er uns über ihn sagen kann.«

Ich nickte zufrieden. »Gebt ihm auch eine Beschreibung des Mannes, der die Handgranate warf. Vielleicht kann er euch seinen Namen verraten.«

»Wir werden schon zurechtkommen«, sagte Zeery und schob den Rollstuhl vor die Wand. »Erholt euch erst einmal gründlich. Dann könnt ihr wieder mitmischen.«

»Wenn wir diesen verworrenen Fall bis dahin nicht schon aufgeklärt und die bösen Jungs hinter Gittern gebracht haben«, scherzte Steve.

Die beiden verabschiedeten sich und versprachen, morgen im Laufe des Tages noch einmal vorbeizuschauen.

Kurz darauf hatten Steve und Zeery das Krankenzimmer verlassen.

Phil seufzte und starrte zur Zimmerdecke empor. »Es wurmt mich ungemein, dass wir nichts für Horn und Janowik tun konnten. Horn wollte seine Partnerin schützen. Vielleicht hat er sie sogar geliebt.«

Ich nickte betroffen. »Es mag ungerecht erscheinen, dass Whitman überlebte. Sicher wäre er ums Leben gekommen, wenn ich nicht reagiert und das Sofa umgestoßen hätte, auf dem er saß.« Ich sah zu meinem Freund rüber. »Die Situation erlaubte nicht, irgendeine Wahl zu treffen. Ich musste reagieren – oder würde sterben. Ich habe das Einzige getan, was mir meiner Einschätzung nach zu tun geblieben war. Eine andere Möglichkeit, als auf das Sofa zuzuspringen und zu versuchen, mein Leben und das von Whitman zu retten, hat sich mir nicht eröffnet.«

Phil nickte verstehend. »Ich weiß, wovon du sprichst, Jerry. Ich kenne solche Situationen. Man sieht nur eine Möglichkeit und muss dementsprechend handeln. Das ist eine Fähigkeit, die ein Special Agent besitzen muss. Andere Menschen sind wie paralysiert, würden sie erleben, was wir erlebt haben. Sie würden geschockt dastehen und sterben, weil sie nicht fähig sind, zu handeln.«

»Genauso ist es Whitman ergangen«, sagte ich. »Er saß nur da und starrte geschockt vor sich hin.«

Phil drehte mir das Gesicht zu. »Ich hasse die Untätigkeit«, sagte er rau. »Im Bett zu liegen, wo ich doch da draußen eigentlich ein Verbrechen aufklären sollte, ist wider meine Natur.«

Vorsichtig betastete ich meinen bandagierten Kopf. »Vielleicht können wir morgen schon wieder raus. Die Kopfschmerzen sind erträglich – findest du nicht auch?«

Phil nickte bestätigend. »Unbedingt. Dr. Hartek wird nichts anderes übrig bleiben, uns spätestens morgen zu entlassen. Andernfalls wird er erleben, was es bedeutet, zwei hyperaktive Special Agents in seinem Haus zu beherbergen.«

Ich tue es für Keith – und für eine gute Sache!

Diesen Satz betete Suzy in Gedanken immer wieder wie ein Mantra vor sich hin, während die Rettungssanitäter die Trage, auf der sie lag, den Krankenhausflur entlang schoben.

Es war lange her, als Suzy das letzte Mal in einem Krankenhaus gewesen war. Auch sonst hatte sie den Kontakt mit den normalen Menschen gemieden. Man hatte sie wie eine Aussätzige behandelt – und schließlich war sie sich selbst wie eine vorgekommen. Sie war schmutzig, zerlumpt und hässlich. Nur unter ihresgleichen fühlte sie sich einigermaßen sicher.

Keith und die anderen hatten sie beschützt, hatten eine durchsichtige Glocke aus Geborgenheit um sie herum gebildet, die für Suzy zu ihrem neuen Heim geworden war.

Doch diese letzte Zuflucht war zerstört worden, als Keith am vergangenen Tag gestorben war …

Nun, da Suzy den Normalen wieder so nahe wie lange nicht mehr gekommen war, war sie von deren Gegenwart schier überwältigt. Die beiden Sanitäter, die sie um Mitternacht von der Straße aufgelesen und in den Rettungswagen verfrachtet hatten, waren jung, kräftig, gesund und rochen gut. Während der Fahrt zum Harlem Hospital Center hatten sie sich nett um sie gekümmert. Und jetzt schilderten sie der Assistenzärztin, eine mit schokoladenbrauner Haut gesegneten Frau mit großen rehbraunen Augen, die neben Suzys Trage her schritt, was mit der Patientin los war.

»Ihr Name lautet Suzy Drone – sie wurde unter der Brücke eines Zubringers der Robert F. Kennedy Bridge gefunden«, erklärte der Sanitäter mit dem krausen Haar. »Passanten haben sie entdeckt und uns informiert. Ihr wurde übel mitgespielt. Prellungen an Armen und Beinen und Platzwunden am Torso. Verdacht auf Schädelfraktur.«

Ja, dachte Suzy benommen, Joe hat ordentlich zugelangt. Ich sehe bestimmt entsetzlich aus. Es ist für Keith – und für eine gute Sache!

Die Assistenzärztin presste die Lippen aufeinander und sah betreten auf die Patientin hinab. »Ich verstehe nicht, wie Menschen Befriedung darin finden können, Obdachlose zu misshandeln. Und dann obendrein noch eine Frau.«

Sie neigte sich im Gehen leicht hinab. »Können Sie mich hören, Mrs Drone?«, fragte sie, spreizte mit den Fingern das Lid von Suzys linkem Auge auseinander und leuchtete mit einer Taschenlampe auf den Augapfel.

»Meine Ohren sind in Ordnung«, antwortete Suzy und drehte den Kopf weg. »Meine Augen auch.«

Als die Assistenzärztin Anstalten machte, Suzys fleckige Bluse zu öffnen, um das Stethoskop anzulegen, drückte sie die Plastiktüte fest an sich.

»Keine Sorge. Niemand will Ihnen Ihre Habseligkeiten wegnehmen«, sagte die Frau. Auf dem Schild auf dem Revers ihres Arztkittels stand Dr. Mango. »Ich muss Sie untersuchen. Legen Sie die Tüte doch bitte neben Ihren Körper.«

Suzy gehorchte widerstrebend, legte jedoch die Hand auf den prall gefüllten Beutel, als befürchtete sie, er könnte von der Trage fallen.

Die Sanitäter schwenkten mit der Trage vom Korridor weg und schoben Suzy in ein Behandlungszimmer. Gemeinsam hievten die Männer die Obdachlose auf die Behandlungspritsche.

Voller Panik riss Suzy den Plastikbeutel an sich.

»Haben Sie Schmerzen?«, fragte Dr. Mango.

»Mein Kopf tut weh«, antwortete Suzy. »Und der Rest von meinem Körper auch.«

Dr. Mango seufzte und nickte den beiden Sanitätern zu, als diese sich verabschiedeten und die Rollliege aus dem Zimmer schoben. Sie griff nach der Plastiktüte, doch Suzy hielt sie verbissen fest.

»Bitte«, sagte die Ärztin geduldig. »Ich muss Sie doch untersuchen. Ich lege den Beutel neben der Pritsche auf den Boden. Er wird Ihnen nicht abhanden kommen.«

Zögernd ließ Suzy den Beutel los. Das Blut gefror ihr in den Adern, als die Ärztin die Tüte öffnete und einen Blick hineinwarf.

Dr. Mango rümpfte die Nase, stellte den Beutel auf den Boden und schob ihn mit dem Fuß unter die Pritsche. Dann knöpfte sie Suzy die Bluse auf und tastete vorsichtig ihren Oberkörper ab, der mit blauen Flecken und Prellungen übersät war. Schließlich fuhr sie Suzy mit den Fingern durch das strähnige Haar und übte an manchen Stellen Druck auf die Schädelknochen aus.

»Sagen Sie Bescheid, wenn es Ihnen wehtut, Mrs Drone.«

»Ich fühle nur einen dumpfen Schmerz im Kopf«, sagte sie.

Die Ärztin nickte und zog die Hände zurück, die sie dann leicht von ihrem Körper abspreizte, wie man es tat, wenn man vermeiden wollte, dass die beschmutzten Hände die Kleidung besudelten.

»Es ist halb so schlimm, wie es aussieht«, sagte sie. »Ich werde jetzt erst einmal einen Pfleger auftreiben, der Sie waschen wird. Dann werde ich mich um Ihre Wunden kümmern.«

Dr. Mango wandte sich ab, wusch die Hände an dem Waschbecken neben der Tür und verließ das Zimmer.

Suzy schloss einen Moment lang die Augen, um Kräfte zu sammeln.

Joe hatte sein Versprechen gehalten und sie tatsächlich nicht lebensgefährlich verletzt, als er mit seiner Eisenstange auf sie eingeschlagen hatte. Der Plan war aufgegangen. Suzy befand sich jetzt im Harlem Hospital Center. Nun lag es an ihr, das Vorhaben zu Ende zu führen.

Sie beugte sich über den Rand des Bettes, langte ächzend nach dem Plastikbeutel auf dem Boden und zog ihn zu sich heran.

Hektisch begann sie in den dreckstarrenden Lumpen zu wühlen, die sich in dem Beutel befanden. Schließlich zog sie einen Dolch hervor. Achtlos ließ sie den Beutel fallen und schob die Waffe in den Ärmel ihrer abgewetzten Jacke.

Flach legte sie sich auf die Pritsche und versuchte ihren Atem zu beruhigen. Trotzdem zuckte sie erschreckt zusammen, als die Zimmertür plötzlich geöffnet wurde und eine dickliche Frau den Raum betrat. Sie trug die blaue Kluft der Krankenpfleger und machte einen resoluten, routinierten Eindruck.

»Na, dann wollen wir mal«, sagte sie wenig begeistert, während sie Suzy neben dem Bett stehend von oben bis unten musterte. »Ich bringe Sie jetzt rüber ins Badezimmer. Können Sie gehen, oder soll ich Sie in einen Rollstuhl setzen?«

»Ich glaube, ich werde gehen können.« Suzy wehrte die Hände der Frau ab, schwang die Beine behutsam aus dem Bett und stand auf. Dabei vermied sie es, die Pflegerin anzusehen. Joe meinte, das würde ihr helfen, die Sache bis zum bitteren Ende durchzuziehen.

Die Pflegerin fasste Suzy am Oberarm und führte sie auf eine Verbindungstür zu. »Wann haben Sie denn zuletzt gebadet?«, fragte sie und schüttelte missbilligend den Kopf.

Suzy zog es vor, zu schweigen. Es musste jetzt alles schnell gehen.

Im Badezimmer angekommen, drehte die Pflegerin

das Duschwasser auf. »Ziehen Sie sich aus, Lady«, rief sie über das Rauschen des Wassers hinweg, während Suzy hinter ihrem Rücken den Dolch aus dem Ärmel zog. »Wenn der Dreck runter ist, sehen Sie bestimmt gleich viel ansprechender aus.«

Als die Pflegerin sich umdrehte, rammte Suzy ihr die Klinge in den Hals.

Die Frau riss ungläubig die Augen auf, taumelte röchelnd zurück, stieß mit dem Hacken gegen die Duschwanne und stürzte. Im Fallen krallten sie sich in den Duschvorhang und riss ihn mit sich. Hart schlug die Pflegerin mit dem Hinterkopf gegen die gekachelte Wand und rutschte daran hinab, während das Wasser aus dem Duschkopf auf sie herabregnete.

Suzy presste keuchend die Fäuste an die Lippen. »Es ist für Keith und eine gute Sache«, murmelte sie.

Schockiert, als könne sie nicht begreifen, was sie getan hatte, starrte sie auf die Frau und das in ihrem Hals steckende Messer hinab. Dann besann sie sich, griff nach den Füßen der Pflegerin und zerrte sie aus der Dusche hervor.

Sie stieß ein klägliches Jammern aus, während sie der im Todeskampf zuckenden Frau erst den Kittel und dann die Hose auszog. Sie fluchte, weil der Kittel nass und am Kragen blutbesudelt war.

Schluchzend entledigte sich Suzy ihre Kleidung und schleuderte sie in eine Ecke. Anschließend zog sie die Sachen der Pflegerin an. Sie waren ihr einige Nummern zu groß. Doch Suzy hoffte, dass man ihr in den Krankenhausfluren, in denen es hektisch zuging, keine allzu große Aufmerksamkeit schenken würde.

Als sie einen Blick in den Spiegel warf, kamen ihr jedoch Zweifel. Der blaue Pflegerkittel war an den

Schultern nass und blutbespritzt. Im Zusammenspiel mit Suzys wirrem Haar und dem fleckigen, zerschundenen Gesicht gab sie eher das Bild einer Irren ab, die sich die Kluft eines Pflegers angeeignet hatte, um aus der Anstalt zu entfliehen.

Hastig wusch sie sich das Gesicht und richtete das strähnige Haar so gut es ging. Dann umfasste sie den Griff des Dolchs, schloss fest die Augen und zog die Klinge aus dem Hals der Pflegerin.

Nachdem sie den Dolch abgespült und sich unter den Hosenbund geschoben hatte, richtete sie ein letztes Mal ihre Kleidung und wandte sich dann entschlossen ab.

Bevor sie das Badezimmer verließ, lauschte sie an der Tür. Als sie sicher war, dass das Behandlungszimmer verlassen war, schlüpfte sie durch den Türspalt und eilte auf den Ausgang zu.

Suzy versuchte einen beschäftigten Eindruck zu machen, während sie den Korridor entlang strebte. Ihr Ziel waren die Aufzüge. So schnell wie möglich musste sie in das dritte Stockwerk gelangen, wo Lando Whitman in einem Krankenzimmer lag.

Bei dem Gedanken an diesen Mann verlor Suzy fast die Nerven. Die Vorstellung, dass dieser Verbrecher das Attentat überlebt hatte, Keith aber ums Leben gekommen war, machte sie rasend vor Wut.

»Es ist alles in Ordnung!«, fuhr sie einen Arzt an, der sie misstrauisch musterte, während er an ihr vorüber ging. »Hatte Schwierigkeiten mit einem Patienten.«

Erleichtert stellte sie fest, dass der Mann kommentarlos seinen Weg fortsetzte. Als sie wenig später die Fahrstühle erreichte, drehte sie sich der Wand zu und wartete, bis ein Lift eintraf. Ungeduldig scharrte sie mit den Füßen, während die Leute ausstiegen. Dann, bevor sich die Fahrstuhltüren wieder schlossen, schlüpfte sie hastig in die leere Kabine. Mit der flachen Hand schlug sie auf die Taste mit der leuchtenden Drei. Als der Lift sich kurz darauf in Bewegung setzte, schloss sie die Augen.

Bis jetzt war alles nach Plan verlaufen. Es war alles genau so eingetreten, wie Joe es vorhergesagt hatte. Sie lächelte bitter. Joe kannte die Menschen besser, als sie erwartet hatte. Als er zum Treffpunkt zurückkehrte und ihr sagte, dass Keith es nicht geschafft hatte, hatte sie zu schreien angefangen und war auf Joe losgegangen. Er hatte sie eine Zeit lang gewähren lassen. Dann hatte er ihre Handgelenke festgehalten, sie eindringlich angesehen und gesagt, dass sie jetzt stark sein müsse. Keith sei für eine gute Sache gestorben. Der Plan des Guerilleros sei ein gutes Stück vorangekommen.

Daraufhin hatte sich Suzy wieder etwas beruhigt.

Doch dann sickerte durch, dass Whitman den Anschlag überlebt hatte. Und was noch viel schlimmer war, Cops waren in dem Club anwesend gewesen. Sogar zwei Männer vom FBI sollten dabei gewesen sein. Die Polizei war aufmerksam geworden. Und das machte den Guerillero nervös. Er hatte nicht damit gerechnet, dass die Gesetzeshüter so schnell auf den Plan treten würden.

Es dauerte nicht lange, da hatte der Guerillero herausgefunden, in welches Krankenhaus Whitman und die verwundeten G-men gebracht worden waren. Wenig später teilte er seinen Anhängern mit, was getan werden musste, damit das verfehlte Ziel des Anschlags doch noch erreicht werden konnte. In seinem Plan sollte Suzy eine wichtige Rolle spielen.

Der Fahrstuhl stoppte, und Suzys Gedanken rissen

ab. Sie senkte den Blick und verließ die Kabine. Kurz blickte sie in beide Richtungen den Korridor hinunter. Als sie den uniformierten Cop erblickte, der, die Beine lang ausgestreckt, auf einem Stuhl neben einem der zahlreichen, vom Flur abzweigenden Türen saß und in den Kaffeebecher starrte, den er in den Händen hielt, wusste sie, wohin sie sich wenden musste.

Im Gegensatz zum Erdgeschoss, wo sich die Notaufnahme befand und hektische Betriebsamkeit geherrscht hatte, wirkte diese Etage wie verwaist. Bis auf den Polizisten hielt sich nur noch eine Krankenschwester in dem langen Korridor auf. Die blonde Frau studierte am anderen Ende des Ganges den Anschlag auf dem Schwarzen Brett.

Suzy entschied, dass die Frau zu weit entfernt war, um eine Gefahr darzustellen.

Den Blick zu Boden gerichtet, schritt sie auf den Polizisten zu. Als sie bemerkte, dass der Mann zu ihr rüber sah, vermied sie es, ihn direkt anzusehen. Als sie nur noch wenige Yards von dem Cop entfernt war, stand er auf.

»Sind Sie in Ordnung, Ma'am?«, fragte er besorgt.

Sie nickte, ohne in ihrem Schritt innezuhalten.

»Darf ich bitte erfahren, was Sie in diesem Trakt verloren haben?« In der Stimme des Mannes schwang plötzlich Misstrauen. Suzy würde sich etwas einfallen lassen müssen.

»Eine Herz-OP ist nicht ganz so verlaufen, wie der Doktor es wollte«, sagte sie auf ihre einfältige Art und blieb vor dem Mann stehen. »Jetzt ist alles voller Blut. Ich brauche einen neuen Kittel.«

Sie deutete mit einem Kopfnicken zum Ende des Korridors.

Als der Cop in die angegebene Richtung blickte, ließ sie den Dolch aus dem linken Ärmel gleiten, packte den Griff mit der rechten Hand und zog dem Mann die Waffe mit einer ausholenden Bewegung quer über das Gesicht.

Der Cop schrie auf, ließ den Kaffeebecher fallen und fasste sich ans Gesicht. Da hatte Suzy auch schon ausgeholt und stieß die Klinge zwischen den angewinkelten Ellbogen des Mannes hindurch in seine Kehle.

Ein gellender Schrei hallte vom anderen Ende des Flures herüber. Die Krankenschwester hatte ihn ausgestoßen.

Suzy ignorierte die Frau. Der Polizist war unterdessen über dem Stuhl zusammengebrochen und rührte sich nicht mehr. Sie öffnete sein Holster und nahm die Dienstwaffe an sich. Wie der Guerillero es sie gelehrt hatte, entsicherte sie die Waffe und wirbelte herum.

Von der Krankenschwester fehlte jedoch jede Spur. Der Flur lag verlassen da. Suzy vermutete, dass sich die Frau ins Bereitschaftszimmer geflüchtet hatte, um den Sicherheitsdienst zu verständigen.

Jetzt kam es auf jede Minute an!

Sie stieß die Tür auf, neben der der Cop Wache geschoben hatte, und machte Licht.

Nur eines der Betten in dem Zimmer war belegt. Der Mann, der darin lag, richtete sich benommen auf. Als er Suzy erblickte, riss er erschreckt die Augen auf.

»Verdammt, was wollen Sie hier?«, keuchte er.

»Whitman? Lando Whitman?«, fragte sie, obwohl sie wusste, dass er es war. Joe hatte ihr den Mann genau beschrieben. Sie wollte nur sichergehen, dass es diesen Gangster diesmal wirklich erwischte.

»Hilfe!«, brüllte der Mann daraufhin.

Suzy drückte ab. Die Waffe bockte so sehr in ihrer Faust, dass der Schuss verriss und die Kugel über Whitmans Kopf hinwegjagte und ein Loch in den Wandputz stanzte.

Whitman wollte sich auf der anderen Seite des Bettes zu Boden zu werfen. Doch sein in einer Schlinge hängender Arm vereitelte dieses Vorhaben.

Die beiden folgenden Kugeln, die Suzy in seine Richtung abfeuerte, schlugen in Whitmans Rücken.

Ein Schrei riss mich aus meinem Schlummer. Beunruhigt setzte ich mich in meinem Bett auf. In dem Krankenzimmer herrschte diffuses Dunkel. Durch das Fenster fiel der Widerschein der illuminierten Stadt, und unter dem Türspalt leckte eine helle Lichtzunge hervor.

Als ich zu Phil rüber sah, stellte ich fest, dass er ebenfalls wach war. Am Abend hatte Dr. Hartek uns die Kopfverbände abgenommen und den Tropf aus unseren Venen entfernt. »Ich wünschte, alle meine Patienten würden so rasch genesen wie Sie«, hatte er gesagt und dann sein Bedauern darüber ausgedrückt, dass er Maja Janowik nicht hatte retten können.

»Hast du den Schrei auch gehört?«, fragte Phil und schlug die Bettdecke zurück.

Ein Schuss bellte auf. Einen Lidschlag später waren Phil und ich auf den Beinen. Als kurz darauf zwei weitere Schüsse zu hören waren, hatten wir die Zimmertür erreicht.

»Das kommt aus der Richtung von Whitmans Krankenzimmer«, sagte ich, öffnete die Tür einen Spaltbreit und spähte auf den Korridor hinaus.

Als ich den Cop sah, der lang hingestreckt quer über

dem Stuhl neben der Tür zu Whitmans Zimmer lag, zerbiss ich einen Fluch zwischen den Zähnen. Ein Messergriff ragte aus dem nach hinten gebogenen Hals des Mannes.

»Wer immer den Anschlag auf das Roses and Thorns geplant hat, hat offenbar spitzgekriegt, dass Whitman überlebt hat«, zischte ich meinem Freund zu. »Ich fürchte, für den Drogenbaron können wir nichts mehr tun.«

»Zu dumm, dass wir unsere Dienstwaffen nicht griffbereit haben«, sagte Phil.

Ich zog die Tür ganz auf und betrat barfuß und mit nichts als einem Patientenhemd auf dem Leib den Korridor.

In diesem Moment verließ eine Pflegerin Whitmans Zimmer.

Dass mit dieser Frau etwas nicht stimmte, darauf ließ nicht nur die Pistole schließen, die sie in der Faust ihres wie betäubt am Körper herabhängenden Arms hielt. Die Pflegerinnenkluft war ihr eindeutig zu groß, und der Kragen und der Brustbereich waren blutbesudelt. Das Haar der Frau war strähnig und ungepflegt, das abgehärmte, magere Gesicht von Verbitterung und Härte gezeichnet.

Die Frau war stehen geblieben und musterte mich argwöhnisch. Phil, der sich hinter dem Türholm versteckt hielt, war von ihr noch nicht bemerkt worden.

»Du bist ein Bulle, nicht wahr?«, fragte sie und legte den Kopf schief.

»Ich bin vom FBI.« Begütigend streckte ich die Hände aus und ging langsam auf die Frau zu. »Legen Sie die Waffe auf den Boden, Ma'am.«

Aus den Augenwinkeln sah ich, dass sich neben mir eine Tür öffnete. Das Flurlicht fiel auf das ängstlich dreinblickende Gesicht einer jungen Frau, deren weibliche Rundungen sich deutlich unter dem Nachthemd abzeichneten. Ohne der Brünetten das Gesicht zuzuwenden, gab ich ihr mit einem herrischen Wink zu verstehen, sich wieder zurückzuziehen. Dabei ließ ich die Frau mit der Waffe nicht aus den Augen. Sie lächelte spöttisch und hob den Waffenarm.

»Du kannst wohl auch nicht aus deiner Haut, was?«, sagte sie und drückte im selben Moment ab, als ich auf die noch offen stehende Tür neben mir zusprang.

Unsanft stieß ich mit der Frau im Nachthemd zusammen. Sie strauchelte rückwärts ins Zimmer, und gemeinsam stürzten wir zu Boden. Ich spürte ihren warmen weichen Körper, als ich auf ihr landete.

»Entschuldigen Sie, Miss«, sagte ich und stemmte mich hoch. »Verstecken Sie sich irgendwo – schnell!«

Ich sprang auf und wirbelte zur Tür herum. Im selben Moment tauchte die Frau in der Pflegerkluft vor dem hellen Rechteck auf. Sie hielt die Waffe mit beiden Händen vor sich.

Die Brünette hinter mir stieß einen erstickten Schrei aus. Sie lag noch immer auf dem Boden, war zu geschockt, um sich zu regen.

»Nehmen Sie Vernunft an!«, rief ich der Frau mit der Waffe eindringlich zu. Da ich das Girl hinter mir der Gefahr aussetzte, von einer Kugel getroffen zu werden, wenn ich jetzt zur Seite sprang, blieb ich wie festgewachsen stehen.

»Vernunft?«, rief die Frau vor mir verächtlich und zielte auf meine Brust. »Ich tue das Einzige, was vernünftig ist. Der Guerillero hat uns die Augen geöffnet. Wir hätten schon längst handeln sollen, anstatt uns wie die Schlachtlämmer in unser Schicksal zu fügen!«

In Erwartung des Schusses spannte sie die Armmuskeln und verengte die Augen zu schmalen Schlitzen.

Da rollte von der Seite her plötzlich ein Patientenbett heran, erfasste die Frau und stieß sie im selben Moment aus dem Türausschnitt, als sich ein Schuss aus der Waffe löste.

Das Projektil pfiff wie eine wütende Hornisse dicht an meinem Kopf vorbei und schlug ein Loch in das Fenster hinter mir.

Mit einem Satz war ich bei der Tür, drückte mich mit dem Rücken an den Holm und spähte den Korridor entlang.

Phil sprintete den Flur entlang auf die Frau zu, die er mit dem Patientenbett zu Boden gestoßen hatte.

»Achtung!«, rief ich, als ich sah, wie die auf dem Rücken liegende Frau hinter dem Bett hervor den Arm ausstreckte und mit der Waffe aufs Geratewohl in Phils Richtung zielte.

Mein Freund schnellte sich vom Boden hoch und flog lang ausgestreckt auf das Bett zu. Ein Schuss bellte auf, und Phil landete bäuchlings auf dem Rollbett. Die Kugel war unter ihm hinweggejagt und schwirrte durch den verlassenen Korridor.

Als Phil bäuchlings auf der Matratze landete, trieb er das Rollbett nach vorn und es stieß erneut gegen die Frau, die daraufhin einen Schrei ausstieß, in dem sich Wut und Schmerz zu einem schrillen Laut mischten.

Da wurde die Feuerschutztür am Ende des Korridors plötzlich aufgestoßen, und ein Mann vom Sicherheitsdienst des Krankenhauses tauchte auf der Bildfläche auf. Auch aus dem neben dem Fahrstuhlschacht führenden Treppenhaus stürzte nun ein Wachmann hervor. Die beiden uniformierten Puerto Ricaner hielten ihre Dienstwaffe schussbereit in den Händen.

»Niemand rührt sich!«, schrie der Mann, der durch die Feuertür gekommen war. Er hatte die durchgeknallte Pflegerin mit seiner Pistole direkt im Visier und näherte sich ihr langsam.

Phil hob die Hände, und auch ich zog es vor, den Wachen zu zeigen, dass ich unbewaffnet war.

»Nein, tun Sie das nicht!«, rief der Puerto Ricaner plötzlich, der sich der Amokläuferin näherte.

Erneut hallte ein Schuss auf.

Doch keiner der Männer vom Sicherheitsdienst hatte den Abzugsfinger gekrümmt.

Phil stieß einen heiseren Fluch aus, ließ sich vom Bett gleiten und kniete neben der Frau hin, die er mit dem Rollbett umgestoßen hatte.

Ich ahnte, was geschehen war, und kam hinter meiner Deckung hervor. Erst jetzt bemerkte ich, dass sich die junge Frau in dem Nachthemd ängstlich an mich gedrängt hatte. Als ich nun auf den Flur hinaustrat, streckte sie den Arm nach mir aus, als wollte sie mich aufhalten.

»Sie ist tot«, sagte Phil, als ich an seiner Seite auftauchte. Er schloss der Fremden die starren Augen. Sie hatte sich durch den Unterkieferbogen hindurch eine Kugel in den Kopf gejagt.

»Ist es vorbei?«, drang vom anderen Ende des Flures eine zittrige Frauenstimme zu uns herüber. Es war die Nachtschwester. Die Hand auf den wogenden Busen gepresst, war sie aus dem Bereitschaftszimmer hervorgekommen.

»Bleiben Sie zurück, Miss Johnson!«, rief der Puerto Ricaner, der den Treppenhausschacht neben dem

Fahrstuhl emporgekommen war. Wie die Leuchtanzeige über der Lifttür verriet, war die Fahrstuhlanlage aus Sicherheitsgründen außer Betrieb gesetzt worden, um zu verhindern, dass die bewaffnete Person, die die Nachtschwester dem Sicherheitsdienst gemeldet hatte, die Anlage benutzte. »Warten Sie, bis wir Entwarnung gegeben haben!«

Furchtsam zog sich die Krankenschwester wieder in das Zimmer zurück.

Ehe die Männer Phil und mich anweisen konnten, uns ebenfalls in unser Zimmer zurückzuziehen, erklärte ich ihnen, dass wir vom FBI waren. Offenbar waren sie über unsere Anwesenheit im Bilde, denn sie nickten nur beiläufig.

Mit schussbereiten Waffen näherten sie sich der offen stehenden Tür, neben der der ermordete Cop in grotesker Haltung quer über den Stuhl hingebreitet dalag.

Zu den Seiten sichernd drangen die Puerto Ricaner in das hell erleuchtete Zimmer vor. Phil und ich folgten ihnen in kurzem Abstand.

»Hier ist eine weitere Leiche!«, rief der stämmigere Security-Mann zu uns herüber. Er hatte das zerwühlte Patientenbett umrundet und starrte auf den Boden.

»Sonst ist hier niemand!«, informierte uns der zweite Wachmann, der im angrenzenden Badezimmer nachgesehen hatte.

Phil und ich traten ans Fußende des Bettes. Lando Whitman lag mit dem Gesicht auf dem Boden. Als er vom Bett gestürzt war, war die Halterung für seinen gebrochenen Arm aus der Zimmerdecke gerissen. Zwei Einschusslöcher klafften in seinem Rücken.

»Dem ist nicht mehr zu helfen«, erklärte der Wachmann, während er am Hals des Opfers nach einem Puls tastete.

Kurz darauf verließen die beiden Puerto Ricaner das Zimmer, um auch den Rest der Etage noch abzusuchen.

Phil und ich drehten uns von der Leiche weg und kehrten ebenfalls auf den Flur zurück. Als wir die Leiche der Frau erreichten, kniete Phil neben ihr hin und durchsuchte die Kleidung. Jedoch ohne Erfolg.

»Wer mag diese Frau wohl gewesen sein?«

»Ich schätze, sie war eine Obdachlose«, sagte ich rau.

Phil furchte die Stirn und sah fragend zu mir auf. »Wie kommst du darauf?«

»Sie hat einen Guerillero erwähnt«, erwiderte ich. »Von diesem Mann hatte Reverend Hall mir auch bereits berichtet. Die Frau sprach davon, der Guerillero habe ihr und anderen Obdachlosen die Augen geöffnet und sie gelehrt, ihr Schicksal selbst in die Hand zu nehmen.«

Phil schnaufte verächtlich und stand auf. »Indem sie zu Mördern werden?«

Ich nickte kaum merklich. »Diese Frau wusste mit einer Schusswaffe umzugehen. Und auch die Stadtstreicher, die die Attentate auf Singh und Whitman verübten, verstanden etwas von ihrem Mörderhandwerk. Offenbar schart dieser Guerillero Obdachlose um sich, bildet sie wie Partisanen aus und verleitet sie zu Straftaten.«

»Wir müssen diesen Burschen so schnell wie möglich aufspüren«, sagte Phil mit rauer Stimme.

Tief atmete ich durch. »Wir haben genug Zeit in diesem Krankenhaus verplempert, Phil. Dr. Hartek soll uns morgen entlassen. Wir müssen unbedingt mit Reverend Hall sprechen!«

Da bemerkte ich hinter mir plötzlich eine Bewegung und wirbelte herum.

Die Brünette stand hinter mir. Mit ihrem aufgelösten Haar und in dem derangierten Nachthemd sah sie ungemein attraktiv aus.

»Sie – Sie waren sehr tapfer«, murmelte sie und lächelte verzagt. Dann warf sie der Leiche, neben der wir standen, einen scheuen Blick zu. »Wären Sie nicht vor mir stehen geblieben, hätte diese Irre mich vermutlich abgeknallt.«

In Anbetracht der Situation fiel es mir nicht eben leicht, ein charmantes Lächeln auf meine Lippen zu zaubern. Als ich mich jedoch erinnerte, dass ich dieser aufregenden Frau ungewollt sehr nahe gekommen war, brachte ich dann wohl doch ein halbwegs annehmbares Lächeln zustande. »War mir ein Vergnügen, Miss.«

Sie reichte mir die Hand.

»Maria Buswick«, stellte sie sich vor, während ich ihre zierliche Hand umfasste.

»Special Agent Jerry Cotton«, erwiderte ich und stellte ihr auch meinen Partner vor.

»Ich hoffe, ich kann mich bei Ihnen für Ihre Ritterlichkeit beizeiten irgendwie erkenntlich zeigen«, sagte sie und sah mir dabei auf eine Art und Weise in die Augen, die mich ahnen ließ, dass ihr dabei nicht bloß ein gemeinsames Abendessen vorschwebte.

In diesem Moment kam einer der Security-Männer auf uns zu. Während er das Funkgerät wieder an seinen Gürtel einhakte, trug er eine finstere Miene zur Schau.

»Jetzt wissen wir, wer diese Irre war«, sagte er. »Ihr Name lautete Suzy Drone. Sie war eine Obdachlose, die vor einer halben Stunde mit dem Rettungswagen ins Harlem Hospital Center eingeliefert wurde. Offenbar war sie stark misshandelt worden und bedurfte ärztlicher Hilfe.«

Er presste verbittert die Lippen aufeinander, während er einen kurzen Blick auf die Tote warf. »Weiß der Teufel, was in diese Frau gefahren ist. Sie tötete eine Pflegerin, als diese sie waschen sollte, zog die Kleidung ihres Opfers an und fuhr dann in dieses Stockwerk, um weitere Morde zu begehen.«

»Verständigen Sie Lieutenant Gotland von der Mordkommission«, trug Phil dem Mann auf. »Und sagen Sie ihm, dass Suzy Drone von demselben Mann geschickt wurde, der auch für den Tod seiner beiden Detectives verantwortlich ist.«

Der Puerto Ricaner starrte Phil verdattert an. »Geschickt?«, sagte er. »Sie glauben, es handelt sich um ein gezieltes Attentat und nicht um den Amoklauf einer Verwirrten?«

»So ist es«, erwiderte Phil. »Das Ziel dieser Frau war, Whitman umzubringen.«

Der Mann schüttelte fassungslos den Kopf und wandte sich ab, um den Auftrag auszuführen.

»Ich glaube, nicht nur Whitman stand auf Suzy Drones Abschussliste«, sagte ich zu Phil.

Maria Buswick sah uns erschrocken an und hob die Hand an die Lippen. »Sie meinen, diese Frau hätte Sie tatsächlich erschossen, wenn Ihr Partner sie nicht mit dem Rollbett hinweggefegt hätte?«

Phil lächelte gewinnend. »Wenn Sie so wollen, habe auch ich meinen Teil zu Ihrer Rettung beigetragen.«

Maria lächelte verlegen und warf mir einen flüchtigen Blick zu. Worte hätten nicht deutlicher ausdrücken können, dass ihr Angebot, sich für ihre Rettung erkenntlich zu zeigen, nur mir galt.

In diesem Moment bemerkte Maria, dass sich uns die Nachtschwester näherte. »Wir sehen uns«, sagte sie, legte mir kurz die Hand auf den Oberarm und wandte sich rasch ihrem Zimmer zu.

Leise drückte sie die Tür hinter sich ins Schloss.

»Die hast du heute nicht zum letzten Mal gesehen, Jerry«, feixte Phil.

Um acht Uhr morgens saßen wir im Büro von Mr High. Er hatte uns nach kurzem Zögern unsere Dienstwaffen zurückgegeben und uns dann aufgefordert, in der Besprechungsecke Platz zu nehmen.

Auf dem Beistelltisch zwischen den locker gruppierten Sesseln hatte Helen bereits eine Kanne Kaffee und Tassen bereitgestellt. Wir zögerten nicht, uns von dem göttlichen Gebräu einzuschenken.

Helens Kaffee wirkte auf Phil und mich überaus belebend. Und das hatten wir auch bitter nötig. Denn obwohl Dr. Hartek uns für einsatzfähig befunden hatte, spürten wir doch deutlich die Nachwirkungen der zurückliegenden turbulenten Ereignisse.

Nach dem Attentat im Harlem Hospital Center war an Schlaf natürlich nicht mehr zu denken gewesen. Als Dr. Hartek aber drohte, uns noch für einen weiteren Tag im Krankenhaus zu behalten, wenn wir nicht vernünftig wären und uns zur Ruhe begaben, hatten wir das Feld schließlich unseren Kollegen von der City Police überlassen und uns in eines der Krankenzimmer zurückgezogen, die für die Patienten aus dem von Suzy Drone heimgesuchtem Stockwerk eine Etage tiefer eingerichtet worden waren. Dort hatten wir dann doch noch einige Stunden geschlafen.

»Sie sehen nicht gut aus«, sagte Mr High, nachdem er uns eine Weile stumm gemustert hatte. Er saß uns in einem Ledersessel gegenüber, die feingliedrigen Hände auf die Oberschenkel gelegt.

»Es wäre den Patienten und dem Personal des Harlem Hospital Center gegenüber unverantwortlich gewesen, wenn wir noch länger in dem Krankenhaus geblieben wären, Sir«, flachste Phil, wurde dann aber sofort wieder ernst. »Es ist nicht auszuschließen, dass wir erneut das Ziel eines Mordversuchs werden.«

Mr High nickte verstimmt. »Bei dem geringsten Anzeichen von Schwäche oder Unkonzentriertheit erwarte ich, dass Sie mir Bescheid geben, damit ich andere Special Agents mit Ihren Aufgaben betrauen kann.«

»Wir werden nichts tun, was unserer Arbeit schaden könnte«, versicherte ich.

Mr High nickte bedächtig. »Die Waffen, die während der Anschläge verwendet wurden, stammen entweder aus Kuba oder lateinamerikanischen Ländern«, sagte er. »Das Messer beispielsweise, das Suzy Drone in das Harlem Hospital Center schmuggelte, war ein Bajonett aus Beständen der kubanischen Armee.«

»Wir müssen so schnell wie möglich mit Reverend Hall in Kontakt treten«, sagte ich. »Ich habe seine Adresse. Wenn wir sofort aufbrechen, erwischen wir ihn noch, bevor er sich auf den Weg in die Obdachlosenmission macht.«

»Was haben Steve und Zeery denn inzwischen erreicht?«, wollte Phil wissen und nahm einen tiefen Schluck aus seiner Tasse.

»Die sind noch an Hank Reed, dem Freund von Bill Nowark, dran«, sagte Mr High. »Reed ist erst heute Nacht per Transatlantikflug aus Paris zurückgekehrt.

Ich hoffe, die beiden können den Mann dazu bewegen, ihnen zu verraten, wo Nowark das vergiftete Amphetamin gekauft hat.«

Mr High sah uns mit strenger Miene an. »Irgendjemand mit Kontakten nach Kuba macht sich in der New Yorker Unterwelt breit. Und wie es scheint, rekrutiert er seine Komplizen unter den Obdachlosen. Seine Ziele sind ziemlich undurchsichtig. Ich werde den Eindruck nicht los, dass dieser Mann irgendetwas Großes plant.«

Dieser Einschätzung konnten wir nur zustimmen.

Phil und ich leerten unsere Tassen. Dann erhoben wir uns und verabschiedeten uns von unserem Chef. Es wurde Zeit, dass wir endlich etwas gegen das unternahmen, was sich in der New Yorker Unterwelt zusammenbraute.

Reverend Hall wohnte im dreizehnten Stockwerk eines alten Backsteinhochhauses in der West Tremont Avenue. Die Wände in der Eingangshalle und auch die Liftkabine strotzte von den Spuren mühsam beseitigter Graffiti. Offenbar schickte die Hausverwaltung regelmäßig einen Putztrupp durch das Gebäude, um die Hinterlassenschaften der Gangs und die Sprühdosenergüsse vermeintlicher Künstler mit Spezialreiniger zu Leibe zu rücken. Ein labyrinthisches, orakelhaftes Mustergeflecht aus weggewaschenen Lettern und Motiven, die hier und da bereits mit frischen Zeichnungen überdeckt wurden, zeugte von dem ständigen Kampf, den die Hausverwaltung gegen den Ausdruckswillen der Viertelbewohner kämpfte.

Im dreizehnten Stockwerk angekommen, verließen

wir den Lift. Die Tür, die zu Halls Apartment führte, fiel sofort ins Auge, denn sie war mit einem großen, schlichten Holzkreuz geschmückt.

Ich drückte den Klingelknopf. Phil hatte den Reverend während der Fahrt in die Bronx angerufen und unseren Besuch angekündigt. Hall erwartete uns. Doch offenbar ließ er sich Zeit, auf das Läuten an der Wohnungstür zu reagieren. Jedenfalls regte sich auf der anderen Seite der Tür nichts.

Ich schlug mit der Faust hart gegen das Türblatt und rief Halls Namen.

Doch noch immer blieb es hinter der Tür beunruhigend still.

Phil zog sein Handy und wählte die Nummer des Reverends.

Wenige Augenblicke später drang aus der Wohnung ein Klingelton, der aus einem mehrstimmigen Halleluja bestand. Dann brach der Gesang plötzlich ab.

Phil gab mir mit einer Geste zu verstehen, dass sein Anruf entgegengenommen wurde. Doch dann verfinsterte sich die Miene meines Freundes. »Ich höre nur ein ersticktes Röcheln und Keuchen«, sagte er alarmiert.

»Okay – jetzt reicht's. Wir haben hier offenbar einen Fall von Gefahr im Verzuge!« Ich bedeutete Phil zurückzutreten, zog meine SIG Sauer und legte auf das Türschloss an.

Zwei Schüsse später war das Schloss von den Projektilen mehrere Inches aus dem Türblatt gedrückt worden und hing deformiert in einem Kranz aus zersplittertem Holz. Ich versetzte der Tür einen Tritt, und sie schwang auf.

Phil und ich stürmten in den Wohnungsflur, sahen uns in den angrenzenden Zimmern um.

Die Räume waren karg und spartanisch eingerichtet, Holzkreuze waren der einzige Wandschmuck.

In der Küche wurden wir dann endlich fündig. Der Reverend lag auf dem gefliesten Boden. Das Handy in seiner verkrampften Hand, starrte er mit fiebrigem Blick zu uns auf. Sein schwarzer, einfacher Anzug, den er auch in der Obdachlosenmission getragen hatte, war mit Erbrochenem besudelt. Unter der Jacke zeichnete sich der Verband, mit dem Halls verletzte Schulter verbunden war, deutlich ab. Schweißperlen glitzerten auf seiner Stirn. Er versuchte etwas zu sagen, doch plötzlich überkam ihn ein Krampfanfall, und er krümmte sich unter Schmerzen zusammen.

Während Phil über Handy den Emergency Service verständigte, kniete ich neben dem Priester hin und berührte seine Stirn. Sie fühlte sich kalt und feucht an.

Der Reverend rollte mit den Augen, als drohte er jeden Moment das Bewusstsein zu verlieren.

»Sie müssen wach bleiben, Hall!«, rief ich eindringlich. »Haben Sie öfter solche Anfälle?«

Der Priester schüttelte den Kopf und würgte.

»Wenn mich nicht alles täuscht, zeigen Sie heftige Vergiftungserscheinungen.« Ich erhob mich und sah mich in der kargen Küche um.

Auf der Anrichte, vor der Hall zusammengebrochen war, standen eine Thermoskanne und drei Becher, von denen einer einen Rest von Tee aufwies. Der Tee war stark aromatisiert und roch nach Himbeere. Ob er der Grund für Halls Zustand war, konnte ich nur raten. Da in der Küche jedoch keine anderen Lebensmittel zu sehen waren, die der Priester vor Kurzem zu sich genommen haben könnte, lag die Vermutung nahe, dass der Tee der Grund für Halls Anfall war.

Rasch kniete ich mich wieder hin, berührte den Reverend am Arm. »Besitzen Sie eine Hausapotheke?«, fragte ich eindringlich.

Hall fixierte mich mit seinem Blick und deutete dann mit einer fahrigen, abgehackten Geste auf die der Küche gegenüberliegende Tür. »Badezimmer!«, presste er erstickt hervor.

Hastig eilte ich in das angegebene Zimmer, riss Schranktüren auf und fand den Erste-Hilfe-Kasten schließlich in dem untersten Fach eines Wäscheschrankes. Das Sortiment beinhaltete auch ein Röhrchen mit Kohletabletten, das ich an mich nahm.

Während ich in die Küche zurückeilte, schüttelte ich einige der kohlschwarzen Tabletten in meine hohle Hand.

»Ein Glas Wasser!«, rief ich Phil zu, der das Telefonat inzwischen beendet hatte.

Ich hockte mich neben den Reverend und stemmte seinen Oberkörper hoch. »Schlucken Sie die!«, befahl ich und stopfte ihm die staubtrockenen Tabletten in den Mund. Dann nahm ich Phil das Wasserglas aus der Hand und setzte es Hall an die Lippen.

Es kostete den Priester große Überwindung, die Tabletten zu schlucken. Doch er würgte sie tapfer hinunter. Dann bettete ich seinen Kopf auf Phils Jacke, die mein Freund ausgezogen und zu einem Knäuel zusammengerollt hatte.

»Der Tee«, sagte ich, »haben Sie ihn selbst zubereitet?«

Der Reverend schüttelte ermattet den Kopf. »Schwester Ingrid – sie gibt mir jeden Abend eine Thermoskanne voll Tee mit nach Hause.«

Phil und ich sahen uns befremdet an.

»Haben Sie zuvor schon von diesem Tee getrunken?«, fragte ich.

»Nein. Ich habe vorhin eine erste Tasse zu mir genommen.« Er lächelte schwach. »Ihnen hätte ich auch etwas davon angeboten.«

»Die Kohletabletten scheinen langsam zu wirken«, sagte Phil.

Hall blinzelte verwirrt. »Sie glauben, der Tee war vergiftet? Warum sollte Schwester Ingrid so etwas tun?«

»Es ist ja nicht gesagt, dass sie es war«, erwiderte Phil.

Ein Schütteln durchlief den Körper des Reverends. »Was – was wollten Sie überhaupt von mir?«, fragte er wie im Fieberwahn.

»Ich hatte Ihnen das Foto eines Mannes per Fax in die Mission geschickt«, antwortete ich. »Kannten Sie diesen Mann?«

Hall nickte abgehakt. »Er – er heißt Jeff Hoolworth. Er kam früher oft in die Mission.«

Ich furchte die Stirn. Diesen Namen hatte der Reverend mir gegenüber bereits schon einmal erwähnt. »Jeff Hoolworth gehörte zu den Leuten, von denen Sie annahmen, dass sie sich dem Guerillero angeschlossen haben.«

Der Reverend hustete trocken. »Hoolworth ist ein todkranker Mann«, fuhr er dann fort. »Sein ganzer Körper ist voll mit Metastasen. Die Ärzte meinten, ihm würde höchstens noch ein halbes Jahr zum Leben bleiben. Diese Diagnose liegt schon fast ein Jahr zurück. Seitdem hat Hoolworth nie wieder ein Krankenhaus oder eine Arztpraxis aufgesucht.«

»Wie ist es dazu gekommen, dass er obdachlos wurde?«, hakte Phil nach.

Hall presste die Hände auf den Magen und verzog vor Schmerz das Gesicht. »Er verlor seinen Job und konnte die Hypothek für seine Eigentumswohnung nicht mehr zahlen. Die Bank riss sich die Wohnung unter den Nagel, und Hoolworth landete auf der Straße. Dann erfuhr er, dass er Krebs hatte.«

Der Priester sah uns mit unstetem Blick an. »Was ist denn mit Hoolworth?«

»Er ist tot«, sagte Phil. »Er hat sich in die Luft gesprengt und dabei ein paar Gangster mit in den Tod gerissen.«

»O Gott!«, keuchte Hall.

»Kennen Sie einen Mann namens Keith Orland?«, fragte ich. »Oder eine Frau, die Suzy Drone heißt?«

Der Reverend schüttelte den Kopf. »Was ist mit ihnen?«

»Es handelt sich ebenfalls um Obdachlose, die wir mit dem Guerillero in Zusammenhang bringen«, antwortete Phil.

»Nicht alle Obdachlosen der Bronx kommen in die Mission.« Hall schloss erschöpft die Augen.

Da schallten durch die offene Wohnungstür plötzlich hallende Schritte herein.

»Das wird der Notarzt sein.« Phil wandte sich ab, um den Männern entgegenzugehen.

Ich legte dem Reverend eine Hand auf die Schulter. »Wir müssen dringend mit diesem Guerillero in Kontakt treten, Hall. Hoolworth ist nicht der einzige Obdachlose, der in seinem Namen gemordet hat. Diesem Irrsinn muss endlich Einhalt geboten werden!«

Der Priester furchte mit finsterer Miene die Stirn. »Ich kann Ihnen leider nichts über diesen Mann sagen.«

»Halten Sie es für möglich, dass Schwester Ingrid …«

Hall machte eine unwirsche Handbewegung. »Es ist ausgeschlossen, dass Ingrid den Tee vergiftete!«

In diesem Moment betrat der Notarzt die Küche.

Ich stand auf und trat beiseite, um den Mann seine Arbeit machen zu lassen.

»Ihr Kollege hat mich über die Umstände in Kenntnis gesetzt, Special Agent«, sagte er, während er den Reverend untersuchte. Die Vorfahren dieses Mediziners mussten einst mit einem Sklavenschiff von Zentralafrika nach Amerika verfrachtet worden sein, denn seine Haut war so dunkel wie gelacktes Mahagoni.

»Der Tee ist vermutlich vergiftet«, sagte ich. »Ich schätze, es ist Arsen. Mit diesem chemischen Element haben wir es in unserem aktuellen Fall schon des Öfteren zu tun bekommen.«

Der Arzt blickte sich über die Schulter zu den Sanitätern um, die mit einer zusammengeklappten Rollliege und einem Medizinkoffer im Hintergrund warteten. Es handelte sich um zwei milchgesichtige junge Burschen, von denen der eine feuerrotes Haar hatte.

»Kenneth, führen Sie an dem Tee einen Schnelltest durch. Prüfen Sie auf dreiwertige Verbindung von Arsen. Eine Lösung aus dieser Zusammensetzung ist für den Menschen tödlich. Es reicht die Einnahme einer Menge von 60 bis 170 Milligramm.«

Der Rothaarige machte sich an der Tragetasche seines Kollegen zu schaffen.

»Ned?«, rief der Arzt, während er Halls Pupillen betrachtete. »Welches Antidot wird bei akuter Arsenvergiftung verwendet?«

Der Mann, der die klobige Tasche geschultert hatte, furchte angestrengt die Stirn. »DMP-Säure, Unithiol und Succimer.«

»Hervorragend«, sagte der Arzt trocken. »Bereiten Sie eine Dosis DMP-Säure vor. Wenn wir schnell sind, können wir diesen Mann noch retten!«

Die beiden Sanitäter brachen in hektische Betriebsamkeit aus. Wenige Minuten später stand fest, dass sich tatsächlich Arsen in dem Tee befand. Hall wurde das Antidot verabreicht und anschließend auf die Trage gelegt.

Als die Männer den Priester aus der Küche tragen wollten, griff er nach meinem Unterarm.

»Ich verdanke Ihnen schon wieder mein Leben, Mister Cotton.« Ein strenger Ausdruck trat in sein Gesicht. »Mir ist noch etwas eingefallen. Der Mann, der Hoolworth mit dem Guerillero zusammenbrachte – er heißt Bob Fender. Früher trieb Fender sich oft in einer leer stehenden Halle auf dem Bahngelände zwischen dem Bruckner Expressway und der Barry Street herum. Lones hatte mir von dem Mann berichtet. Er hatte ihn aus irgendeinem Grund im Visier.« Hall lächelte schwach. »Mehr kann ich Ihnen als Ausgleich für Ihren Einsatz leider nicht anbieten.«

»Wir müssen los!«, drängte der Notarzt. »Wir bringen den Reverend ins Bellevue Hospital Center. Wenn Sie ihn befragen wollen, müssen Sie sich dorthin bemühen.«

Phil grinste ironisch. »Grüßen Sie Dr. Hartek von uns. Sagen Sie ihm, wir schicken einen Cop, der den Reverend bewachen soll. Es ist nicht auszuschließen, dass erneut ein Mordanschlag auf ihn verübt wird.«

»Mordanschlag?« Die beiden Sanitäter sahen sich erschrocken an. Dann beeilten Sie sich, den Patienten aus der Wohnung zu tragen.

»Übernehmen Sie es, die Angehörigen von Mister Hall zu verständigen?«, fragte uns der Arzt. »Ihm müssten ein paar Kleidungsstücke ins Krankenhaus gebracht werden.«

»Wir kümmern uns darum«, versprach ich.

Nachdem der Arzt gegangen war, sah Phil mich stirnrunzelnd an. »Wir haben keine Zeit, nach Halls Verwandtschaft zu fahnden, Jerry.«

»Schwester Ingrid wird uns darüber Auskunft geben können.« Ich nahm die Thermoskanne zur Hand. »Wir müssen ihr sowieso einen Besuch abstatten.«

In der Mission hielten sich nur einige wenige Obdachlose auf, die in dem Speiseraum ein karges Frühstück zu sich nahmen. Von der rothaarigen, an Voodoo-Kräfte glaubenden Frau, die uns freundlich zublinzelte, während ihre Leidensgenossen uns bloß finster anstarrten, erfuhren wir, dass wir Schwester Ingrid in der Küche finden würde.

Die Küche lag im rückwärtigen Trakt des Gebäudes. Der geflieste Boden und die bis an die Decke gekachelten Wände verrieten, dass es sich bei der provisorischen Großküche um den umfunktionierten Schlachtraum der alten Schlachterei handelte.

Schwester Ingrid war allein in der Küche. Sie machte einen gestressten Eindruck. Mit einem großen Messer schnitt sie einen Weißkohlkopf klein.

»Der Reverend ist noch nicht da!«, rief sie uns zu, als wir die Küche betraten. »Warten Sie bitte vor dem Seelsorgezimmer auf ihn!«

»Reverend Hall wird heute nicht in die Mission kommen«, sagte Phil und stellte die Thermoskanne neben der Frau auf die Anrichte.

Verständnislos sah die Frau uns an, wischte sich mit dem Handrücken eine Haarsträhne aus der Stirn. »Was ist geschehen?«

»Jemand hat versucht, Hall zu vergiften.« Phil deutete auf die Thermoskanne. »In dem Tee war Arsen. Zum Glück hatte der Reverend erst heute Morgen von dem Tee getrunken. Andernfalls wäre für ihn wohl jede Hilfe zu spät gekommen.«

Schwester Ingrid ließ das Messer auf das Schneidbrett fallen. »Das kann aber doch nicht sein.«

»Reverend Hall ist in ein Krankenhaus eingeliefert worden«, erklärte ich. »Letztendlich wird er wohl auch diesen Mordanschlag einigermaßen unbeschadet überstehen.«

Schwester Ingrid stützte sich schwer an der Tischkante ab. »In dem Tee war Gift, sagten Sie?«

Phil nickte bestätigend. »Arsen, um genau zu sein.«

»Können Sie uns sagen, wie diese tödliche Substanz in den Tee des Reverends kam?«

Schwester Ingrid sah mich entgeistert an. »Mary Hobbs!«, keuchte sie. »Ich bat sie, den Tee mit Honig zu süßen, nachdem ich ihn am Abend zubereitet und in die Thermoskanne gefüllt hatte. Danach brachte ich den Tee zum Reverend, und er steckte die Kanne in seine Aktentasche.«

»Wo finden wir Mrs Hobbs?«, fragte Phil.

»Mary ist eine Obdachlose. Sie geht mir in der Küche zur Hand. Und dies schon seit einem halben Jahr. Eigentlich sollte sie längst hier sein und mir mit dem Mittagessen helfen.«

»Wenn diese Frau wirklich für den Giftmordanschlag verantwortlich ist, wird sie sich hier wohl kaum jemals wieder blicken lassen«, sagte ich.

Ein zorniges Funkeln trat in die Augen der Frau. »Sie verdächtigen doch wohl hoffentlich nicht mich, den Reverend ermorden zu wollen!«

»Gab es außer Mrs Hobbs denn noch jemanden, der das Gift in den Tee getan haben könnte?«

Schwester Ingrid schüttelte den Kopf. »Es muss Mary gewesen sein. Eine andere Erklärung gibt es nicht.«

»Wo finden wir diese Frau?«

Die Schwester zuckte ratlos mit den Schultern. »Sie haust in einem verlassenen Gebäude in der Nähe einer Gleisanlage, soviel ich weiß.«

Sie nahm ein Foto von dem Schwarzen Brett, das mit Rezepten, Postkarten und Zetteln mit Bibelsprüchen vollgehängt war.

»So sieht Mary aus«, sagte Schwester Ingrid und überreichte Phil das Foto.

Es zeigte eine kleinwüchsige, dunkelhaarige Frau mit wettergegerbtem Gesicht. Auf der Oberlippe spross ein Damenbart, und die Augenbrauen waren über der Nasenwurzel zusammengewachsen. Den Hintergrund des Fotos bildete der Güterwaggon einer weltweit bekannten Getränkemarke.

Phil und ich tauschten einen raschen Blick. Es wurde Zeit, dass wir dem Bahngelände zwischen dem Bruckner Expressway und der Barry Street einen Besuch abstatteten.

»Informieren Sie uns, falls die Frau wider Erwarten doch noch in der Mission auftauchen sollte«, forderte Phil. Dann sagte er ihr, in welche Klinik Reverend Hall gebracht wurde, und dass er Kleidung benötigte. Anschließend verabschiedeten wir uns und machten uns auf den Weg zu unserem Dienstwagen.

Der Haupteingang des Gleisgeländes befand sich neben dem Verladeterminal, wo die Güter von der Schiene auf Lastwagen oder umgekehrt von den Lkws auf Waggons verladen wurden. Vor den Laderampen herrschte zurzeit großer Andrang. Die Lieferwagen stauten sich auf dem Vorplatz und die Fahrer behinderten sich gegenseitig beim Rangieren. Hier und da schrillte eine Hupe auf oder wurden Flüche hinter heruntergekurbelten Seitenscheiben hervorgebrüllt.

Der Oberaufseher der Anlage hieß Stoners und war ein untersetzter, dickleibiger Mann, der beim Gehen wie ein von Wellen geschaukeltes Ruderboot hin und her wankte. Er stolzierte auf der Laderampe umher und fuchtelte wild mit den kurzen Armen, während er die Fahrer anleitete. Als wir uns dem Mann näherten und ihm unsere Dienstausweise zeigten, behielt er seine unaufgeregte Art bei, mit der er die Abläufe an der Rampe geregelt hatte. Sein gutmütiges, breites Gesicht nahm allerdings einen bekümmerten Ausdruck an, als wir ihn fragten, ob er von Obdachlosen wüsste, die auf dem Bahngelände hausten.

»Im Südwesten der Anlage, in Richtung der East 149th Street stehen ein paar abbruchreife Schuppen, die von einigen dieser armen Schlucker als Unterkünfte benutzt werden«, erzählte er. »Die Baracken werden in wenigen Wochen abgerissen, um Lagerhallen Platz zu machen. Dann müssen diese armen Teufel sich einen anderen Unterschlupf suchen.« Er schüttelte unwillig den Kopf. »Wo sollen all die im Big Apple Gestrauchelten hin, wenn überall gebaut wird? Für diese Leute gibt es in unserer Gesellschaft bald keine Nische mehr.«

»Wir müssen uns diese Baracken einmal ansehen«, sagte Phil.

Stoners musterte uns von unten herauf aufmerksam. »Seit wann interessiert sich das FBI für Stadtstreicher?«

»Wir sind auf der Suche nach einem Mann, der einen unguten Einfluss auf gewisse Obdachlose ausübt«, erklärte ich. »Vielleicht haben Sie schon einmal von ihm gehört? Er nennt sich der Guerillero.«

»Ich habe mit diesen Leuten nichts zu schaffen«, erwiderte Stoners abweisend. »Meine Kollegen und ich tolerieren lediglich, dass sie in den Baracken nächtigen. Das ist aber auch schon alles.«

Ein Lkw-Fahrer hupte ungeduldig, weil er auf eine Einweisung wartete.

»Entschuldigen Sie mich bitte. Ich habe zu arbeiten.« Stoners gab dem Fahrer Zeichen, eine der soeben frei gewordenen Rampen anzusteuern. »Wenn Sie dem Schienenstrang Richtung Süden folgen, können Sie die Baracken nicht verfehlen!«, rief er uns zu. »Achten Sie aber auf Güterzüge, wenn Sie sich auf dem Gleisgelände bewegen. Es herrscht bei uns zurzeit Hochbetrieb!«

Wir nickten dem Mann dankend zu, verließen die Rampe und schritten auf das Haupttor des Bahngeländes zu. Es stand uns ein kleiner Spaziergang bevor, denn die East 149th Street war knapp eine Meile von unserem derzeitigen Standort entfernt.

Die mit zahlreichen Weichen miteinander verbundenen Schienenstränge verliefen parallel zum Bruckner Expressway, waren von Lagerhallen und flachen Gebäudekomplexen gesäumt und wurden in Abständen immer wieder von furtartigen Straßenüberführungen gekreuzt.

Viele namhafte Lebensmittelkonzerne, Vertriebsagenturen und Logistikcenter unterhielten Warenstützpunkte auf dem Gelände. Endlos lange erscheinende Güterwaggonketten wurden von bulligen, rußenden Dieselloks über die Schienen gezogen. Ganze Lastwagenkolonnen pendelten wie Karawanen zwischen den Lagerhallen und den Geländezufahrten hin und her.

Über alledem hing ein dröhnender Klangteppich aus kreischenden Lokomotivenbremsen, aneinanderschlagenden Waggonkupplungen und röhrenden Lkw-Motoren. Phil und ich mussten brüllen, um uns über diesen Lärm hinweg verständlich zu machen.

»Wir hätten mit dem Dienstwagen auf das Gelände fahren sollen!«, rief Phil, während wir am Rand des Schienenstranges her schritten. Linker Hand erstreckte sich der hohe Maschendrahtzaun eines Lagerkomplexes einer bekannten Brauerei, und rechts staffelten sich die Gleisbetten bis an den Straßendamm des Bruckner Expressway.

»In diesem Gewirr aus abgegrenzten Parzellen hätten wir uns bestimmt verfahren!«, erwiderte ich lauthals. »Diese Schienen führen direkt auf die alten Baracken zu. Schneller wären wir mit dem Auto auch nicht ans Ziel gekommen.«

Phil deutete nach vorn.

Etwa fünfzig Yards voraus schloss ein begrünter Straßendamm, der auf der Höhe der Schienen in die Stahlträgerkonstruktion einer Brücke überging, das Gelände ab. »Das müsste die East 149th Street sein, Jerry!«

Ich nickte. »Und bei den schäbigen Gebäuden im Schatten des Damms müsste es sich um die leer stehenden Lager handeln, von denen Stoners gesprochen hat!«

Da sich unter der Brücke hervor ein mit Containern

beladener Güterzug auf uns zu bewegte, mussten wir uns fast die Kehle aus dem Hals schreien, um uns bemerkbar zu machen.

Bei den Baracken handelte es sich um drei lang gestreckte Flachdachgebäude aus stark gedunkeltem Holz. Die wenigen Fenster waren klein und die Scheiben eingeschlagen. Das Unkraut zwischen den Gebäuden stand kniehoch, und die wilden Birkensprösslinge hatten bereits eine Höhe von etwa fünf Yards erreicht.

Plötzlich erschien auf dem Dach der Baracke, die direkt neben dem Schienenstrang verlief, eine Gestalt. Der Mann musste das Flachdach über eine Luke betreten haben und rannte nun in geduckter Haltung stolpernd auf das den Schienen zugekehrte Ende des Gebäudes zu.

Da tauchten kurz nacheinander zwei weitere Männer auf dem Dach auf. Der eine hatte eine athletische Statur und flachsblondes Haar. Der Zweite war dunkelhaarig und trug einen Anzug, um den ihn jeder Vorstandsvorsitzende eines Großkonzerns beneidet hätte.

Phil und ich tauschten einen verwunderten Blick.

»Was haben denn Steve und Zeery hier verloren?«, brüllte mein Partner verdattert.

»Wie es aussieht, jagen sie diesen Kerl!«

Die abgerissenen Klamotten des Gejagten ließen darauf schließen, dass es sich um einen Obdachlosen handelte. Der Mann hatte die Dachkante unterdessen erreicht. Doch anstatt seinen Lauf zu stoppen, schnellte er sich ab und sprang mit weit gegrätschten Beinen und rudernden Armen auf den Güterzug zu.

Der Kerl hatte Glück. Der Container, auf dem er landete, bildete den Abschluss der Waggonkette. Hätte er das Ende des Daches nur wenige Sekunden später erreicht, wäre er ins Leere gesprungen und auf die Schienen gestürzt.

Der Mann rollte sich auf dem Container ab und brachte es fertig, die Rollbewegung zu stoppen, ehe er auf der anderen Seite des Behälters wieder hinunterfallen konnte.

Inzwischen hatten auch Steve und Zeery das Ende des Daches erreicht. Die beiden hatten ihre Dienstpistolen in der Hand, konnten jedoch nichts weiter tun, als dem davonfahrenden Zug hinterher zu blicken. Ehe sie von dem Dach herunter waren, wäre der Güterzug, der nicht gerade langsam fuhr, zu weit weg gewesen, um ihn noch einholen zu können.

Dies schien auch der Obdachlose zu begreifen. Er war auf die Beine gekommen und feixte vergnügt vor sich hin.

Hätte er sich in Fahrtrichtung gedreht, wäre ihm aufgefallen, dass neben dem dahinfahrenden Zug zwei Männer standen, die ihn aufmerksam beobachteten.

Mit wenigen Gesten stimmten Phil und ich unsere Vorgehensweise ab.

Während sich mein Partner hinter einem Stromverteilerkasten verbarg, wartete ich dicht neben den vorüberratternden Waggons stehend darauf, dass der letzte Container in Reichweite kam.

Steve und Zeery hatten uns anscheinend bemerkt, denn ihre Körperhaltung drückte plötzlich weniger Resignation aus. In der Hoffnung, den Flüchtigen doch noch zu schnappen, wandten sie sich ab und rannten auf die Dachluke zu.

In diesem Moment rollte der letzte Waggon an mich heran. Ich begann zu rennen, bis ich dieselbe Geschwindigkeit wie der Zug erreicht hatte. Dann griff ich nach den Sprossen der Leiter, die an dem Container empor führte, und sprang auf.

Während ich die Leiter erklomm, sah ich aus den Augenwinkeln, wie Phil hinter dem Stromverteilerkasten hervorkam und hinter dem Zug her sprintete.

Wenig später hatte ich das obere Ende der Sprossenleiter erreicht. Der Mann, den wir jagten, hatte inzwischen anscheinend aber bemerkt, dass seine Flucht doch nicht so glatt vonstatten gegangen war, wie er angenommen hatte. Jedenfalls erwartete er mich bereits und trat nach meinem Gesicht, als ich mich anschickte, das Containerdach zu erklimmen.

Ich wich mit dem Oberkörper zur Seite aus, ließ die Linke hochschnellen und packte den Mann am Fußgelenk. Ehe er begriff, wie ihm geschah, stieß ich das Bein nach oben, sodass er das Gleichgewicht verlor und rücklings auf den Container stürzte.

Hastig kletterte ich auf die Plattform. Doch da war der Mann auch schon wieder auf den Beinen. Sein Haar war kurz geschoren, und ein Dreitagebart zierte sein hageres Gesicht. Hätte er nicht diesen zerschlissenen Parka und die löchrige Cordhose angehabt, man hätte ihn für einen normalen, sozialversicherungspflichtigen New Yorker Bürger halten können.

»Ihr kriegt mich nicht!«, schrie er mit überschnappender Stimme und stürzte sich auf mich.

Mir blieb keine andere Wahl, als ebenfalls auf den Mann zuzuspringen. Hart prallten wir aufeinander. Dabei prellte ich seine Arme auseinander und umklammerte seinen Oberkörper. Wir stürzten nieder und rollten, miteinander ringend, über das Containerdach.

In dieser Haltung schossen wir über den Rand des Behälters hinweg und stürzten in die Tiefe.

Ich hatte zwar das Glück, zuoberst zu liegen, als wir auf das Gleis prallten. Doch nun machten sich die Auswirkungen des zurückliegenden Anschlags im Club Roses and Thorns wieder bemerkbar, sodass ich nach der harten Erschütterung ganz benommen war.

Mein Gegner nutzte meine kurze Schwäche und stieß mich von sich. Ich rollte herum und blieb wie betäubt auf dem Rücken liegen. Der Mann aber packte einen faustgroßen Stein und warf sich in der Absicht, mir den Brocken an den Kopf zu schmettern, mit einem wütenden Schrei auf mich.

Da schnellte plötzlich ein Fuß in mein Blickfeld. Er traf den Angreifer an der Schulter und stieß ihn von mir weg. Der scharfkantige Stein verfehlte mich nur knapp.

Phil setzte mit einem Sprung über mich hinweg, rang den Mann nieder und verpasste ihm schließlich Handschellen.

»Was wollt ihr überhaupt von mir?«, schrie der Kerl mit überschnappender Stimme. »Ich bin doch bloß ein ganz gewöhnlicher Straßenpenner!«

Plötzlich tauchten Steve und Zeery neben mir auf. Offenbar hatten sie gehört, was der Mann von sich gegeben hatte, denn Steve sagte mit kalter Gelassenheit in der Stimme: »Wir haben Drogen und Waffen in Ihrem Unterschlupf entdeckt, Mister Fender. Wenn so etwas im Big Apple zur Standardausstattung eines Obdachlosen zählt, sollten wir langsam anfangen, uns echte Sorgen zu machen.«

Zeery half mir auf die Beine, indem er meine Hand ergriff und mich zu sich empor zog. »Alles klar?«, fragte er besorgt.

Ich nickte und klopfte Dreck von meiner Hose. »Irgendwann möchte ich aber schon wissen, wie es kommt, dass wir uns ausgerechnet hier über den Weg laufen.«

Steves und Zeerys Geschichte erfuhren wir eine knappe Stunde später, als wir im Büro unserer Kollegen zusammenkamen.

»Nach langem Palavern war Hank Reed endlich bereit gewesen, uns zu verraten, wo er und Ternell seit Neuestem ihren Stoff kauften«, erzählte Zeery, der wie wir alle einen Becher Automatenkaffee vor sich auf dem Schreibtisch stehen hatte. »Bob Fender war eines Tages an die beiden Freunde herangetreten, nachdem sie den Club Roses and Thorns verlassen hatten. Er war wie ein erfolgreicher Geschäftsmann gekleidet und bot ihnen Crystal zu einem weitaus attraktiveren Preis an, als sie bei Serge Bolivar für die gleiche Menge Ice zahlen mussten. Reed und Ternell testeten den Stoff und befanden ihn für gut. Seitdem kauften sie nur noch bei Fender.«

»Das hatte Reed uns jedoch erst verraten, nachdem wir ihm vor Augen gehalten hatten, dass er ebenfalls mit Arsen versetztes Meth gekauft haben könnte und es ihm und anderen Crystal-Konsumenten genauso ergehen könnte wie Ternell, wenn er nicht endlich auspackte und der Dealer, der den tödlichen Stoff verkaufte, aus dem Verkehr gezogen wurde«, ergänzte Steve.

»Reed sagte uns, wo wir den Dealer treffen konnten«, nahm Zeery den Faden wieder auf. »Angeblich wickelte der seine Geschäfte jeden Morgen vor einem Juwelierladen an der Chambers Street, Ecke Church Street ab.«

»Im Finanzdistrikt von Manhattan also«, merkte Phil an.

Zeery nickte. »Wir legten uns dort mit unserem Dienstwagen auf die Lauer, und als Fender schließlich tatsächlich in aller Herrgottsfrühe vor dem Juwelier erschien, warteten wir geduldig, bis er seine Geschäfte über die Bühne gezogen hatte und sich wieder auf den Heimweg machte.«

»Zuvor hatten wir uns natürlich mit den Kollegen von der Narcotics Division abgesprochen«, warf Steve ein. »Die uns zur Seite gestellten Detectives verfolgten die Männer, die bei Fender eingekauft hatten, um ihre Personalien aufzunehmen und ihnen das erstandene Amphetamin wieder abzunehmen. Immerhin war nicht auszuschließen, dass es ebenfalls vergiftet war.«

»Dass es sich bei Fender um einen Obdachlosen handelte, daran hatten wir nicht im Traum gedacht«, sagte Zeery. »Er trug einen legeren Anzug und wirkte äußerst gepflegt. Wir wurden allerdings stutzig, als Fender, anstatt in ein Auto zu steigen, auf öffentliche Verkehrsmittel zurückgriff.«

»Die Verfolgung des Mannes gestaltete sich schwierig«, fuhr Steve fort. »Es gelang uns trotzdem, Fender unerkannt bis zur East 149th Street zu folgen. Dort verloren wir ihn fast aus den Augen, weil er plötzlich die Böschung des Fahrbahndamms hinab huschte, durch ein Loch im Zaun schlüpfte und auf das Bahngelände vordrang. Wir erspähten ihn aber Gott sei Dank noch, als er gerade in der baufälligen Baracke verschwand, auf deren Dach er sich später flüchten sollte.«

»Als wir das Gebäude wenige Minuten später auf demselben Weg betraten und in der verlassenen Halle nach Fender Ausschau hielten, stießen wir in einem

Bretterverhau auf ein Drogen- und Waffendepot. Unsere Rechnung war aufgegangen. Fender hatte uns direkt zu seinem Unterschlupf geführt.«

»Natürlich hofften wir nun, in dem Gebäude auch die Männer anzutreffen, die Fender mit Stoff belieferten und im Hintergrund die Fäden zogen«, sagte Steve.

Zeery nippte an seinem Kaffee. »Ein Geräusch in der verfallenen Halle ließ uns aufhorchen. Wir schlichen aus dem Verhau – und erblickten Fender am anderen Ende der Halle. Doch jetzt trug er nicht mehr seinen Geschäftsanzug, sondern einen gammeligen Parka und löchrige Hosen. Fender war sichtlich geschockt. Und als Steve ihm zurief, wir wären vom FBI und er solle sich auf den Boden legen, wirbelte er herum, riss im Davonrennen eine morsche Regalreihe um und stürmte eine Holztreppe empor.«

»Den Rest der Geschichte kennt ihr«, schloss Steve. »Wie sich gezeigt hat, war Fender allein in der Baracke gewesen. Wir haben noch ein paar Matratzenlager entdeckt, die darauf schließen lassen, dass das Gebäude auch von anderen Obdachlosen genutzt wird. Doch von denen war keiner anwesend. Jetzt nehmen die Kollegen von der Spurensicherung den Laden auseinander. Hoffen wir, dass sie Spuren finden, die uns Aufschluss über die Hintermänner geben können.«

»Wir nehmen an, dass Fender seine Instruktionen vom Guerillero bekommt«, sagte ich. »Vielleicht hat dieser geheimnisvolle Bursche ihn auch mit Drogen beliefert.«

»Wir sollten Fender jetzt in die Zange nehmen«, schlug Phil vor. »Er ist der Einzige, der uns etwas über den Guerillero verraten könnte.«

»Zuerst einmal werden wir gemeinsam etwas zu Mittag essen«, sagte Steve und stand auf. »Mister High hat uns aufgetragen, dafür zu sorgen, dass ihr bei Kräften bleibt und es nicht übertreibt. Fender kann ruhig noch eine Weile im Vernehmungszimmer vor sich hinschmoren. Wir werden jetzt erst einmal eine Pause einlegen.«

Phil und ich wollten Einspruch erheben. Doch Zeery ließ uns gar nicht erst zu Wort kommen.

»Keine Widerrede«, sagte unser indianischer Kollege und hob abwehrend die Hände. »Was der Chef befiehlt, ist Gesetz. Und wenn er meint, wir sollten die Sache ruhig angehen lassen, werden wir uns danach richten.«

Als wir von der Mittagspause zurückkehrten, lagen die ersten Berichte von der Spurensicherung und des kriminaltechnischen Labors vor.

Wie sich zeigte, war sowohl das Meth, das Fender an diesem Tag verkauft hatte, als auch das in dem Schuppen gelagerte Amphetamin mit Arsen versetzt. Es hätte eine Menge Tote gegeben, wenn dieser Stoff konsumiert worden wäre.

Offenbar hatte es sich unter den Stadtstreichern inzwischen herumgesprochen, dass die Polizei die Baracken abgeriegelt hatte, denn es waren dort keine weiteren Obdachlosen aufgetaucht. Von Mary Hobbs fehlte ebenfalls jede Spur. Und so blieb Bob Fender der Einzige, der uns etwas über den Guerillero sagen konnte.

Wir einigten uns darauf, dass Phil und Zeery das bevorstehende Verhör von dem angrenzenden Zimmer aus, das mit dem Vernehmungsraum vermittels einer einseitig verspiegelten Scheibe verbunden war, zu beobachten, während Steve und ich die Befragung durchführten. Sollte Fender sich als zu harter Brocken erweisen, wollten wir ihn so lange im Schichtwechsel bearbeiten, bis wir ihn weich geklopft hatten.

Bob Fender sah uns gefasst entgegen, während Steve und ich den Raum betraten. Er saß auf einem Stuhl vor einem einfachen Tisch, hatte die Hände auf der Tischplatte gefaltet und atmete unruhig.

»Sie stecken ziemlich tief im Sumpf, Mister Fender«, eröffnete Steve das Verhör. »Wir haben einen Haftbefehl erwirkt. Die Anklage lautet unter anderem auf zweifachen Mord und achtfachen Mordversuch.«

»Ich habe niemanden umgebracht!«, sagte Fender gleichmütig.

»Warum ersparen Sie uns das lange Hin und Her nicht?«, sagte ich in gutmütiger Laune. »Das Meth, das Sie heute verkauft haben, war mit Arsen versetzt. An demselben Stoff starben Anton Ternell und Bill Nowark. Mehrere Gramm desselben Meth wurde in Ihrem Unterschlupf gefunden. Es ist sinnlos, sich da rausreden zu wollen.«

»Ich – ich wusste nicht, dass das Crystal verunreinigt war«, behauptete Fender. Schweißperlen bildeten sich auf seiner Stirn.

»Wenn Sie die Schuld auf jemand anderen abschieben wollen, verraten Sie uns, von wem Sie den Stoff bekommen haben«, schlug Steve vor.

Fender lachte freudlos. »Wir Obdachlosen halten zusammen. Solidarität ist alles, was einem bleibt, wenn sich die Gesellschaft gegen einen verschworen hat!«

»Ihre Einstellung wird den Guerillero sicherlich erfreuen«, sagte ich. »Vermutlich rechnet er sogar fest damit, dass Sie für ihn den Kopf hinhalten. Und das nicht ohne Grund. Schließlich sind andere vor Ihnen mit gutem Beispiel vorangegangen.«

Nacheinander legte ich einige Fotografien der Obdachlosen auf den Tisch, die während der zurückliegenden Anschläge ihr Leben verloren hatten. Auch das Foto von Mary Hobbs befand sich darunter.

»Diese Frauen und Männer standen in Verbindung mit dem Guerillero«, sagte ich. »Sie haben alles für ihn gegeben, was sie noch besaßen. Ihr Leben.«

»Bei einer solchen Opferbereitschaft muss man wohl davon ausgehen, dass der Guerillero Charisma und große Überzeugungskraft besitzt«, sagte Steve.

»Darüber hinaus wird er seinen Anhängern aber sicherlich auch einiges zu bieten haben«, warf ich ein. »Zum Beispiel einen guten Rechtsanwalt, für den Fall, dass einer seiner Anhänger mal in Schwierigkeiten gerät.«

Steve beugte sich vor und stützte sich auf die Tischplatte. »Sie sollten Ihren Anwalt anrufen, Fender. Sie werden ihn brauchen.«

»Ich – ich habe keinen Anwalt«, sagte der Mann leicht verwirrt. »Ich könnte mir keinen leisten.«

»Offenbar war es vonseiten des Guerilleros nicht vorgesehen, dass einer seiner Anhänger von der Polizei geschnappt wird«, sagte ich. »Wir werden Ihnen also einen Pflichtverteidiger zur Verfügung stellen, Mister Fender.«

»Der wird Ihnen aber kaum irgendwelche Winkelzüge anzubieten haben, wie Sie Ihren Kopf aus der Schlinge ziehen könnten, ohne den Guerillero dabei zu verraten«, fügte Steve nahtlos hinzu. »Wenn Sie um eine lebenslange Haftstrafe herumkommen wollen, wird er Ihnen raten, über den Guerillero auszupacken. Sollten Sie sich darauf nicht einlassen wollen, würde er Ihnen ein umfassendes Schuldgeständnis nahelegen.

Damit könnten Sie die Jury vielleicht beeindrucken, sodass sie vielleicht für ein etwas abgemildertes Strafmaß stimmen.«

Fender sah uns der Reihe nach gehetzt an. »Der Guerillero hat garantiert, dass mir nichts geschehen wird. Ich sollte zu meiner Rache kommen – und zu Reichtum!«

Steve blätterte wie beiläufig in der Mappe, die er mitgebracht hatte. »Sie waren einst sehr wohlhabend, Mister Fender«, sagte er gedehnt. »Doch beim letzten Börsencrash verloren Sie Ihr gesamtes Vermögen. Ähnliches trifft übrigens auf alle Anhänger des Guerilleros zu, die wir bisher ermitteln konnten.«

Ich schüttelte mitleidig den Kopf. »Erst sind Sie den Banken und den Börsianern auf den Leim gegangen, Fender. Und nun dem Guerillero. Er hat sein Versprechen nicht halten können. Obwohl er sich anstrengte, dies zu verhindern, ist es uns gelungen, Sie festzusetzen. Sie sind jetzt wieder auf sich allein gestellt.«

»Der Guerillero hat Sie ausgenutzt, Fender«, sagte Steve eindringlich. »Sie glauben, es ginge diesem Mann darum, Obdachlosen wie Ihnen zu ihrem Recht zu verhelfen. Doch dieser Bursche verfolgt ganz andere Ziele, das können Sie mir glauben.«

Fender starrte mit düsterer Miene auf seine gefalteten Hände.

»Also gut«, sagte er rau. »Ich werde auspacken. Wenn ich in den Knast muss, soll der Guerillero nicht ungeschoren davonkommen!«

»Wie heißt dieser Mann wirklich?«, fragte ich.

Fender zuckte mit den Schultern. »Ich kenne seinen wahren Namen nicht. Alles, was ich mit Sicherheit weiß, ist, dass er aus Kuba stammt und vor einen dreiviertel Jahr mithilfe eines Schleusers in die Vereinigten Staaten gelangte.«

»Die Waffen, die in Ihrem Versteck sichergestellt wurden, stammen ebenfalls von dieser Insel«, warf Steve ein.

Fender sah zu uns auf. Ein gehetzter Ausdruck lag in seinen Augen. »Ich kann Ihnen sagen, wie der Guerillero aussieht und wo sich sein Stützpunkt befindet!«

Steve und ich sahen uns stumm an. Es war bei Weitem nicht so schwer gewesen, diesen Mann zu knacken. Was uns jedoch beunruhigte, war, dass Fender erst dann Gesprächsbereitschaft signalisiert hatte, nachdem Steve behauptet hatte, der Guerillero würde in Wahrheit ganz andere Pläne verfolgen, als es vordergründig den Anschein hatte.

Diese Einschätzung schien Fender mit uns zu teilen.

Die Fenster des Hauses am Bruckner Boulevard waren zerstört und die Löcher mit Brettern vernagelt. For Rent, stand auf einer verwitterten Banderole, die auf der das Schaufenster verdeckenden, rostigen Jalousie im Erdgeschoss klebte.

Das schmale, viergeschossige Gebäude war seit Langem unbewohnt und nur deshalb noch nicht abgerissen worden, weil die Erben des Grundstücks vor Gericht seit Jahren um die Besitzrechte stritten. Es ragte in seiner ganzen Schäbigkeit zwischen einem halbwegs sanierten Wohngebäude und einer hässlichen Lagerhalle auf und machte von außen den Eindruck, als würden selbst die Ratten sich scheuen, es als Nistplatz zu benutzen.

Doch wenn Fenders Aussage stimmte, befand sich in diesem Haus der Unterschlupf des Guerilleros.

Eine Einheit der City Police war uns zur Unterstützung des Einsatzes zur Seite gestellt worden. Die Cops näherten sich dem Gebäude von zwei Seiten. Ein Mannschaftswagen fuhr direkt vor dem Haus vor, während ein weiterer auf das umzäunte Parkplatzgelände hinter dem Gebäude vordrang. Phil und ich hatten uns der Gruppe angeschlossen, die den Haupteingang des Hauses erstürmen sollten, während Steve und Zeery die Kollegen auf dem Parkplatz unterstützten. Wie die Kollegen von der City Police trugen auch wir schusssichere Westen. Statt NYPD stand auf unseren Westen aber der weiße Schriftzug des FBI.

Mit Prellböcken stießen die Beamten die verrammelten Türen auf und stürmten in das Gebäude. Phil und ich folgten der Vorhut in ein übel riechendes Treppenhaus. Mit routinierten Bewegungsabläufen erstürmten wir das Ladengeschäft und die angrenzende Wohnung im Erdgeschoss.

Bis auf Berge von Müll und Unrat war in den Räumen jedoch nichts zu finden.

Inzwischen hatten sich uns auch die Kollegen von der zweiten Gruppe angeschlossen. Mit den Waffen sichernd, stiegen wir die knarrende Treppe empor und nahmen uns Stockwerk für Stockwerk eine Wohnung nach der anderen vor. Die Zimmer waren in einem katastrophalen Zustand, die Wände waren schimmelig und die alten Teppiche mit Flecken und Ungeziefer übersät. Zurückgelassene Möbel verrotteten in den feuchtkalten Zimmern vor sich hin.

Wie sich herausstellte, war das Haus verlassen. Allerdings stießen wir auf Spuren, die belegten, dass sich vor Kurzem tatsächlich eine Gruppe von Menschen in dem baufälligen Haus aufgehalten haben musste. In einigen der Zimmer im obersten Stockwerk entdeckten wir Bettstätten aus alten Matratzen und Lumpen. Ein Raum war gar mit einem klapprigen Schreibtisch und Stühlen ausgestattet.

Die wichtigste Entdeckung aber wurde auf dem Dachboden gemacht. Wir stießen dort auf ein Waffenlager, das hauptsächlich aus ausgedienten russischen Gewehren und Pistolen bestand. Sogar ein paar Handgranaten und eine Kalaschnikow befanden sich unter den Waffen. Als wir auf einigen der Pistolen den Prägestempel der kubanischen Armee entdeckten, war uns klar, dass wir uns tatsächlich im Unterschlupf des Guerilleros befanden.

Nur hatten der selbst ernannte Revolutionär und seine ihm verbliebenen Anhänger den Schlupfwinkel offenbar aufgegeben. Jedenfalls sprach alles dafür. Ob sie die Waffen zurückgelassen hatten, weil sie keine Zeit mehr gehabt hatten, sie auf ihrer Flucht mitzunehmen, oder weil sie keine Verwendung mehr dafür hatten, konnten wir nur raten.

Die ganze Polizeiaktion war in weniger als einer Stunde über die Bühne gelaufen. Der Guerillero war uns entwischt. Entweder war er gewarnt worden, oder er hatte sich anhand der jüngsten Entwicklungen denken können, dass die Luft in seinem Unterschlupf langsam zu dünn für ihn wurde.

Uns blieb nichts anderes übrig, als das Haus den Kollegen von der Spurensicherung zu überlassen und zu hoffen, dass sie uns so schnell wie möglich Anhaltspunkte lieferten, die verrieten, wo der Guerillero und seine Anhänger abgeblieben waren.

Mit dem Ergebnis der Aktion mehr als unzufrieden, kehrten wir zur Federal Plaza zurück.

Es war Abend, als mein Partner und ich uns mit Steve und Zeery in unserem Büro zu einer Abschlussbesprechung trafen.

Wir hatten Fender zuvor noch einmal in die Mangel genommen, doch nicht viel Neues von ihm erfahren. Er hatte beteuert, dass er das Meth nur im Finanzdistrikt von Manhattan verkauft hatte und dort auch nur an Männer, die in Verbindung mit der New York Stock Exchange standen.

»Der Guerillero hätte niemals zugelassen, dass das Zeug an arme Schlucker verkauft wird«, hatte er mit einem Ernst in der Stimme erklärt, der vermuten ließ, dass er dieses Vorgehen für nobel oder sogar strafmildernd hielt. Doch gleich darauf hob er abwehrend die Hände und sagte: »Aber ehrlich, dass das Meth zum Teil vergiftet war, habe ich nicht gewusst. Ich bin kein Mörder, das müssen Sie mir glauben!«

Wir ließen diese Behauptung unkommentiert. Ich fand es jedoch bezeichnend, dass der Guerillero Fender aufgetragen hatte, nur an Leute mit Verbindung zur Börse zu verkaufen. Hatte er es etwa auf diese Berufsgruppe abgesehen?

Als Phil Fender daraufhin auf Reverend Hall und Mercur Lones ansprach, verfinsterte sich seine Miene. Dass der Guerillero den Befehl gegeben haben sollte, den Priester zu töten, wollte er nicht gewusst haben. Auch über die Umstände, die zum Tod von Lones führten, konnte oder wollte er uns nichts sagen. Ganz zu schweigen davon, dass er sich beim besten Willen nicht vorstellen konnte, wo der Guerillero jetzt abgeblieben war.

Dass er wegen des Verschwindens des Kubaners heimliche Freude empfand, war an dem verhaltenen Grinsen, das er zur Schau trug, als er von unserem Misserfolg erfuhr, jedoch unschwer zu erkennen.

Inzwischen lief eine Großfahndung nach dem Guerillero. Mit Fenders Hilfe war ein Phantombild des Kubaners angefertigt worden, das an alle Polizeidienststellen in New York verschickt worden war. Auch die Obdachlosen, die zur mutmaßlichen Anhängerschaft des Mannes zählten, waren zur Fahndung ausgeschrieben worden.

»Jetzt bleibt uns wohl nichts übrig, als drauf zu warten, dass unsere Kollegen von der City Police eine Spur des Guerilleros entdecken«, fasste Steve unsere Situation treffend zusammen.

»Ich hasse es, untätig zu sein«, sagte Phil und lehnte sich unzufrieden in seinen Sessel zurück.

»Geduldig zu warten, bis sich die Beute regt, gehört nun mal zum Jägerhandwerk«, erwiderte Zeery.

Nachdenklich rieb ich mir die Wange. »Vielleicht gibt es noch eine Möglichkeit, auf anderem Weg etwas über die Identität des Guerilleros herauszufinden.«

Meine Kollegen sahen mich auffordernd an.

»Vor Kurzem haben wir einem Mann namens Lorenz Ingorf das Handwerk gelegt«, sagte ich. »Er war der Kopf einer gut organisierten Schleuserbande, die sich auf Ausreisewillige aus kommunistischen Staaten spezialisiert hatte.«

»Steht Ingorf nicht gerade vor Gericht?«, fragte Zeery.

Phil setzte sich kerzengerade auf. »Ingorf hatte auch

Leute aus Kuba in die Vereinigten Staaten geschleust. Es wäre also durchaus möglich, dass er auch unseren Guerillero in die USA brachte.«

Ich griff zum Telefon.

»Was hast du vor?«, erkundigte sich Steve.

»Ich werde Myrna bitten, mich mit dem Federal Attorney zu verbinden«, sagte ich. »Er soll uns ein Treffen mit Ingorf ermöglichen.«

Im selben Moment meldete sich unsere Mitarbeiterin aus der Telefonzentrale des New Yorker FBI auch schon mit ihrer wunderbar rauchigen Altstimme. Ich sagte ihr, mit wem ich zu telefonieren wünschte, und nur wenige Augenblicke später hatte ich den Federal Attorney in der Leitung.

»Ich weiß nicht, ob es eine so gute Idee ist, Sie während des laufenden Prozesses mit Ingorf sprechen zu lassen«, sagte er, nachdem ich ihm mein Anliegen vorgetragen hatte. »Ingorf mauert, obwohl die Beweislast gegen ihn erdrückend ist. Er gibt zwar zu, Menschen in die USA eingeschleust zu haben. Doch von den Morden an den unbequemen Frauen, die sich nicht mit dem Los der Prostitution abfinden wollten, will er noch immer nichts gewusst haben. Sein Anwalt rät ihm zu einem umfassenden Geständnis. Aber dazu ist er offenbar nicht bereit. Ich fürchte, er ist momentan nicht gewillt, irgendwelche Informationen preiszugeben. Denn das würde seine Lage nur verschlimmern.«

»Sie haben doch nichts zu verlieren, Sir«, erwiderte ich. »Ingorf ist überführt. Lassen Sie mich mein Glück mit ihm versuchen. Jede Information, die wir über diesen Guerillero bekommen können, könnte uns einen entscheidenden Schritt voranbringen.«

Der Staatsanwalt schwieg einen Moment lang. »In

Ordnung«, sagte er schließlich nicht eben begeistert. »Sie und Ihr Kollege haben hervorragende Arbeit geleistet, Mister Cotton. Ich vertraue darauf, dass Sie sie jetzt nicht wieder kaputt machen.«

Eine Viertelstunde später erreichte uns aus dem Büro des Staatsanwaltes ein Fax mit der Einwilligung für das Treffen mit Lorenz Ingorf. Es war um acht Uhr morgens des folgenden Tages auf Rikers Island anberaumt.

Die Gefängnisleitung von Rikers Island hatte uns für das Treffen einen separaten Raum zur Verfügung gestellt. Um hinzugelangen, mussten wir zahlreiche Schleusen und Kontrollstellen passieren. In den Korridoren des Gefängnistrakts war es kühl und zügig, unsere Schritte hallten kalt in den hohen Fluren wider. Die metallischen Laute, die beim Öffnen und Schließen der Stahlgittertüren aufhallten, verliehen diesem Ort das beklemmende Gefühl, der Aufenthalt hier hätte etwas Endgültiges, das Schicksal für immer Besiegelndes an sich.

Lorenz Ingorf wartete in dem Verhörzimmer bereits auf uns. Er saß an einem Tisch in der Mitte des Raumes. Hinter ihm stand ein kräftig gebauter Gefängniswärter vor einer Verbindungstür.

Ingorf war ein beleibter Mann mit schütterem, leicht ergrautem Haar und bis zum Halsansatz gestutztem Vollbart. Dicke Tränensäcke bildeten ein unansehnliches Polster unter seinen hellblauen, wässrigen Augen. Als wir eintraten, verzog er geringschätzig den Mund.

»Dass Sie mich im Knast besuchen, wird aber hoffentlich nicht zu einer dummen Angewohnheit von Ihnen«, bemerkte er, während wir ihm gegenüber an dem Tisch Platz nahmen. »Sie können sich sicherlich vorstellen, dass meine Sehnsucht, mit Ihnen zu verkehren, nicht besonders ausgeprägt ist.«

Phil klappte die Mappe auf, die er mitgebracht hatte, entnahm ihr das Phantombild des Guerilleros und legte es vor Ingorf auf den Tisch. »Kennen Sie diesen Mann?«, fragte er.

Ingorf neigte sich vor und warf einen Blick auf die Zeichnung. Sie zeigte das finster dreinblickende Gesicht eines hageren Mannes. Die Wangen waren hohl, und die hohen Wangenknochen stachen deutlich unter der wettergegerbten Haut hervor. Buschige, daumendicke Brauen überschatteten die dunklen Augen. Das schwarze drahtige Haar war ausgedünnt und stand wirr vom Kopf ab.

»Ich weiß nicht«, sagte Ingorf gedehnt und lehnte sich zurück. »Ich habe in meinem Leben eine Menge Leute zu Gesicht bekommen. Warum, meinen Sie, sollte ich diesen Burschen kennen?«

»Der Mann ist Kubaner und nennt sich der Guerillero«, sagte ich. »Er wurde etwa vor einem dreiviertel Jahr in die Staaten eingeschleust.«

Ingorf lachte unfroh. »Glauben Sie etwa, meine Organisation wäre die Einzige gewesen, die Menschen nach Amerika brachte?«

»Sie sollen uns einfach nur unsere Frage beantworten«, sagte Phil. »Glauben Sie mir. Es würde ein gutes Licht auf Sie werfen, wenn Sie auf diesem Gebiet Kooperationsbereitschaft zeigen. Wenn Sie jetzt mauern, wird Ihre Aussage, dass Sie nichts von den Morden an den von Ihnen eingeschleusten Frauen wussten, nur noch unglaubwürdiger.«

Ingorf furchte verärgert die Stirn. »Wie ich sehe, haben Sie sich gründlich auf dieses Treffen vorbereitet.«

Phil grinste übertrieben liebenswürdig. »Hatten Sie etwa etwas anderes erwartet?«

Ingorf machte eine wegwerfende Handbewegung. »Also gut. Ich hatte mit diesem Mann zu tun. Ich erinnere mich sogar recht gut an ihn, denn er zahlte eine ziemlich hohe Summe, damit ich ihn mit meinem Frachtschiff über einen Umweg von Kuba nach Nordamerika brachte.«

»Kennen Sie seinen Namen?«, hakte ich nach.

Ingorf zuckte mit den Schultern. »Er behauptete, er hieße Hernando Viasta. Er floh mit einer ganzen Containerladung Zeug aus Havanna. Ich musste den Burschen einige Wochen auf meinem Schiff ertragen, ehe ich ihn mit seiner verdammten Fracht dann endlich im Hafen von Baltimore absetzen konnte.«

»Was war das für Zeug, das Viasta von Kuba mitgenommen hatte?«, fragte Phil.

»Uralte Waffen, die aus ausgemusterten Beständen der kubanischen Armee stammten«, antwortete Ingorf. »Und eine Menge Crystal Meth, das er angeblich in Havanna hat zusammenbrauen lassen. Und Kanister mit irgendwelchen Chemikalien, die er wohl für die Herstellung von Amphetamin brauchte.«

Ingorf verzog geringschätzig den Mund. »Viasta hatte versucht, etwas von diesem Zeug an meine Mannschaft und die Frauen zu verkaufen, die sich an Bord befanden. Als ich das herausfand, drohte ich ihm, ihn über Bord werfen zu lassen, wenn er auch nur ein weiteres Gramm von diesem Teufelszeug auf meinem Schiff vertickte.«

»Warum haben Sie sich dieses Mannes nicht einfach entledigt?«, fragte ich. »Sie sind doch sonst nicht so zimperlich.«

Ingorfs Miene verfinsterte sich. »Ich bin kein Mörder. Außerdem hatte Viasta eine Menge für den Transfer hingeblättert. Dieselbe Summe sollte ich noch einmal erhalten, wenn er in Baltimore angekommen war.«

Phil zog eine Augenbraue in die Stirn. »Er hatte also noch mehr Geld bei sich?«

Ingorf schüttelte den Kopf. »So leichtsinnig war er nicht. Viasta hatte es irgendwie geschafft, Geld auf ein Konto in Baltimore zu transferieren. Er musste einen ziemlich hohen Posten in der kubanischen Regierung innegehabt haben. Diese Position hat er genutzt, um Devisen beiseite zu schaffen und auf ein Konto in Baltimore zu überweisen. Jedenfalls bekam ich mein Geld einige Tage, nachdem er im Hafen von Baltimore an Land gegangen war.«

Ingorf lachte abfällig. »Viasta ist ein Fanatiker. Sie hätten ihn hören sollen, wenn er an Bord meines Frachters seine kruden Vorstellungen zum Besten gab. Ich habe nie jemanden so leidenschaftlich gegen den Kapitalismus und die globale Finanzwelt wettern gehört wie ihn.«

»Offenbar hatte er aber trotzdem keine Skrupel, Meth an die Mannschaft und an die Frauen an Bord zu verkaufen«, sagte Phil. »Gerade diese Frauen mussten in seinen Augen doch zu den Opfern des Systems gerechnet werden, das er so sehr verteufelte.«

Ingorf nickte bedächtig. »Das hatte ich ihm auch vorgehalten, nachdem mir von seinen Umtrieben zu Ohren gekommen war. Und wissen Sie, was er mir daraufhin antwortete? Er sagte, nur ein Mann, der bereit ist, andere Menschen zu opfern, könne in dieser Welt etwas bewegen.«

Ingorf schüttelte den Kopf. »Kein Wunder, dass seine

Kameraden in der Regierung ihn nicht mehr an ihrer Seite haben wollten. Dieser Mann tickt nicht mehr ganz richtig.«

»Was geschah mit Viastas Sachen?«, hakte ich nach.

»Die haben meine Leute in ein verlassenes Fabrikgebäude im Hafen gebracht. Es handelte sich um das Gebäude einer ehemaligen Transistorfabrik, das Viasta über Mittelsmänner gekauft hatte. Dieser Bursche hatte wirklich an alles gedacht.«

Phil warf mir einen Seitenblick zu. Wie ich, so musste er in diesem Moment wohl auch an Mercur Lones denken, der in Baltimore eine Transistorfabrik besessen hatte. Diese Übereinstimmung konnte unmöglich ein Zufall sein.

Ingorf sah uns nacheinander an. »Es wundert mich nicht, dass das FBI sich für diesen Burschen interessiert. Ich habe gleich gewusst, dass er dem amerikanischen Staat eine Menge Ärger bereiten würde. Ich glaube, genau das war auch der Grund für seine illegale Einreise. Er wollte das System auf Teufel komm raus schädigen. Ich war mir allerdings sicher, dass er mit seinen veralteten Waffen und dem Crystal Meth nicht allzu viel würde ausrichten können.«

Er grinste süffisant. »Andernfalls hätte ich es natürlich als meine patriotische Pflicht angesehen, diesen Kerl der Polizeibehörde ans Messer zu liefern.«

»Klar«, sagte Phil mit sarkastischem Unterton in der Stimme.

Ingorfs Miene verdüsterte sich wieder. »Mehr kann ich Ihnen über diesen Burschen leider nicht sagen. Nachdem er mir in Baltimore die zweite Hälfte der Überfahrtkosten bezahlt hatte, habe ich ihn nie wieder gesehen.«

Wieder neigte er sich vor. »Ich hoffe, der Staatsanwalt weiß meine Aussagefreudigkeit zu schätzen. Er muss endlich kapieren, dass ich kein Mörder bin. Ich bin nicht dafür verantwortlich, dass meine Leute ein paar von diesen armen Mädchen gekillt haben – auch wenn die etwas anderes behaupten. Es liegt keinerlei Beweis vor, dass ich den Auftrag für diese Morde erteilt oder etwa selbst Hand an die Girls gelegt habe!«

»Es ist Sache des Gerichts und der Geschworenen, Ihre Glaubwürdigkeit zu beurteilen«, sagte ich und stand auf. »Auf jeden Fall werden die Gremien von dieser Befragung unterrichtet werden.«

Ingorf presste die Lippen aufeinander. »Wenn ich meine Glaubwürdigkeit mit weiteren Informationspreisgaben untermauern kann, lassen Sie es mich wissen, G-men.«

Der Wärter fasste Ingorf am Oberarm und zog ihn vom Stuhl empor. Wenig später hatten die beiden Männer den Raum verlassen.

»Was hältst du von dieser Sache?«, fragte Phil.

»Wir sollten so schnell wie möglich mit unseren Kollegen in Baltimore in Kontakt treten. Sie sollen die ehemalige Transistorfabrik von Mercur Lones unter die Lupe nehmen. Und dann sollten wir versuchen, über die amerikanische Interessenvertretung auf Kuba etwas über diesen Hernando Viasta herauszufinden.«

Als wir nach der Mittagspause in unser Büro zurückkehrten, lagen uns wieder neue Ergebnisse der Spurensicherung vor. Die Kollegen von der City Police hatte die Datenpakete auf den FBI-Server überspielt, sodass wir bequem darauf zugreifen konnten.

Das abbruchreife Haus auf dem Bruckner Boulevard war vom Keller bis ins Dachgeschoss gründlich abgesucht worden. Unsere Kollegen vermuteten, dass drei Personen in dem baufälligen Haus untergekrochen waren und dort für einen Zeitraum von mehreren Monaten gehaust hatten.

Diese Vermutung legte unter anderem eine Befragung der Anwohner und der Mitarbeiter der umliegenden Geschäfte nahe, denen es nicht verborgen geblieben war, dass das verlassene Haus von Obdachlosen in Besitz genommen worden war. Allerdings konnte keiner der Befragten die in dem Haus untergekrochenen Stadtstreicher genauer beschreiben. Auch als ihnen die betreffenden Phantomzeichnungen und Fotografien vorgelegt wurden, hatten sie nicht mit Sicherheit sagen können, ob es sich bei diesen Personen tatsächlich um die in dem Haus abgestiegenen Obdachlosen handelte.

Dies lag, wie einhellig ausgesagt wurde, nicht etwa nur daran, weil die Befragten es vermieden hatten, die abgerissenen Gestalten allzu genau anzusehen, sondern vielmehr daran, weil die zerlumpten Stadtstreicher tief in die Stirn gedrückte Hüte oder Mützen getragen hatten. Ansonsten hätten sich die Obdachlosen unauffällig verhalten, was maßgeblich dazu beigetragen hatte, dass niemand etwas gegen ihre Anwesenheit unternommen hatte.

Die Untersuchung der sichergestellten Waffen, von denen wir nun wussten, dass Viasta sie aus Kuba in die USA geschmuggelt hatte, hatte einige interessante Fakten zutage gefördert. Auf einem Bajonett wurden Blutspuren gefunden. Eine genauere Analyse erbrachte, dass es Mercur Lones' Blut war. Offenbar hatte man die Tatwaffe gefunden, mit der Lones erstochen wurde.

Die auf den Waffen sichergestellten Fingerabdrücke ergaben in den Datenarchiven der Polizei jedoch leider keine Treffer.

Dieser Fund legte nahe, dass Lones tatsächlich von Viasta und seinen Anhängern getötet worden war. Dass die beiden Armpaare, die auf dem Überwachungsvideo der Perlmutt-Wäscherei zu sehen gewesen waren, in Anzügen steckten, ließ Phil und mich vermuten, dass nicht nur Bob Fender einen nagelneuen Anzug besaß, den er hin und wieder anzog, wenn er sich auf den Straßen von New York wie ein ganz normaler, in Arbeit stehender Bürger geben wollte.

Wir hatten das Material noch nicht ganz durchgeackert, als uns ein Anruf aus dem FBI Field Office in Baltimore erreichte. Man hatte offenbar nicht lange gezögert, unserer Bitte, die alte Transistorfabrik zu durchsuchen, nachzukommen.

Der Mann, mit dem Phil am Telefon sprach, hieß Special Agent Jason Curley. Damit ich das Gespräch mitverfolgen konnte, schaltete mein Freund den Lautsprecher zu.

»Das Fabrikgelände gehört einem Mann namens Carl Marcos«, sagte Curley. »Der Bursche besitzt eine kleine Wohnung im Süden der Stadt. Doch dort scheint er sich seit Längerem nicht mehr aufzuhalten. Die Wohnung ist geräumt und steht leer.«

»Wir hatten Ihnen das Phantombild eines Kubaners geschickt …«, setzte Phil an.

»Genau darauf wollte ich gerade zu sprechen kommen«, fiel Curley ihm ins Wort. »Zwischen Carl Marcos und dem Porträtierten gibt es keinerlei Übereinstimmungen. Marcos' Familie stammte zwar aus Kuba. Doch damit hat es sich auch schon. Marcos ist der letzte Spross einer Familie, die seit drei Generationen im Bundesstaat Maryland lebt. Er ist vor einem halben Jahr aus der Kleinstadt Bowie fortgezogen und hat sich in Baltimore niedergelassen. In Bowie hatte Marcos eine Autowaschanlage besessen, die er kurz vor seinem Umzug verkaufte. Nur wenig später kaufte er in Baltimore dann das alte Fabrikgebäude und eine neue Wohnung.«

Ich furchte unzufrieden die Stirn. Irgendetwas stimmte da nach meinem Dafürhalten nicht.

»Was hat denn die Durchsuchung des Fabrikgebäudes ergeben?«, fragte Phil.

Curley lachte trocken auf. »Das Gebäude steht voller alter Maschinen. Die ganze Anlage macht nicht den Eindruck, als hätte Marcos irgendetwas mit dieser Fabrik vorgehabt. Die Antwort auf die Frage, warum dieser Bursche ausgerechnet dieses alte Hafengebäude kaufte, fanden wir dann im Keller der Fabrik. Dort wurden Rückstände von Chemikalien entdeckt, die in einem Betrieb, der Kondensatoren herstellt, nichts zu suchen haben. Wie es aussieht, wurden in dem Keller Amphetamine gekocht. Was jedoch noch viel beunruhigender ist, ist ein Fund, den wir in einem Raum gemacht haben, in dem ausgeschlachtete Maschinen und Müll lagerten. Dort lagen nicht nur einige funktionsuntüchtige Waffen, die ursprünglich aus Beständen der Roten Armee stammten und offenbar an Kuba abgegeben worden waren. Wir haben auch einen angerosteten Druckbehälter entdeckt, der Rückstände des Nervengiftes Sarin enthält. Der Behälter stammt ebenfalls aus russischen Beständen. Während des Kalten Krieges lagerten sowohl die USA als auch die Sowjetunion größere Mengen dieses Kampfgases. Aus dieser Zeit wird auch die in dem Gebäude gefundene Kartusche stammen.«

»Lassen Sie nach Carl Marcos fahnden und schicken Sie uns ein Bild von dem Mann«, sagte Phil. »Und versuchen Sie mehr über sein vergangenes Leben herauszufinden. Wir müssen diesen Mann unbedingt finden und klären, in welcher Beziehung er zu Hernando Viasta steht.«

Curley versprach, sich persönlich um diese Angelegenheit zu kümmern. Anschließend verabschiedete er sich und unterbrach die Verbindung.

Phil sah mit besorgter Miene zu mir rüber.

»In dem baufälligen Haus wurde keine Giftgaskartusche gefunden. Wenn der Guerillero noch weitere derartige Behälter besessen hat, wird er sie vielleicht dorthin mitgenommen haben, wohin er sich abgesetzt hat.«

Ich nickte zustimmend. »Wenn stimmt, was Ingorf über Viastas Grad der Fanatisierung behauptet hat, müssen wir das Schlimmste befürchten, Phil.«

»Lones muss in Baltimore auf Viasta aufmerksam geworden sein«, überlegte Phil. »Vielleicht hatte er unter den Obdachlosen in Baltimore schon die gleiche Masche abgezogen wie jetzt in New York. Baltimore eignet sich wegen des desolaten wirtschaftlichen Zustandes der Stadt als Experimentierfeld vermutlich besonders gut.«

»Und Lones ist Viasta dann in den Big Apple gefolgt«, nahm ich den Faden auf. »Vermutlich fehlten ihm die Beweise, um Viasta bei der Polizei anzuschwärzen. Doch als er Viasta hier zu nahe kam, ließ der Lones von seinen obdachlosen Handlangern kurzerhand beseitigen.«

»Und brachte dadurch den Stein ins Rollen, weil er

nicht ahnte, dass Lones eine Tüte mit dem vergifteten Crystal in seinen Parka eingenäht hatte.«

Das Telefon klingelte, und diesmal war ich es, der den Anruf entgegennahm. Myrna kündigte mit ihrer rauchigen Stimme einen Anruf aus Havanna an.

Der Mann am anderen Ende der Verbindung hieß Pedro Banao, redete mit einem leichten spanischen Akzent und war Regierungssprecher.

»So schnell habe ich gar nicht mit einem Rückruf gerechnet«, sagte ich, nachdem wir einige Höflichkeitsfloskeln ausgetauscht hatten. »Wenn es um Parteigenossen geht, ist die Kommunistische Partei Kubas den amerikanischen Behörden gegenüber für gewöhnlich nicht sehr mitteilsam.«

»Warum sollte sie auch«, gab Banao reserviert zurück. »Andersherum verhält es sich nicht anders. In diesem Fall habe ich aber ausdrückliche Befugnis, Informationen an Sie weiterzugeben. Ihr Landsmann aus der amerikanischen Interessenvertretung hat mich genau ins Bild gesetzt.«

»Ein Mann mit Namen Hernando Viasta war also tatsächlich für die Partei tätig?«

»Ich habe hier das Phantombild vorliegen, das in den USA von Viasta angefertigt wurde. Es besteht kein Zweifel. Der Mann auf dem Bild ist Hernando Vista. Er ist vor knapp einem Jahr von der Bildfläche verschwunden. Man vermutet, dass er sich von der Insel abgesetzt hat. Bevor Viasta verschwand, plünderte er offenbar ein altes Waffendepot im Hafen von Havanna.«

Ich sparte mir die Frage, warum von diesem Vorfall nichts aus Kuba herausgedrungen war. »Ich brauche eine Liste von den entwendeten Waffen.«

Banao räusperte sich vernehmlich. »Ich fürchte, damit werde ich nicht dienen können, Mister Cotton.«

Diese Antwort war zu erwarten gewesen. Die Befehlshaber der Revolutionären Streitkräfte Kubas würden niemals zugeben, dass sich in ihren Waffendepots Nervengift befindet – mochte dieses auch aus uralten Beständen der Sowjetunion stammen.

»Ein Großteil der gestohlenen Waffen wurde bereits sichergestellt«, sagte ich gedehnt. »Doch wir befürchten, dass sich ein Teil des Diebesguts noch in Viastas Besitz befindet. Unter den sichergestellten Waffen befindet sich auch eine Kartusche, die das Nervengift Sarin enthielt. Der Behälter war schadhaft, sodass das Gas entweichen konnte. Sollte Viasta noch weitere dieser Behälter besitzen, müssen wir das unbedingt wissen.«

Am anderen Ende der Verbindung blieb es ruhig, und Phil, der das Gespräch über den eingeschalteten Lautsprecher mitverfolgte, zog abwartend eine Braue in die Stirn.

»Viasta ist ein gefährlicher Mann«, sagte Banao schließlich ausweichend. »Er hat innerhalb der kommunistischen Partei Positionen vertreten, die – wie ich das sagen möchte – nicht mehr zeitgemäß waren. Er plädierte für ein vehementes, offensives Vorgehen gegen die kapitalistischen Länder – vornehmlich gegen Nordamerika. Er vertrat die Ansicht, dass ein Angriff auf die Finanzzentren die kapitalistische Wirtschaft zusammenbrechen lassen würde.«

»Mit anderen Worten, bei Viasta handelt es sich um einen fanatischen Irren.« Ich lachte freudlos auf. »Diese Einschätzung haben wir schon von einer anderen Person gehört, die mit Viasta zu tun hatte.«

»Wenn Sie es denn so ausdrücken möchten.« Banao

hüstelte nervös. »Die Parteifunktionäre, mit denen ich sprach, gehen davon aus, dass Viasta alle ihm zur Verfügung stehenden Mittel einsetzen wird, um das Finanzsystem der Amerikaner empfindlich zu treffen. Dafür ist ihm jedes Mittel recht – wenn Sie verstehen, was ich meine.«

Ich nickte sarkastisch. »Er wird das Sarin, das ihm noch geblieben ist, ohne zu zögern einsetzen. Das ist es, was Sie mir sagen wollen.«

»Viasta könnte sich inzwischen auch aus anderen Quellen mit Waffen versorgt haben«, erwiderte Banao reserviert. »Es ist nicht unbedingt gesagt, dass sein Arsenal nur aus Waffen besteht, die er in Kuba gestohlen hat. Jedes Kind weiß, dass man nirgendwo so leicht an Waffen herankommt wie in den USA.«

»Alles klar. Sie wollen sich keine Blöße geben«, sagte ich. »Was können Sie mir noch über Viasta sagen? Offenbar ist er in Maryland mit einem Mann namens Carl Marcos in Verbindung getreten. Was verbindet ihn mit diesem Exilkubaner?«

»Die Marcos' sind entfernte Verwandte von Viasta«, erklärte Banao bereitwillig und hörbar erleichtert, dass er das Thema wechseln konnte. »Die Militärpolizei hat versucht, mit dem Mann in Kontakt zu treten, um in Erfahrung zu bringen, ob er etwas über den Verbleib Viastas weiß. Doch Carl Marcos hat die Stadt verlassen, in der seine Familie sich damals ansiedelte. Die Befugnisse der Militärermittler reichten bisher nicht aus, den Mann ausfindig zu machen.«

»Viasta ist offenbar tatsächlich mit Marcos zusammengekommen«, sagte ich. »Er gibt sich inzwischen sogar für Carl Marcos aus. Von Marcos selbst fehlt bisher jedoch jede Spur.«

»Sie müssen Viasta unbedingt stoppen, Mister Cotton«, sagte Banao eindringlich. »Er hat nie einen Hehl daraus gemacht, dass es Opfer bedürfe, um seine Ziele durchzusetzen. Inzwischen ist er aus der Partei ausgeschlossen worden. Männer mit seinen Vorstellungen haben in der PCC nichts mehr verloren.«

Als betrachte er diese Bemerkung als Abschluss, drückte Banao uns sein Bedauern darüber aus, dass ihm über Viasta keine weiteren Informationen vorlagen. Anschließend wünschte er uns für unsere weiteren Ermittlungen viel Erfolg und unterbrach die Verbindung.

Kopfschüttelnd legte ich das Telefon zurück auf die Ladestation.

»Wir müssen offenbar davon ausgehen, dass Viasta noch mehrere Kartuschen Sarin besitzt«, sagte Phil. »Und er ist fest entschlossen, dieses Nervengas einzusetzen.«

Tief atmete ich durch. »Viasta will die amerikanische Finanzwelt bekämpfen. Wo könnte er dies effektiver tun als in Lower Manhattan? Und du weißt, was vor der Wall Street zurzeit los ist.«

Phil nickte beklommen. »Wir müssen Mister High in Kenntnis setzen. Die Homeland Security muss hinzugeschaltet werden. Die Zeit drängt. Viasta weiß, dass es langsam eng für ihn wird. Er wird so bald wie möglich zuschlagen!«

Phil und ich saßen Mr High auf einem Sofa in der Besprechungsecke seines Büros gegenüber. Steve und Zeery waren ebenfalls anwesend. Und natürlich fehlte auch die Kanne voll mit Helens wundervollem Kaffee nicht, die Mr Highs Vorzimmerdame vor wenigen Minuten zusammen mit einer passenden Anzahl Tassen auf dem niedrigen Tisch in der Mitte der Sitzgruppe abgestellt hatte.

»Hernando Viasta verfolgt eine simple Strategie, die er mit großer Rücksichtslosigkeit und Brutalität vorantreibt«, erklärte ich, nachdem Phil und ich Mr High und unsere beiden FBI-Kollegen über den neuesten Stand der Ermittlungen in Kenntnis gesetzt hatten. »Er will der amerikanischen Finanzwelt einen empfindlichen Schlag versetzen, wohl in der Annahme, das ganze monetäre System könne dadurch geschwächt werden.«

»In Baltimore hat er sozusagen seine ersten Schwimmübungen gemacht«, erläuterte Phil. »Er verkaufte Crystal und erprobte, welchen Einfluss er auf die Stadtstreicher ausüben konnte.«

»Und als er meinte, er wäre reif für den Big Apple, kam er nach Brooklyn und fing an, unter den Obdachlosen nach Anhängern zu suchen. Wobei er sich auf Männer und Frauen konzentrierte, die aufgrund von Fehlspekulationen an der Börse oder durch unplanmäßig verlaufende Bankgeschäfte ihr Hab und Gut verloren und einen gewissen Hass auf das System entwickelt hatten.«

Phil schlug die Beine übereinander. »Wir vermuten, in der Anfangsphase hat er einige seiner Vertrauten Crystal Meth an Drogenabhängige und Asoziale in Brooklyn und der Bronx verkaufen lassen. Schließlich brauchte er für sein Unternehmen Geld. Bob Fender aber setzte er im Finanzdistrikt ein. Er sollte das Amphetamin an Leute verkaufen, die an der Börse oder im Bankwesen arbeiteten. Vorerst handelte es sich um reinen Stoff, um Vertrauen zu gewinnen und einen größeren Kundenstamm aufzubauen. Damit ihm keine anderen Dealer in die Quere kamen und die Drogenkonsumenten nur sein Meth kauften, schaltete er die Konkurrenz kurzerhand aus.«

»Dass Viasta den lebensbedrohlich verletzten Mercur Lones auf das Grundstück von Singhs Wäscherei warf, zielte bereits in diese Richtung zielte«, ergänzte ich. »Auf diese Weise wurde Viasta Lones los und brachte Singh in Schwierigkeiten.«

»Wenn ihm das FBI nicht dazwischengekommen wäre, hätte Viasta irgendwann den Amphetamin-Markt im Finanzdistrikt übernommen. Und wenn es so weit war, hätte er eine ganze Marge arsenverseuchten Stoff an die Börsenmakler und Broker verkauft und mit einem Handstreich eine Menge Leute getötet, die auf dem Finanzparkett eine wichtige Rolle spielten.«

Zeery schüttelte fassungslos den Kopf. »Aber weil wir ihm auf die Pelle rückten, hat Viasta den Anschlag auf die Amphetamin konsumierenden Börsianer zeitlich vorgezogen.«

»Zum Glück nur mit mäßigem Erfolg«, sagte Steve und nahm seine Kaffeetasse, um einen Schluck zu trinken.

Ich nickte beipflichtend. »Diese überhastete Aktion des Guerilleros muss uns befürchten lassen, dass er auch jetzt wieder überstürzt handeln wird. Er wird versuchen, das Giftgas in der Wall Street einzusetzen, um die Börse lahmzulegen, bevor wir auch diesen Anschlag noch vereiteln können.«

Mr High nickte mit finsterer Miene. »Ich werde die Homeland Security und die City Police umgehend in Alarmbereitschaft versetzen.«

In diesem Moment klingelte Mr Highs Telefon. Unser

Chef entschuldigte sich, stand auf und trat vor seinen wuchtigen Schreibtisch hin.

Einen kurzen Moment sprach er mit gedämpfter Stimme und hörte dann aufmerksam zu. Schließlich verabschiedete er sich und drehte sich zu uns um.

»Das war Special Agent Jason Curley aus Baltimore«, sagte er, das Telefon noch immer in der Hand. »Myrna war so nett, den Mann zu mir durchzustellen, da das Büro von Jerry und Phil nicht besetzt war.«

Unser Chef machte keine Anstalten, in die Besprechungsecke zurückzukehren. »Mister Curley hat sich die Mühe gemacht und ist mit Viastas Phantombild in den Süden Baltimores gefahren, wo er unter dem Namen Carl Marcos wohnte. Die Nachbarn haben bestätigt, dass es sich bei dem Mann auf dem Phantombild um Carl Marcos handelt. Als Mister Curley ihnen ein Foto von dem echten Carl Marcos zeigte, sagten sie einhellig aus, diesen Mann noch nie gesehen zu haben.«

Phil presste die Lippen aufeinander. »Bestimmt hat Viasta seinen Verwandten umgebracht und die Leiche verschwinden lassen.«

Mr High hob kurz das Telefon. »Ich werde jetzt die Homeland Security benachrichtigen. Nicht nur das Leben der Menschen, die im Finanzdistrikt arbeiten, steht auf dem Spiel. Auch die Leute, die sich im Rahmen der Occupy-Wall-Street-Bewegung in der Nähe der Börse aufhalten, sind gefährdet.«

Mr Highs Anruf bei der Homeland Security löste im Behördenapparat einen wahren Tsunami aus. Nicht nur der Federal Attorney, sondern am Ende sogar auch

Bürgermeister Bloomberg wurden in den sich anschließenden Entscheidungsprozess mit eingebunden.

Zwei Stunden und etliche Videokonferenzen später war die Entscheidung gefallen. Aus Gründen der inneren Sicherheit ordnete Bloomberg an, dass die Besetzung des Zuccotti Parks und die an diesem Morgen initiierte Sitzblockade vor der New Yorker Börse von der Polizei aufgelöst werden sollte.

Um eine Panik zu vermeiden, sollte vorerst geheim gehalten werden, dass dieser Entscheidung eine akute Gefahrenlage zugrunde lag. Denn wenn unter den Demonstrierenden Hysterie ausbrach, so das Kalkül der Homeland Security, könnten die Attentäter das Chaos nutzen, in die Börse einzudringen und das geplante Giftgasattentat durchzuführen.

Oder sie würden sich unbemerkt aus dem Staub machen, um zu einem späteren Zeitpunkt zuzuschlagen.

Wenn die Demonstranten aber davon ausgingen, dass es sich bei dem Polizeieinsatz um eine politisch motivierte Aktion handelte, würden sie aus Protest an Ort und Stelle bleiben und es der Polizei auf diese Weise erleichtern, sich unter den Anwesenden nach den Attentätern umzusehen.

Die Phantombilder und Fotos der mutmaßlichen Sympathisanten des Guerilleros waren an alle Dienststellen, die an der Räumungsmaßname beteiligt waren, versendet worden.

Sowohl Phil und ich als auch Steve und Zeery sollten an der Aktion mitwirken. Allerdings hatten wir uns im Hintergrund zu halten. Die Räumung des Parks und die Beseitigung der Blockade vor der Börse war allein Sache der City Police. Der Einsatz sollte beginnen, sobald die beiden Homeland Security Agents Nestor und

Heel aus Washington eingetroffen waren und ein Büro im Command & Control Center der City Police eingerichtet hatten.

Keiner von uns war begeistert darüber, dass die bisher friedlich verlaufende Protestaktion nun aufgelöst werden sollte. Doch es war unerheblich, was wir von der Occupy-Bewegung hielten. Dass Hernando Viasta, der das kapitalistische System schwächen wollte, durch den geplanten Anschlag auf die Börse ausgerechnet einer Bewegung schadete, die vordergründig ähnliche Ziele verfolgte wie er, zeigte, dass es dem Guerillero nicht darum ging, die Gesellschaft zu verändern. Sein Ziel war es, zu zerstören. Und es war ihm egal, ob Menschen dabei starben. Er hielt dies sogar für erforderlich.

Phil und ich saßen zusammen mit Steve und Zeery gerade in unserem Büro und diskutierten über das Für und Wider des bevorstehenden Einsatzes, als wir per Telefon schließlich den Einsatzbefehl erhielten.

Wir begaben uns sofort in die Tiefgarage des FBI-Towers, stiegen in ein Einsatzfahrzeug und machten uns auf den Weg zum Finanzdistrikt von Manhattan.

Über dem Eckeingang der New York Stock Exchange hing die Amerikaflagge schlaff vom Fahnenmast herab. Auf dem Balkon über dem Eingang standen zwei uniformierte Polizisten und beobachteten das Geschehen auf der Straße aufmerksam. Auch vor dem von zwei Säulen flankierten Eingang waren Cops postiert. Sie sollten verhindern, dass Demonstranten das Gebäude betraten.

Und natürlich hatten sie Order, nach den mutmaßlichen Attentätern Ausschau zu halten.

Außer den Polizisten, die das Gebäude und auch die Stierstatue, das Wahrzeichen für wachsende Kurse, bewachten, waren keine Einsatzkräfte der City Police vor Ort. Wir waren mit unserem Dienstchevy schneller beim Einsatzort eingetroffen als die Mannschaftswagen, von denen der Großteil den Zuccotti Park zum Ziel hatte. Es blieb uns also noch genug Zeit, uns unter die Leute zu mischen und die Lage zu sondieren.

Die Kreuzung Wall Street, New Street war von jungen, zumeist auf dem Boden sitzenden Menschen bevölkert. Auf den Blumenkübeln und vor den Absperrungen hockten Männer und Frauen und diskutierten lebhaft. Etliche von ihnen hielten Spruchbänder in die Höhe oder riefen Parolen.

Besondere Sorge bereiteten mir die maskierten Aktivisten. Die sogenannten Guy-Fawkes-Masken, die sie trugen, zeigten das weiße, breit grinsende Antlitz einer Figur aus dem Comic V wie Vendetta, das von dem Autor Alan Moore und dem Zeichner David Lloyd erdacht worden war. Den meisten Demonstranten war diese Figur, die einen freigeistigen Charakter mit terroristischen Ambitionen verkörperte, wohl aus der Filmadaption dieser Graphic Novel bekannt. Inzwischen war die Maske mit dem schwarzen, das übertriebene Lachen nachzeichnenden Schnurrbart und dem ausrasierten Kinnbart zu einem Sinnbild der Occupy-Bewegung geworden. Viele Aktivisten trugen sie. Aber die wenigsten wussten vermutlich, dass Guy Fawkes ein englischer Offizier aus dem 17. Jahrhundert war, der ein Sprengstoffattentat auf den englischen König Jakob plante. Das verbrecherische Vorhaben wurde von einem Mitverschwörer verraten, und Fawkes wurde gefasst, ehe er das Attentat ausführen konnte.

Leider bot diese Maske Viasta und seinen Leuten nun eine willkommene Gelegenheit, sich unerkannt unter die Demonstrierenden zu mischen.

Ich schätzte, dass sich etwa fünfhundert Personen vor dem Gebäude der New York Stock Exchange aufhielten. Näherte sich ein Mann oder eine Frau, deren Kleidung darauf schließen ließ, dass es sich um Mitarbeiter der Börse handelte, wurde ihnen der Weg verstellt. Nur besonders vehement und entschlossen auftretende Börsianer schafften es, sich einen Weg durch die Menge zu bahnen und sich bis zum Eingang des Gebäudes vorzukämpfen. Bevor sie den Eingang passieren durften, wurden ihre Personalien von den Cops überprüft und sie gründlich nach Waffen abgesucht.

»Du hättest dich ruhig etwas unauffälliger kleiden können«, sagte Steve zu seinem indianischen Kollegen, der in seinem maßgeschneiderten Anzug auf die Demonstranten wie ein Börsenhai wirken musste.

Zeery grinste säuerlich. »Mein Gehalt erlaubt es mir nicht, an der Börse zu spekulieren.«

»Weil du dein ganzes Geld für Klamotten ausgibst, die dich wie einen reichen Snob aussehen lassen«, frotzelte Steve.

Tatsächlich sorgte Zeery mit seinem Erscheinungsbild für einiges Aufsehen. Doch unser indianischer Kollege begegnete den misstrauischen Blicken der Demonstranten mit einem charmanten Lächeln, sodass niemand auf die Idee kam, sich uns in den Weg zu stellen, während wir uns durch die Menge schoben.

»Diese maskierten Burschen gefallen mir ganz und gar nicht«, sagte Phil, als in unserer Nähe wieder zwei mit der Guy-Fawkes-Masken ausgestattete Personen auftauchten. Wie die meisten, so hatten auch sie Kapuzen über die Köpfe gestülpt. »Ich habe inzwischen fünfundzwanzig Personen mit derartigen Masken gezählt.«

»Die Masken werden fallen, wenn unsere Kollegen von der City Police hier gleich auftauchen«, gab Steve mit gedämpfter Stimme zurück.

Plötzlich wurde ich stutzig. Einer der Männer, dessen Gesicht unter der Guy-Fawkes-Maske verborgen war, war sich mit der Hand unter die Maske gefahren, um sich zu kratzen. Als er die Hand wieder hervorzog, konnte ich einen Blick auf den Handrücken werfen. Der war mit einem schwarzen Pentagramm tätowiert!

Alarmiert blieb ich stehen. »Der Maskierte dort bei dem Pflanzenkübel«, zischte ich meinen Kollegen zu. »Das könnte der Kerl sein, der im Club Roses and Thorns die Handgranate geworfen hat!«

Der zweite maskierte Mann sah plötzlich zu uns rüber.

»Okay – wir teilen uns auf und nähern uns den beiden von vier Seiten«, sagte Steve, der den Dienstrang eines Special Agent in Charge innehatte. Mit knappen Handzeichen signalisierte er uns, wer welche Position einzunehmen hatte.

Mir kam die Aufgabe zu, mich dem Guy-Fawkes-Duo von vorn zu nähern, während meine Kollegen zu den Seiten auswichen, um die Männer einzukreisen.

Der zweite Maskierte stieß seinen Kumpanen mit dem Ellbogen an und deutete in meine Richtung.

Der spähte daraufhin durch die Schlitze seiner Maske angestrengt zu mir rüber. Die angespannte Haltung, die sein Körper plötzlich einnahm, zeigte mir, dass er mich erkannt hatte.

Die beiden Maskierten redeten aufgebracht aufeinander ein und blickten sich dabei gehetzt um. Es war gut möglich, dass der Tätowierte Phil in der Menge inzwischen ebenfalls ausgemacht hatten.

Hastig stieg ich über die am Boden sitzenden Demonstranten hinweg. Mit der Rechten griff ich nach meiner Waffe, während ich mit der Linken den Dienstausweise hervorholte.

Doch bevor ich dazu kam, die Demonstrierenden aufzufordern, den Weg freizumachen, brach unter den Anwesenden plötzlich Unruhe aus.

»Die Bullen kommen!«, tönte es aus mehreren Richtungen über die blockierte Kreuzung.

Die Männer und Frauen, die eben noch auf dem Boden gesessen hatten, erhoben sich plötzlich, sodass mir der Blick auf die beiden Maskierten versperrt wurde.

»FBI! Lassen Sie mich durch!«, rief ich, den Ausweis über meinen Kopf erhoben.

Leider erreichte ich bei einigen Menschen genau das Gegenteil, denn sie verstellten mir nun absichtlich den Weg. Ich sah keine andere Möglichkeit, zu den Attentätern vorzudringen, als die Leute beiseite zu stoßen.

Unterdessen stürmten von den umliegenden Straßen her mehrere Hundertschaften dunkelblau uniformierter Cops auf die Kreuzung zu. Im Hintergrund waren Mannschaftswagen und Gefangenentransporter zu sehen, die die Fahrbahnen blockierten. Die Kollegen waren mit Helmen, Schilden und Schlagstöcken ausgestattet. An den Gürteln hingen ganze Bündel weißer Kunststoffhandschellen.

Meine FBI-Kollegen hatten unterdessen anscheinend mit denselben Schwierigkeiten zu kämpfen wie ich, denn als ich endlich vor dem Pflanzenkübel anlangte, war von ihnen nichts zu sehen. Wohin ich auch blickte, verstellten mir Demonstranten die Sicht.

Unterdessen hatten die beiden Maskierten die Aufregung genutzt, sich dem Eingang der Börse zu nähern. Sie schlängelten sich an den Protestlern vorbei auf die vor den Türen postierten Cops zu.

Da mein Ausweis mir nichts nutzte, steckte ich ihn in die Jackentasche zurück. Auch meine Dienstwaffe ließ ich vorsichtshalber im Holster stecken. Inmitten der Menge hätte ich die Waffe gegen die mutmaßlichen Terroristen sowieso nicht einsetzen können.

Die Rechnung der Homeland Security schien jedoch aufzugehen. Denn anstatt in heilloser Panik zu fliehen, blieben die Demonstranten an Ort und Stelle. Um zu verhindern, dass sie von den anrückenden Polizisten weggetragen wurden, ließen sie sich wieder auf dem Boden nieder und hakten sich gegenseitig unter, sodass sie einen eng verwobenen Menschenteppich bildeten.

Endlich konnte ich die beiden Maskierten und auch meine Kollegen wieder deutlich sehen.

»Halten Sie die Männer auf!«, rief ich den Beamten vor dem Eingang der Börse über die Köpfe der Sitzenden hinweg zu.

Die Cops zögerten nicht lange. Sie zogen ihre Dienstwaffe und legten auf die Maskierten an. Auch ich hatte meine Waffe jetzt hervorgeholt. Ebenso Phil, Steve und Zeery.

Während wir über die Leute hinwegstiegen, wurden uns von allen Seiten Buhrufe und Parolen zugeschrien. Doch die Demonstranten verhielten sich friedlich und unternahm nichts, um ihren vermeintlichen Mitstreitern beizustehen, die nun vor dem Eingang der Börse stehen geblieben waren und langsam die Hände hoben.

Phil und Steve sprangen auf die beiden Maskierten zu, rangen sie nieder und tasteten sie nach Waffen ab. Doch sie waren offenbar unbewaffnet. Trotzdem legten sie den beiden Männern Handschellen an.

Ich beugte mich zu den am Boden Knienden nieder und zog ihnen zuerst die Kapuzen und dann die Masken vom Kopf.

Das zerfurchte Antlitz des Mannes, der die Handgranate geschleudert hatte, kam unter einer der Masken zum Vorschein. Er trug eine gleichmütige Miene zur Schau. Um seine Mundwinkel herum zuckte es spöttisch.

Das Gesicht seines Begleiters wirkte grob und vierschrötig. Das kurze rötliche Haar stand ihm wirr vom Kopf ab. Seine Hände waren dreckverschmiert. Dunkle Erde klebte unter den zu langen Fingernägeln.

Ich hatte diesen Mann noch nie zuvor gesehen, war mir aber sicher, dass es sich ebenfalls um einen Obdachlosen handelte, der dem Guerillero hörig war.

Unterdessen hatten unsere Kollegen von der City Police begonnen, die am Rand der Menschenansammlung sitzenden Demonstranten aus der Umklammerung ihrer Nachbarn zu lösen und wegzutragen. Kundgebungsteilnehmer, die sich allzu heftig wehrten, wurden mitunter etwas rauer angefasst. Hier und da kam es sogar zu Handgemengen.

»Wir haben nichts Unrechtes getan«, sagte der Rothaarige, nachdem Phil den beiden Männern mitgeteilt hatte, dass sie verhaftet waren. »Ist es seit Neuestem Verboten, öffentlich seinen Unwillen kundzutun?«

»Ihr Freund wird wegen mehrfachen Mordes gesucht!«, sagte Zeery. »Er hat zwei Polizisten auf dem Gewissen.«

Der Rothaarige sah seinen Begleiter schräg von der Seite an. »Ist das wahr?«, fragte er nicht sehr überzeugend.

Phil und ich packten die beiden Männer am Oberarm und zogen sie zu dem Gebäude hin. Das Protestgeschrei der Versammelten war unterdessen zu einer Lautstärke angeschwollen, die es schwer machte, das eigene Wort zu verstehen. Die Aufmerksamkeit der Demonstranten war hauptsächlich auf die Cops gerichtet. Einige unserer Kollegen von der City Police wirkten extrem nervös. Sie setzten ihre Schilde ein, um Personen niederzudrücken und am Boden festzuhalten, oder schlugen mit ihren Schlagstöcken nach besonders widerspenstigen Demonstranten.

»Wo ist Hernando Viasta?«, fragte Steve die beiden Gefangenen, nachdem diese sich vor der Mauer der Börse hingekniet hatten.

»Ich kenne keinen Mann mit diesem Namen«, behauptete der Rothaarige.

»Die Rede ist von dem Guerillero«, sagte Phil barsch. »Reden Sie. Wo finden wir diesen Mann?«

Der Tätowierte starrte unentwegt zu Boden und zog es vor zu schweigen.

»Ich habe nicht den blassesten Schimmer, von wem Sie da reden«, behauptete sein Begleiter.

»Sie haben keine Ausweispapiere bei sich, Mister«, sagte Zeery zu dem Rothaarigen. »Sagen Sie uns, wie Sie heißen.«

»Peter Norton«, lautete die einsilbige Antwort. »Einen festen Wohnsitz habe ich nicht. Ich bin obdachlos.«

»Und wie heißt Ihr stummer Begleiter?«, hakte Zeery nach.

»Joe Landing«, antwortete der Tätowierte mit brummiger Stimme.

»Was haben Sie hier zu suchen gehabt?«, fragte ich.

»Wir sind Teil der Protestbewegung«, erwiderte Norton im Brustton der Überzeugung und schob gleich einen Slogan der Occupy-Bewegung nach. »Wir sind die 99 Prozent. Wir sind die, die arm werden, weil das eine Prozent Mächtige sich alles unter den Nagel reißt!«

»Wir werden Sie jetzt mit ins FBI Headquarters nehmen«, erklärte Steve, der eingesehen hatte, dass diese Befragung zu nichts führte. Er zog Norton auf die Beine, der daraufhin halbherzig protestierte. Zeery packte Landing am Arm und zerrte ihn hoch.

»Phil und ich bleiben hier«, sagte ich. »Es ist nicht auszuschließen, dass sich unter den anderen Guy-Fawkes-Masken noch weitere Terroristen verbergen. Mit etwas Glück schnappen wir Viasta sogar.«

Wir verabschiedeten uns. Steve und Zeery führten die Verhafteten an der Hausmauer entlang die Wall Street hinab. Den Dienstausweis vor sich haltend, passierten sie die Phalanx aus Kollegen der City Police und waren kurz darauf verschwunden.

Phil ließ den Blick mit finsterer Miene über das Geschehen vor der Börse schweifen. Die Kreuzung war bereits fast zur Hälfte geräumt. Nur hier und da schimmerten zwischen den am Boden Sitzenden vereinzelte Guy-Fawkes-Masken hervor.

Tief atmete mein Freund durch. »Machen wir uns also an die Arbeit«, sagte er wenig begeistert und stakste über die Sitzenden hinweg auf den nächstbesten Aktivisten mit einer Guy-Fawkes-Maske zu.

Zwei Stunden später war der Spuk vorbei und die Kreuzung vor der New York Stock Exchange wie leer gefegt.

Phil und ich hatten keine weiteren verdächtigen Personen ausfindig machen können. Die von uns demaskierten Männer und Frauen hatten alle einen Führerschein bei sich gehabt und einen festen Wohnsitz. Es hatte sich um junge Akademiker oder Studenten gehandelt. Und sie waren nicht eben davon angetan gewesen, von zwei Special Agents ihrer Guy-Fawkes-Masken beraubt zu werden. Phil und ich waren jedoch so freundlich wie möglich mit den Leuten umgegangen, und so blieben uns Handgreiflichkeiten mit den Demonstranten erspart.

Wir sprachen gerade mit dem Einsatzleiter des Räumkommandos, der uns noch einmal bestätigte, dass keiner seiner Männer einen der Gesuchten unter den Demonstranten gesichtet hatte, als plötzlich mein Handy klingelte.

Am anderen Ende der Leitung meldete sich Agent Nestor.

»Im Zuccotti Park wurde im Zuge der Räumung der Zeltstatt eine Obdachlose aufgegriffen«, erklärte er in seiner trockenen, direkten Art. »Es handelt sich unzweifelhaft um Mary Hobbs. Sie wurde von der City Police in Gewahrsam genommen. In dem Zelt, in dem sich Hobbs aufgehalten hatte, wurde eine Kartusche mit dem Nervengas Sarin entdeckt. Die Frau behauptet, nicht zu wissen, wie dieser Behälter in das Zelt gekommen sei. Über den Guerillero will sie auch keine Auskunft erteilen.«

»Wir müssen unbedingt in Erfahrung bringen, ob sich noch weitere Kartuschen im Besitz dieser Leute befinden, und wenn ja, wo sie jetzt sind«, sagte ich aufgebracht.

»Das Schlimmste wissen sie ja noch gar nicht«, sagte Nestor unterkühlt. »Der sichergestellte Giftgasbehälter ist mit einem ferngesteuerten Sprengzünder versehen.«

»Wie bitte?«

Phil warf mir einen besorgten Blick zu.

»Wir haben veranlasst, dass Mrs Hobbs ins Federal Building gebracht wird, damit sich die Verhörspezialisten des FBI der Frau annehmen können«, erklärte Nestor. »Wie ich hörte, haben Ihre Kollegen aus Landing und Norton noch nichts Brauchbares herausbekommen. Die Männer mauern. Ihre Kollegen meinten, sie hätten den Eindruck, die beiden wollten Zeit herausschinden. Wir müssen also damit rechnen, dass es noch mehrere mit Fernzündern ausgestattete Kartuschen gibt. Sie müssen gefunden werden, ehe Viasta sie zur Explosion bringen kann.«

»Von dem Kubaner fehlt also noch immer jede Spur?« Es war mehr eine Feststellung denn eine Frage. Entnervt setzte ich den Fuß auf den Pflanzenkübel, neben dem ich stand, und sah voller böser Vorahnungen die Fassade des Börse empor.

»Ich bezweifle, dass sich Viasta im Finanzdistrikt aufhält«, sagte Nestor unterdessen. »Wenn er dort gewesen ist, wird er längst das Weite gesucht haben. Die Räumungsaktion im Zuccotti Park ist fast abgeschlossen und die Wall Street ist ebenfalls wieder frei. Sollte sich Viasta unter den Demonstranten aufgehalten haben, würden wir es längst wissen. Jedenfalls liegen uns von der City Police keine diesbezüglichen Meldungen vor.«

»Wenn Viastas Leute tatsächlich mehr als nur eine Giftgaskartusche bei sich gehabt haben, haben sie die anderen vielleicht irgendwo versteckt«, sagte ich und blickte grübelnd auf meinen auf den Pflanzenkübel gestützten Schuh.

Der Behälter war dicht mit Efeu bepflanzt. Die Demonstranten waren nicht gerade schonend mit den Pflanzen umgegangen. Zigarettenkippen steckten zwischen den Blättern, und ein an einer Holzlatte befestigtes Pappschild mit der Aufschrift »Wir sind 99 %«, steckte in dem Kübel. Schwarze Muttererde lag auf der Einfassung und auch vor mir auf dem Boden.

Plötzlich fiel mir ein, dass ich genau vor dem Kübel stand, neben dem sich auch Landing und Norton aufgehalten hatten, als wir sie entdeckten.

Unwillkürlich musste ich an Nortons dreckstarrenden Hände denken und an die Erde, die unter seinen Fingernägeln geklebt hatte.

»Einen Moment bitte, Mister Nestor«, sagte ich, verdeckte die Sprechrillen des Handys mit der Hand und sagte zu Phil: »Sieh dir diesen Pflanzenkübel mal genauer an. Jemand scheint in der Erde gegraben zu haben. Ich vermute, es war Norton.«

Ich trat beiseite. Phil beugte sich über den wuchtigen Kübel und bog die Ranken des Efeus zur Seite, um einen Blick auf das Erdreich zu werfen.

»Du hast recht«, sagte er. »Die Erde ist aufgewühlt.«

Mit der hohlen Hand schob er die lockere Blumenerde zur Seite, und ein metallisch schimmernder Gegenstand kam darunter zum Vorschein.

Mit äußerster Vorsicht legte Phil den oberen Teil des zylinderförmigen Gegenstands frei. An der Seite war ein flaches Gerät angebracht, aus dessen schwarzem Gehäuse ein rot blinkendes LED-Lämpchen hervorschaute.

Alarmiert richtete Phil sich auf. »Es ist ein Nervengasbehälter, Jerry!«

Ich nahm die Hand von der Sprechrille. »Nestor, hören Sie mich?«

»Was gibt es?«

»Wir haben eine der Giftgaskartuschen gefunden. Sie steckt in einem der Pflanzenkübel vor dem Eingang der Börse!«

»Das gibt es doch nicht!«, entfuhr es Nestor. »Gute Arbeit, Special Agent. Fassen Sie den Behälter nicht an! Wir schicken das Gefahrenguträumungsteam zu Ihnen rüber, das bereits den Behälter im Zuccotti Park eingesammelt hat. Die haben einen besonders gepanzerten Sprengguttransporter, dessen Transportzelle hermetisch abgeschlossen ist. Die Cops und alle anderen Personen sollen sich sofort aus dem Bereich zurückziehen. Das Börsengebäude soll geräumt und die Umgebung nach weiteren Behältern abgesucht werden.«

Nestor atmete tief durch. »Jetzt haben wir also endlich Gewissheit. Viasta hat das Chaos, das die Occupy-Bewegung verursachte, genutzt, die Giftgaskartuschen in unmittelbarer Nähe der Börse zu platzieren. Die Frage ist nur, wann er diese Giftgasbomben zünden wollte.«

Mit einem mulmigen Gefühl sah ich mich in der engen Straßenschlucht um. Die Straßen waren von der Polizei abgeriegelt worden und bis auf die Cops menschenleer.

»Vielleicht wollte er warten, bis der Börsenbetrieb wieder reibungslos läuft und sich genug Broker, Wertpapierhändler und Börsenspekulanten in der Gegend aufhalten. Wahrscheinlich hockt er irgendwo und wartet auf einen günstigen Moment, den Fernzünder auszulösen.«

»Bei dem Zünder handelt es sich um das Modul eines sehr leistungsstarken Systems«, sagte der Homeland Security Agent. »Das Modell konnte bereits identifiziert werden. Die Reichweite des Senders, der die Zünder auslöst, beträgt eine Meile.«

Ich presste die Lippen aufeinander. »Viasta könnte also eine Meile von der New York Stock Exchange entfernt sitzen. Das erscheint mir aber eher unwahrscheinlich. Wie soll er aus dieser Entfernung die Wall Street im Auge behalten?«

Kaum hatte ich diesen Satz ausgesprochen, sahen Phil und ich uns verdattert an.

»Die Wohnung von Camilla Jefferson!«, sagte mein Freund, den offenbar mal wieder dieselben Gedanken durch den Kopf gegangen waren wie mir. »Von dort kann man bei schönem Wetter mit einem Fernglas bis in die Wall Street schauen.«

Ich nickte. »Columbia Heights ist von der Börse tatsächlich etwa eine Meile Luftlinie entfernt.«

»Wovon reden Sie da?«, erkundigte sich Nestor.

»Wir werden noch einmal einen Hinweis überprüfen und melden uns dann später wieder bei Ihnen«, sagte ich und unterbrach die Verbindung.

»Du glaubst also wirklich, Viasta könnte bei Camilla sein?«, fragte ich Phil.

Mein Partner zuckte mit den Schultern. »Viasta hat die alte Kondensatorfabrik gekauft. Es könnte gut möglich sein, dass er und Camilla im Zuge dieses Vorganges miteinander in Kontakt gekommen sind. Immerhin gehörte ihr die Hälfte dieser Immobilie.«

Ich nickte kaum merklich. »Wir fahren zu ihr. Dann wissen wir, ob an deiner Vermutung etwas dran ist!«

Phil und ich gaben uns gelassen, während wir die Stufen zur Haustür erklommen und die Klingel betätigten.

Geduldig warteten wir darauf, dass sich Camilla an der Tür zu schaffen machte.

Doch die Tür blieb verschlossen.

Ich klingelte daraufhin erneut und schlug mit der Faust hart gegen das Türblatt.

Endlich wurde auf der anderen Seite der Tür der Schlüssel herumgedreht. Camilla war noch im Begriff, sich mit der linken Hand das Haar zu richten, als sie die Tür aufzog.

Verdattert sah sie uns an. »Sie schon wieder?«, fragte sie nicht eben höflich. »Ich habe Ihnen über Mercurs Besuch doch bereits alles gesagt.«

»Das glauben wir Ihnen gern«, sagte Phil und lächelte gewinnend. »Wir sind auch nicht wegen Ihres Ex-Mannes hier.«

»Sondern?«

Es fiel mir auf, dass Camilla, die die Tür nur einen Spaltbreit geöffnet hatte, bemüht war, den Blick in ihre Wohnung mit ihrem schlanken Leib zu verstellen.

»Dürfen wir reinkommen, Ma'am?«, fragte ich unverfänglich. »Wir möchten diese Angelegenheit mit Ihnen ungern auf der Straße erörtern.«

»Es dauert auch nicht lange«, versicherte Phil. »Wir werden Sie nicht lange stören.«

»Sie stören nicht«, versicherte Camilla. Zögernd öffnete sie die Tür und wandte sich rasch ab, um in das Wohnzimmer vorauszueilen.

Ich folgte ihr prompt, während Phil sich die Zeit nahm, die Wohnungstür hinter sich zu schließen und sich im Flur umzusehen.

Hastig räumte Camilla zwei Champagnergläser und

einen Sektkübel, in dessen Eiswürfelbett eine Champagnerflasche ruhte, vom Tisch.

»Bitte, entschuldigen Sie. Ich hatte gestern Gäste und noch keine Gelegenheit, aufzuräumen.«

Sie verschwand hinter der Hausbar und stellte das Tablett auf eine hinter dem Tresen verborgene Anrichte. Als sie wieder hinter der Bar hervorkam, wischte sie sich die Hände verschämt an ihrem kurzen Rock trocken.

Ich ließ mir nicht anmerken, dass mir aufgefallen war, dass das Eis in dem Kübel frisch und mitnichten getaut war, was es hätte sein müssen, wenn Camillas Behauptung stimmte und der kleine Champagnerumtrunk zu zweit in der vergangenen Nacht stattgefunden hatte. Vielmehr hatte ich den Eindruck, dass mein Partner und ich Camilla bei einer kleinen Festivität gestört hatten, als wir an der Wohnungstür geklingelt hatten.

»Was kann ich für Sie tun?«, fragte sie, da ich keine Anstalten machte, unser Anliegen vorzutragen. Stattdessen sah ich zu dem Fernrohr auf der Fensterbank rüber. Die Sicht auf den Südzipfel Manhattans war ungetrübt.

»Sie haben hier wirklich eine schöne Aussicht«, sagte ich wie beiläufig.

Als Phil das Zimmer betrat, holte ich das Phantombild hervor, das Hernando Viasta zeigte, und reichte es der Frau.

»Ist Ihnen dieser Mann schon einmal begegnet?«, fragte ich und ließ Camilla dabei nicht aus den Augen.

Sie betrachtete das Porträt mit regloser Miene, schüttelte schließlich den Kopf und gab mir den Papierbogen zurück.

»Was ist mit diesem Mann?«, fragte sie, sichtlich bemüht, ihre Nervosität zu verbergen. »Und wie kommen Sie darauf, dass ich ihn kenne?«

»Der Mann heißt Hernando Viasta«, sagte Phil. »Sie kennen ihn vielleicht unter dem Namen Carl Marcos. Er ist Kubaner und hat das alte Fabrikgebäude Ihres Ex-Mannes gekauft.«

»Und wir nehmen an, dass er für Mister Lones' Ermordung verantwortlich ist«, fügte ich hinzu.

Camilla legte die Hände auf ihre Oberschenkel und richtete ihren Blick für einen kurzen Moment gegen die Zimmerdecke, als befürchte sie, man könne durch sie hindurch in die darüber liegenden Zimmer sehen.

Phil und ich sahen uns an.

»Sind Sie allein in der Wohnung?«, fragte mein Freund.

Camilla nickte. »Ich möchte, dass Sie jetzt gehen«, sagte sie mit belegter Stimme. »Ihre Frage habe ich Ihnen ja bereits beantwortet.«

»Ich fürchte, das können wir nicht«, erwiderte ich. »Nicht, bevor wir uns in Ihrer Wohnung umgesehen haben.«

»Bitte – Sie müssen jetzt gehen«, flehte Camilla.

Phil und ich hatten genug Zeit verschwendet. Ohne uns weiter um die Frau zu kümmern, rannten wir aus dem Zimmer und hasteten auf die Treppe zu, die in das obere Stockwerk führte.

Wir zogen unsere Dienstwaffen und stiegen, mit dem Rücken zur Wand, die Stufen empor. Phil ging als Erster. Ich folgte ihm im kurzen Abstand, die SIG Sauer schussbereit in der Faust.

Während wir uns langsam vorarbeiteten, spähten wir zum oberen Treppenabsatz und zu den in unser Blickfeld kommenden Zimmertüren empor.

Eine der Türen war nur angelehnt. Phil, der das Ende der Treppe als Erster erreichte, richtete die Waffe auf die Tür und näherte sich ihr, indem er sich dicht an der Wand entlang schob.

Da bemerkte ich hinter dem Türspalt plötzlich eine Bewegung. Plötzlich schob sich eine Faust mit einem alten Armeerevolver darin aus dem Spalt.

Sofort gab ich einen Warnschuss ab. Die Kugel schlug nur knapp neben dem Arm in den Türholm, woraufhin sich der Mann hastig zurückzog.

»FBI!«, rief ich und erreichte den oberen Treppenabsatz. »Wir wissen, dass Sie hier sind, Viasta! Das Spiel ist aus!«

Phil, der die angelehnte Tür unterdessen erreicht hatte, huschte an ihr vorbei auf die andere Seite.

Ich bezog nun ebenfalls neben der Tür Stellung, trat, nachdem Phil mir zugenickt hatte, das Türblatt mit dem Fuß auf und zielte mit der Waffe in den Raum.

Es handelte sich um Camillas Schlafzimmer. Die Vorhänge waren zugezogen. In dem Raum herrschte schummriges Zwielicht. Ich konnte den Mann, der neben dem Doppelbett stand, nur schemenhaft wahrnehmen.

In dem Moment, da der Schuss aufbellte, war ich auch schon wieder aus dem Türausschnitt verschwunden und drückte mich an die Wand.

Phil tauchte blitzschnell hinter seiner Deckung hervor, gab einen gezielten Schuss auf den Schützen ab und glitt sofort wieder zurück hinter seine Deckung.

»Geben Sie auf, Viasta!«, rief ich.

»Ihr verdammten Hunde!«, schrie der Mann mit schmerzverzerrter Stimme und schoss abermals. Offenbar hatte Phils Kugel ihn getroffen. »Woher wusstet ihr, dass ich hier sein würde? Meine Leute werden es euch kaum verraten haben. Sie kennen meinen wahren Unterschlupf nicht. Und Camilla frisst mir aus der Hand. Sie würde sich eher die Stimmbänder rausreißen, als mich zu verraten!«

»Wir haben nur unsere Köpfe ein wenig angestrengt«, rief Phil. »Sehen Sie es endlich ein. Sie haben ausgespielt, Viasta!«

»Woher kennen Sie überhaupt meinen Namen, verdammt?«

»Lorenz Ingorf, der Mann, der Sie in die USA einschleuste, hat ihn uns verraten«, sagte ich. »Wir haben ihm vor Kurzem das Handwerk gelegt. Und um vor den Geschworenen einen glaubhaften Eindruck zu hinterlassen, hat er sich bereit erklärt, uns ein paar Informationen zukommen zu lassen.«

»Dieses Schwein! Ich hätte ihm den Schädel einschlagen sollen, als ich ihn dabei ertappte, wie er eines dieser Girls, die er zu Tode gequält hatte, auf offener See über Bord warf!«

Phil und ich tauschten einen beredten Blick.

»Wenn Sie sich bei Ingorf für den Verrat revanchieren wollen, können Sie in seinem Prozess gern als Belastungszeuge auftreten«, schlug mein Partner vor.

»Niemals werde ich einen Fuß in ein amerikanisches Gericht setzen!«, schrie Viasta mit überschnappender Stimme. »Ich will, dass Sie einen voll getankten Hubschrauber hierher schicken. An Bord soll sich ein Koffer mit fünf Millionen Dollar befinden. Wenn auf meine Forderung nicht eingegangen wird, werde ich die Giftgasbomben zünden, die meine Leute in Lower Manhattan deponiert haben!«

»Die Sarin-Kartuschen wurden bereits sichergestellt«, bluffte ich.

»Einen Dreck haben Sie! Ich weiß genau, dass meine Leute dichtgehalten haben. Sie sind von meiner Sache überzeugt. Das FBI kann gar nicht wissen, ob tatsächlich alle Giftgasbehälter gefunden wurden.«

Aus den Augenwinkeln sah ich, dass Camilla die Treppe hoch kam. In ihren Augen schimmerten Tränen. Die Schminke war verwischt.

Mit einer unwirschen Geste bedeutete ich ihr, sich zurückzuziehen. Doch sie ignorierte mich kurzerhand und trat seelenruhig auf die Schlafzimmertür zu.

»Ich halte den Sender für die Fernzünder der Gasbomben in meiner Hand!«, rief Viasta angestrengt. »Ich rate euch, meine Forderungen sofort zu erfüllen. Andernfalls werde ich den Auslöseknopf drücken!«

»Hernando?«, rief Camilla in diesem Moment mit brüchiger Stimme. Ängstlich drückte sie sich mit dem Rücken an die dem Schlafzimmer gegenüberliegende Wand und schob sich langsam auf den Türausschnitt zu. »So lautet also dein wahrer Name?«

»Verschwinde, Camilla«, rief Viasta aufgebracht. »Diese Sache geht nur mich etwas an!«

»Ich habe gehört, was du gesagt hast«, sagte sie mit rauer Stimme. Sie stand der Schlafzimmertür jetzt genau gegenüber. Phil und ich hatten sie trotz mahnender Gesten nicht davon abhalten können. »Ist es wahr, dass du Mercur umgebracht hast?«

»Du verstehst das nicht, Liebes. Dein Ex hat es nicht anders gewollt. Verschwinde endlich!«

Plötzlich streckte Camilla den rechten Arm aus. In ihrer zierlichen Faust hielt sie eine Damenpistole.

Camilla drückte im selben Moment ab, als im Schlafzimmer ein Schuss aufbellte. Sie stieß einen spitzen Schrei aus und sackte zu Boden.

Phil, der sich blitzschnell hingekniet hatte, warf sich hinter seiner Deckung hervor auf den Boden, zielte mit der Waffe ins Schlafzimmer. Doch einen Schuss gab er nicht ab.

»Viasta liegt am Boden!«, rief er mir zu.

Ich sprang über meinen Freund hinweg in das Zimmer. Darauf bedacht, nicht in Phils Schussbahn zu geraten, näherte ich mich Viasta. Er war neben dem Bett hingestürzt, lag mit eingeknickten Beinen auf dem Rücken. Sein Mund stand offen. Die Augen waren nach oben verdreht.

Das kleinkalibrige Geschoss aus Camillas Pistole hatte Viasta in den Hals getroffen und ihn sofort getötet.

Ich steckte meine Waffe ins Holster und kniete neben dem Toten hin. In seiner Rechten hielt er einen alten Armeerevolver. Der Fernauslöser für die Sprengkapseln lag in seiner Linken.

Behutsam nahm ich das Gerät an mich und schaltete es ab. Dann klaubte ich Viasta den Revolver aus den Fingern und warf ihn aufs Bett.

Ich drehte mich um. Phil hockte neben der am Boden kauernden Camilla und drückte ein Taschentuch gegen die linke Schulter. Offenbar hatte sie Glück gehabt. Viasta hatte ihr nur eine Fleischwunde beigebracht.

In der anderen Hand hielt Phil sein Handy. Er hatte das Gesicht von Camilla weggedreht und redete mit gedämpfter Stimme. Wie ich seinen Worten entnehmen konnte, sprach er mit dem Emergency Service.

Als ich mich den beiden näherte, blickte Camilla mit tränenfeuchten Augen zu mir auf. »Es tut mir leid«, sagte sie mit schwankender Stimme. »Ich – ich wollte nicht wahrhaben, dass Carl meinen Mann ermorden ließ. Ich habe Ihnen kein Wort geglaubt – bis ich gehört habe, was dieser Verbrecher sagte, als Sie ihn in meinem Schlafzimmer gestellt haben.«

»Wie lange kennen Sie Viasta denn schon?«, fragte ich.

»Seit einem dreiviertel Jahr. Carl – ich meine, Hernando – er war in jener Nacht bei mir, als Mercur an meiner Haustür klingelte und mich um Hilfe bat. Hernando stand mit mir im Hausflur. Er hielt mich in seinen Armen und hat jedes Wort mitgekriegt, das Mercur gesprochen hat.«

Sie hob den unverletzten Arm und barg ihr Gesicht hinter der Hand. »Hernando – er war ein so charmanter, zuvorkommender Mann.«

Ich deutete auf die neben ihr liegende Damenpistole. »Warum sind Sie dieses Risiko eingegangen? Ihr leichtsinniges Vorgehen hätte böse für Sie enden können.«

Sie ließ den Arm sinken und presste verbittert die Lippen aufeinander. »Ich durfte doch nicht zulassen, dass in New York wieder etwas ähnlich Schlimmes passiert wie am 11. September. Ich – ich liebe diese Stadt! Ich liebe sie mehr als diese verlogenen Männer, die mich nur ausnutzen und hintergehen!«

Sie ließ den Kopf hängen und schluchzte.

Ich holte mein Handy hervor und drückte die Schnellwahltaste, die eine Verbindung mit Agent Nestor herstellte.

Es wurde Zeit, Entwarnung zu geben.

Nachdem Viastas Anhänger vom Tod des Guerillero erfuhren, waren sie endlich bereit, auszusagen. Und so erfuhren wir schließlich, dass es außer der Giftgaskartusche, die Phil und ich in dem Pflanzenkübel vor der

Börse entdeckt hatten, noch zwei weitere gab, die Landing und Norton im Schutz der Occupy-Wall-Street-Aktion im Finanzdistrikt deponiert hatten.

Die Kartuschen wurden geborgen und unschädlich gemacht. Landing, Norton und Mary Hobbs wurden ins Gefängnis auf Rikers Island überstellt. Sie würden die Gefängnismauern in ihrem Leben wohl nie wieder von außen sehen.

Und auch in dem Prozess gegen Lorenz Ingorf gab es eine Wendung. Nachdem wir dem Federal Attorney von dem Vorwurf erzählten, den Viasta gegen den Schleuser erhoben hatte, unternahm er noch einmal den Versuch, die eingeschleusten Frauen zur Mitarbeit zu bewegen. Als die erfuhren, dass das Verbrechen, das Ingorf an Bord seines Schleuserschiffes begangen hatte, bekannt geworden war, brachen zwei Frauen, die mit dem Opfer befreundet gewesen waren und sich zu der Tatzeit ebenfalls an Bord des Schiffes befunden hatten, ihr Schweigen und erzählten von den Misshandlungen, die sie durch Ingorf erfahren hatten. Eine von ihnen hatte angeblich sogar miterlebt, wie Ingorf die junge Frau, die er später über Bord werfen sollte, eigenhändig erwürgte, weil diese sich gegen seine Zudringlichkeiten zur Wehr gesetzt hatte.

All diese unschönen Details machten Ingorfs Beteuerungen, nichts von der Ermordung der von seiner Organisation eingeschleusten, unbequem gewordenen Frauen gewusst zu haben, mehr als unglaubwürdig. Auch er würde sich wohl darauf einstellen müssen, den Rest seines Lebens hinter Gittern zu verbringen.

Dies waren Entwicklungen, die sich über mehrere Wochen hinstreckten. Wochen, in denen Phil und ich uns bereits mit anderen Fällen herumzuschlagen hatten.

Dennoch sollte diese Geschichte für mich noch ein kleines Nachspiel haben. An dem Tag, an dem die Giftgasbehälter unschädlich gemacht wurden, erhielt ich kurz vor Feierabend einen unerwarteten Anruf auf mein Handy.

Maria Buswick, die junge Brünette, mit der ich im Harlem Hospital Center zusammengeprallt war und die fest davon überzeugt war, ich hätte ihr das Leben gerettet, war am anderen Ende der Verbindung.

»Ich hatte Ihnen doch versprochen, mich bei Ihnen für Ihren Heldenmut erkenntlich zu zeigen«, sagte sie, nachdem sie ihren Namen genannt hatte. »Ich bin gestern aus dem Krankenhaus entlassen worden und bereit für neue Abenteuer.«

»Was schwebt Ihnen denn vor, Maria?«, fragte ich und fing von Phil, der gerade seinen Schreibtisch aufräumte, einen neidvollen Blick auf. So wie ich, schien auch er sich an Maria noch lebhaft zu erinnern.

»Warum fangen wir nicht mit einem Abendessen an?«, fragte sie unternehmungslustig. »Und dann sehen wir weiter.«

»Einverstanden«, erwiderte ich gut gelaunt. »Wann hätten Sie denn Zeit?«

»Wie sieht es mit heute Abend aus?«

»Gut«, sagte ich. »Ich muss nur meinen Partner noch an der üblichen Ecke absetzen und mich umziehen. Dann bin ich zu jeder Schandtat bereit.«

Maria lachte hell auf. »Sie sind Polizist, Mister Cotton, vergessen Sie das nicht.«

»Sie haben von mir nichts zu befürchten, Maria.«

»Das weiß ich doch. Andernfalls hätte ich wohl kaum bei Ihnen angerufen.«

Sie nannte mir ihre Adresse und eine Uhrzeit, zu der

ich sie abholen sollte. Dann verabschiedete sie sich und unterbrach die Verbindung.

»Du Glückspilz«, sagte Phil und lächelte breit.

Dieser Einschätzung konnte ich nur zustimmen. Ich freute mich auf diesen Abend und hatte es plötzlich eilig, endlich Feierabend zu machen. Maria würde Augen machen, wenn ihr Retter mit einem roten Jaguar E-Typ vor ihrem Haus vorfuhr, um sie zum Essen auszuführen.

ENDE